KB123343

조선후기 통신사 필담창화집 번역총서 43

問槎餘響

문사여향

조선후기 통신사 필담창화집 번역총서 43

問槎餘響

문사여향

진영미 역주

보고사
BOGOSA

이 역서는 2008년도 정부재원(교육과학기술부 학술연구조성사업비)으로 한국연구재단의
지원을 받아 연구되었음(KRF-2008-322-A00073)

차례

◇ 영인자료 [우철]

조선후기 통신사 필담창화집 번역총서를 간행하면서 /313

일러두기

1. 통신사 필담창화집 번역총서는 제1차 사행(1607)부터 제12차 사행(1811) 까지, 시대순으로 편집하였다.

2. 각권은 번역문, 원문, 영인자료(우철)의 순서로 편집하였다.

3. 300페이지 내외의 분량을 한 권으로 편집하였으며, 분량이 적은 필담 창화집은 두 권을 합해서 편집하고, 방대한 분량의 필담창화집은 권을 나누어 편집하였다.

4. 번역문에서 일본 인명과 지명은 한국 한자음 그대로 표기하고, 처음 나오는 부분의 각주에 일본어 발음을 표기하였다. 그러나 번역자의 견 해에 따라 본문에서 일본어 발음대로 표기를 한 경우도 있다.

5. 번역문에서 책명은 『 』, 작품명은 「 」로 표기하였다.

6. 원문은 표점 입력하였는데, 번역자의 의견에 따라 표기하는 것을 원칙 으로 하였지만, 가능하면 한국고전번역원에서 정한 지침을 권장하였 다. 이 경우에는 인명, 지명, 국명 같은 고유명사에 밑줄을 그어 독자 들이 읽기 쉽게 하였다.

7. 각권은 1차 번역자의 이름으로 출판되었는데, 최종연구성과물에 책임 연구원과 공동연구원의 이름이 반드시 들어가야 한다는 한국연구재단 의 원칙에 따라 최종 교열책임자의 이름으로 출판되는 책도 있다.

8. 제1차 통신사부터 제12차 통신사에 이르기까지 필담 창화의 특성이 달라지므로, 각 시기 필담 창화의 특성을 밝힌 논문을 대표적인 필담 창화집 뒤에 편집하였다.

문사여향
問槎餘響

문사여향(問槎餘響)

1. 개요

『문사여향(問槎餘響)』은 1764년 정사 조엄(趙曮)·부사 이인배(李仁培)·종사관 김상익(金相翊) 등 통신사 일행이 덕천가치(德川家治)의 습직(襲職)을 축하하기 위해 강호(江戶)로 향할 때 미농(美濃)과 미장(尾張)에서 그곳 문사들이 조선의 제술관·서기·양의 등과 만나 교유하면서 주고받은 필담·시·서신 등을 이등유전(伊藤維典)이 편집하고 교정한 필담창화집이다.

2. 편저자 사항

『문사여향』의 편자는 이등유전이다. 이등유전이 구체적으로 어떤 인물인지 알 수는 없다. 다만 『문사여향』 서문에 "이등씨 백수는 금곡의 사도인데, 『문사여향』이라는 책을 편집하고 서문을 구하였다.〔伊藤氏伯守, 金谷史徒也, 編錄爲卷, 題曰《問槎餘響》索序。〕"라고 하였다.

『문사여향』에는 일본문사와 조선문사가 교유하면서 주고받은 필담과 시 및 서신이 수록되어 있다. 조선문사로는 제술관 남옥(南玉), 서기 성대중(成大中)·원중거(元重擧)·김인겸(金仁謙), 양의(良醫) 이좌국(李佐國), 의원(醫員) 남두민(南斗旻)·성호(成灝) 등이 있고, 일본문사로는 석천금곡(石川金谷)·곡웅강(谷雄江)·이동용산(伊東龍山)·소옥천주(小屋天柱)·대도성하(大嶋星河)·전중담주(田中淡州)·전승산(田勝山)·중천성산(中川城山)·이등관봉(伊藤冠峰)·성야동정(星野東亭)·수야화양(狩野華陽) 등이 있다. 이들은 대부분 미농과 미장에 거주하며, 이등관봉을 제외한 나머지 모두 남궁대추(南宮大湫)의 문인들이다.

남궁대추는 강호시대 중기에 대사(大師)로 불릴 정도로 명성이 대단했던 유학자이다. 본성은 정상(井上), 이름은 악(岳), 자는 교경(喬卿), 호는 대추(大湫), 별호는 적취루(積翠樓)·연파조수(烟波釣叟)이고, 통칭은 미육(彌六)이다. 미농 금미(今尾) 출신이며, 정상중팔(井上仲八)의 아들이다. 집안은 대대로 미장국(尾張國) 가로(家老)인 죽요씨(竹腰氏)에게 벼슬을 하였다. 남궁대추는 어려서 부모를 잃고 병약했기 때문에 학문에 뜻을 두고 중서담연(中西淡淵)에게 배웠다. 경도(京都)에서 벼슬살이하다가 관직에 염증을 느껴 그만두고 이세(伊勢)의 상명(桑名)으로 이주했다. 뒤에 다시 안농진(安濃津)으로 이주하여 성을 남궁(南宮)으로 바꾸고 강설(講說)을 업으로 하였다. 이 무렵 『문사여향』에 등장하는 일본문사들을 가르쳤다. 그 후 42세 때 동문인 세정평주(細井平洲)의 권유로 강호로가 개숙(開塾)하였고, 각 번(藩)으로부터 빈사(賓師)로 초대될 정도로 성망(聲望)이 높았다. 1764년 통신사행 때 추월 남옥과 서신을 통해 주로 정주학에 대한 자신의 학문적 입장을 개진하여 『남궁선생강여독람(南宮先生講餘獨覽)』을 남겼다. 서예로도 조예가 깊어 '行書五絶'이 전하고 있다. 저서로 『대추선생집(大湫先生集)』·『학용지고(學庸旨考)』·『역대비황고(歷代備荒考)』 등 다수가 있다.

『문사여향』에 나오는 일본문사 가운데 널리 알려진 주요 작가만 간단히 살펴보면 다음과 같다.

석천금곡은 강호시대 중기의 유학자이다. 이름은 정(貞), 자는 태일(太一)·태을(太乙), 호는 금곡(金谷), 통칭은 뇌모(賴母)이다. 석천정(石川貞)·석태일(石太一)·석금곡(石金谷)이라고도 한다. 이세 고야인(菰野人)으로 남궁대추의 문인이다. 경도(京都)에서 사숙(私塾)을 열었고, 선소(膳所)와 연강(延岡)에서 벼슬살이를 하였다.

이등관봉은 강호시대 중기의 한시인(漢詩人)인 동시에 의관(醫官)이다. 이름은 일원(一元)이고 자는 길보(吉甫)이며 호는 관봉(冠峰)이다. 석천금곡과 동향인 이세 고야 출신이고, 남궁대추의 친구이다. 거상(巨商) 집안에 태어났으나 젊어서부터 질박함을 숭상하여 의용(儀容)을 꾸미지 않았다. 가산(家産)은 형제에게 맡기고 미장에 유학하여 남궁대추와 함께 유학자 중서담연에게 수학하였고, 의술 또한 좋아하여 이등현택(伊藤玄澤)에게 배웠다. 만년에 미농 입송(笠松)에 은거하여 손수 밭을 일구면서 자연 속에서 독서와 강학을 업으로 하였다. 경학보다 문학에 더 많은 관심을 보였다. 저서로『자방편(自放編)』·『관봉문집(冠峯文集)』·『녹죽원시집(綠竹園詩集)』등이 있다.

3. 구성 및 내용

『문사여향』은 크게 상권과 하권으로 구성되어 있다.

상권은 다시 나파노당(那波魯堂)의 서문과 등장인물을 소개한 성명(姓名), 그리고 본문 등으로 나눌 수 있다. 상권 본문에는 1764년 1월

25일 대판빈관(大坂賓館)에서 석천금곡이 조선의 제술관과 삼서기를 만나 통성명을 한 뒤 주고받은 필담과 시문이 수록되어 있고, 이어 같은 해 2월 1일에는 미농 금수역(今須驛)에서 곡응강·이동용산·소옥천주·대도성하·이등관봉 등이 조선문사들을 직접 찾아가 교유하거나 혹은 지인 편에 서신과 시를 전해 화답을 구한 시문이 수록되어 있다. 또한 같은 해 2월 2일과 3일에 미농 어월역(於越驛) 부근 빈관에서 이등관봉이 조선문사들을 만나 창화한 시 여러 편이 수록되어 있고, 같은 해 2월 1일과 2월 3일 전승산이 조선문사를 만나 주고받은 시문은 물론 양의 이좌국과 나눈 필담이 수록되어 있으며, 날짜를 거슬러 올라가 같은 해 2월 2일 의관 성야동정이 조선문사 및 양의 이좌국과 창화한 시가 수록되어 있다.

하권에는 상권을 이어 같은 해 3월 29일과 30일 귀국 길에 미장 어월역과 미농 금수역 등에서 이등관봉·전승산·전중담주·곡응강·중천성산·수야화양 등이 인편을 통해 조선문사들에게 부친 시문이 수록되어 있다. 그런데, 이들 가운데 정중담주·곡응강·중천성산 등은 조선문사들의 화답시를 받지 못하였고, 전승산은 30일에는 조선문사들을 직접 찾아가 창화와 필담을 나누었다. 이어 석천금곡이 조선문사들에게 보내는 증별시와 여러 통의 편지글, 그리고 이에 대해 조선의 남옥·성대중·원중거 세 사람이 함께 답한 짧은 편지 1통이 수록되어 있다. 권말에는 같은 해 초여름 성대중이 조선으로 돌아가는 도중 옥수관(玉樹館)에서 지어 나파노당 편에 보내는 〈멀리서 화답하여 이별의 회포를 펴 전승산께 부치다(遙和寄田勝山以敍別)〉라는 시가 수록되어 있다. 전승산과 성야동정이 조선문사와 창화한 시는 장주구선생창화(張州九先生倡和)를 수록해 놓은 1764년 필담창화집『수복동조집(殊服

同調集)』에도 수록되어 있다.

『문사여향』에 수록된 창화시의 내용을 보면, 사행 임무의 중요성과 노정의 험난함, 원유(遠遊)와 남아의 포부, 일본에 무사히 도착한 통신사의 노고에 대한 위로와 칭송, 일본 명승지 소개와 그에 대한 자긍심, 시 모임자리에서의 흥취, 양국 문사 간의 교유와 풍류, 양국 문사들의 필묵과 재주에 대한 찬사, 귀국길의 안전과 이별의 아쉬움 등을 담고 있다. 필담 내용을 보면 통성명이 먼저 나오고 이어 독법(讀法)·한글·의관(衣冠)에 대한 관심과 사제관계, 화답시 요청, 관상과 진맥 등 다양한 편이다. 특히 서신 가운데 일본의 수 십 명의 학자들을 하나하나 소개하고 있는 석천금곡의 「추월·용연·현천께 아뢰다[稟秋月龍淵玄川]」라는 글은 주목할 필요가 있다.

4. 서지적 특성 및 자료적 가치

『문사여향』은 2권 2책이며 간본(刊本)이다. 글 주변 사방에 단선 테두리가 있는 사주단변(四周單邊)이고, 행마다 선이 있는 유계(有界)이며, 9행 20자이다. 주(註)는 소자(小字) 두 줄로 된 주쌍행(註雙行)이다. 판심(版心)은 상하백구(上下白口) 상내향단엽흑어미(上內向單葉黑魚尾)이고 판심제(版心題)는 '問槎餘響'이다. 서문 첫머리에 조선총독부도서관장서지인(朝鮮總督府圖書館藏書之印)이라는 소장인(所藏印)이 찍혀 있고, 권말에 "명화(明和) 원년 갑신 9월 평안서림(平安書林) 문천당(文泉堂) 임권병위(林權兵衛), 동출점(同出店: 文泉堂) 임정개(林正介)"라는 간기(刊記)가 있다. 일본의 내각문고 외에도 한국의 국립중앙도서관에도 소장되어 있다.

「성용연께 아뢰다[稟成龍淵]」라는 편지글을 보면, 석천금곡은 성대중에게 자신을 포함한 남궁대추의 문인들이 조선의 문사들과 필담 창화한 글을 모아 2권의 책으로 만들어 이를『문사여향』이라는 이름으로 간행하려 하니 서문을 써줄 것을 부탁하는 내용이 나온다. 그러나 이러한 부탁은 같은 해 4월 28일 대판에서 발생한 최천종(崔天宗) 피살사건으로 인해 성대중이 고사하여 그의 서문이 없다는 점이 아쉬움으로 남는다.

『문사여향』은 1764년 통신사행 때 일본의 미농과 미장 지방을 중심으로 한 양국 문사들 간 교유의 현장과 실상을 파악할 수 있어 여타 사행록(使行錄)과 함께 통신사 연구에 적지 않은 도움이 되는 자료이다. 특히 조선문사에게 보낸 서신 가운데 조선에서의 고서 부족 현상을 지적한 내용과 일본에서의 중국 전적의 유통 방식 등을 소개한 내용은 주목할 만하다.

문사여향(問槎餘響) 서(序)

　　갑신년에 조선사신이 왔는데, 제술관 남시온(南時韞)[1]과 서기 성사집 (成士執)[2]・원자재(元子才)[3]・김자안(金子安)[4] 등이 모두 따라왔다. 서쪽으로부터 동쪽을 향해 육로와 뱃길로 왕복 수천 리 길을 이동하였다. 가는 도중에 명함을 건네고 알현을 하며, 붓으로 혀를 삼아 시문을 창수하였는데 어떤 때는 서너 명이었고 어떤 때는 수십 수백 명이었다. 역관에 이를 때마다 반드시 함께 나아갔는데, 충어(蟲魚)로 주를 달고[5] 형석(衡石)[6]으로 헤아릴 정도로 수창시를 요청하는 종이쪽지들이 마구 밀어닥

1　남시온(南時韞)：시온(時韞)은 남옥(南玉, 1722~1770)의 자(字). 호는 추월(秋月). 남옥은 1763,4년 통신사행 때 제술관으로 일본에 다녀왔고, 이때의 경험을 바탕으로 『일관시초(日觀詩草)』・『일관창수(日觀唱酬)』・『일관기(日觀記)』 등의 방대한 사행록을 남겼다.

2　성사집(成士執)：사집(士執)은 성대중(成大中, 1732~1809)의 자(字). 호는 청성(靑城)・용연(龍淵). 성대중은 1763,4년 통신사행 때 정사서기로 일본에 다녀왔다. 저서로는 사행록 『일본록(日本錄)』과 문집 『청성집』 등이 남아 있다.

3　원자재(元子才)：자재(子才)는 원중거(元重擧, 1719~1790)의 자(字). 호는 현천(玄川)・물천(勿天)・손암(遜菴). 원중거는 1763,4년 통신사행 때 부사서기로 일본에 다녀왔고, 이때의 사행을 바탕으로 『승사록(乘槎錄)』과 『화국지(和國志)』 등을 남겼다.

4　김자안(金子安)：자안(子安)은 김인겸(金仁謙, 1707~1772)의 자(字). 호는 퇴석(退石). 김인겸은 1763,4년 통신사행 때 종사서기로 일본에 다녀왔다. 이때의 사행을 바탕으로 가사형식의 장편 〈일동장유가(日東壯遊歌)〉를 짓기도 하였다.

5　충어(蟲魚)로 주를 달고[注之蟲魚]：이는 『창려선생집(昌黎先生集)』 권6「황보식의 〈공안원지시〉를 읽고 그 뒤에 쓰다[讀皇甫湜公安園池詩書其後]」에 "『이아』에서 벌레와 물고기에 대해 주석을 내는 것은 정녕 큰 뜻을 지닌 사람의 일이 아니라네.[爾雅注蟲魚, 定非磊落人]"라고 한 데서 유래하였다.

쳤다. 스스로 높은 자리를 마음대로 빼앗을 정도로 재주가 뛰어나지도 큰 종을 울릴 만큼 학식이 풍부하지도 않았다면, 서쪽에서 얼었던 것이 풀렸어도 동쪽에서 얼음이 얼어붙고, 앞에서 안개가 걷혔어도 뒤에서 구름이 일어났을 것이다. 시험 삼아 물러난 은자에게 물어본다면, '텅 빈 채로 갔는데 채워서 돌아왔으니'[7] 내가 유독 그 혜택을 입은 것이라고 어찌 일찍이 말하지 않을 수 있겠는가? 요컨대, 여러 학사들께서 진실로 널리 노닐지 않은 바가 없었으니 재주와 학식 또한 알 수 있다. 시를 짓는 것 또한 고정관념을 뒤집고 기존 틀을 바꾸어 표절하지 않고 답습하지 않은 채 마음 가는 대로 표출하였으며, 붓으로 거두어들이고 팔뚝으로 운영하여 모습을 변화시키고 촉발시켜 오직 뜻하는 바대로 하였다. 이 때문에 말단관리[8]나 가마꾼 모두 흥을 부치기에 족하니 반드시 〈정녀〉[9]와 〈기보〉[10]일 필요가 없고, 재미있는 말과 글 모두 보고 느끼기에 족하니 반드시 한위(漢魏)를 모방할 필요가 없었다. 남시온이 일찍이 나에게 이르기를, "귀국의 사람들이 끊이지 않고 밀려오니 행운유수법[11]을 쓰지 않을 수 없었습니다만 한 밤중에 생각하면 부끄러워

---

6 형석(衡石) : 형(衡)은 저울이고, 석(石)은 1백 20근을 뜻한다. 진시황(秦始皇)이 매일 1백 20근의 각종 서류를 반드시 결재하였던 데서 나온 말이다. (『사기』「진시황기(秦始皇紀)」)

7 텅 빈 채로 갔는데 채워서 돌아왔으니[虛而行, 實而歸] : 『장자(莊子)』「덕충부(德充符)」에 "虛而行, 實而歸。"라고 하였다.

8 말단관리[郵籤] : 우첨(郵籤)은 원래는 시간을 알리는 죽편인데 여기서는 시각을 보고 하는 역관이나 관청에 소속된 말단관리를 뜻하는 것으로 보인다.

9 정녀(靜女) : 『시경(詩經)』「패풍(邶風)」〈정녀(靜女)〉.

10 기보(祈父) : 『시경(詩經)』「소아(小雅)」〈기보(祈父)〉.

11 행운유수법(行雲流水法) : 구름가는 대로 물 흐르는 대로 시를 짓는 것을 말한다.

땀이 등을 적십니다."라고 하였고, 사집 또한 말하기를, "처음 별안간
시를 지음에 비록 이백과 두보일지라도 이런 상황에 처하게 된다면 〈청
평삼첩(淸平三疊)〉이나 〈추흥팔수(秋興八首)〉를 다 지을 수 없을 것입니
다."라고 하였으니, 축적된 것에 연원이 있음을 더욱 알 수 있다. 아아,
세상에는 가융(嘉隆)[12]의 위체(僞體)를 귀하게 여겨 번간(墦間)에서 구걸
하고[13] 썩은 쥐를 가지고 으르대는[14] 풍조가 무르익어 눈에 넘치고 있
다. 내가 여러 학사들을 특별히 좋아하는 까닭은 새로움 때문이다. 사
람들의 입에 자주 오르내리는 구운 고기로 비유하자면, 오래된 것을 뒤
집고 새것을 내와, 익히는 솜씨를 다하면 맛있는 음식이 되긴 하지만,
사흘 동안 아침저녁으로 수차례 내놓으면서 메뉴를 바꾸지 않는다면
맛과 냄새 모두 없어지게 된다. 그런데도 여전히 산해진미라고 할 수

---

12 가융(嘉隆) : 명(明)나라 연호인 가정(嘉靖)과 융경(隆慶). 이때 가륭칠재자(嘉隆七才子)
라 하여 이반룡(李攀龍)·왕세정(王世貞)·서중행(徐中行)·종신(宗臣)·사진(謝榛)·오국
륜(吳國倫)·양유예(楊有譽) 등 일곱 문인이 활동하였다.

13 번간(墦間)에서 구걸하고[乞墦] : 전국시대 제(齊)나라의 어떤 사람이 날마다 집을 나가
동곽(東郭)의 무덤 사이[墦間]를 이리저리 돌아다니면서 남은 주식(酒食)을 실컷 빌어먹
고 집에 돌아와서는 매양 처첩(妻妾)에게 부귀한 이들과 만나서 먹었다고 거드름을 떨곤
했다는 고사에서 나왔다. (『맹자』 「이루하(離婁下)」)

14 썩은 쥐를 가지고 으르대는[嚇腐] : 전국시대 혜자(惠子)가 양(梁)나라의 재상으로 있을
때, 혹자가 혜자에게 "장자(莊子)가 와서 당신 대신 재상이 되려고 한다."라고 하자, 혜자
가 몹시 두려워한 나머지 전국에 수배를 내려 3일 밤낮 동안 장자를 찾아내게 했는데,
장자가 마침내 스스로 혜자를 찾아가서 말하기를 "남방(南方)에 원추(鵷鶵)라는 새가 있
는데, 자네는 아는가? 원추는 남쪽 바다를 출발하여 북쪽 바다로 날아가는데, 오동나무가
아니면 쉬지 않고, 대나무 열매가 아니면 먹지 않으며, 단물이 나는 샘이 아니면 마시지도
않았다네. 그러나 올빼미는 썩은 쥐를 얻어 가지고 있으면서 그 위를 날아가는 원추를
쳐다보면서 행여나 원추에게 썩은 쥐를 빼앗길까봐 으르댔다네. 그와 마찬가지로 자네도
양나라 재상 자리 때문에 나를 으르대는 것이 아니겠는가."라고 한 데서 온 말이다. (『장
자(莊子)』 「추수(秋水)」)

있겠는가? 사람들이 구운 고기를 즐기는데, 신선함이 아닌 부패한 것이라면, 세상 사람들이 괴이하게 여길 것이며 또한 비웃을 것이다. 유독 시를 좋아함에 있어서 오직 진부한 것이 음미할 만한 것으로 고루함을 얻는데 남김이 없으니 이 또한 유(類)를 알지 못함[15]이 심하다. 대개 참신한 시는, 세월이 지난 뒤에 취해 읽어보면 그 빛이 선연하여 마치 방금 탈고하여 먹통에서 연기가 나듯 공졸을 논할 것 없이 사람들로 하여금 담소를 떠올리고 그 뜻을 생각하게 한다. 진부하면 붓과 벼루를 떠나자마자 이미 묵은 마름 풀이 되니 장차 어느 곳을 좇아 그 생령을 찾을 수 있겠는가? 시도(詩道)에서 새로운 것을 귀하게 여기고 진부한 것을 천하게 여기는 것은 이 때문이다. 이세주 사람 석천씨(石川氏) 태일(太一)[16]과 그의 여러 벗들에게는 각각 조선의 네 분 학사 및 의관(醫官)들과 함께 모여 나눈 수창시와 필담이 있다. 이등씨(伊藤氏) 백수(伯守)는 금곡(金谷)의 사도(史徒)인데, 『문사여향(問槎餘響)』이라는 책을 편집하고 서문을 구하였다. 그리하여 그 연유를 서문으로 쓰면서 시도의 새로움과 진부함의 차이를 논하였다. 만약 금곡과 그의 여러 벗들이 아름다운 시구를 지어내는 뛰어난 재주로 각각 시를 내놓았다면 그 사

---

15 유(類)를 알지 못함[不知類] :『맹자』「고자(告子)」상(上)에 "손가락이 남들과 같지 않으면 그것을 싫어할 줄 아는데 마음이 남들과 같지 않으면 싫어할 줄 모르니, 이것을 일러 유를 알지 못한다.[指不若人, 則知惡之 ; 心不若人, 則不知惡, 此之謂不知類也]"라고 하였는데, 주희의 주(注)에 '경중(輕重)의 비례(比例)를 알지 못한다.'라고 하였다.

16 석천씨(石川氏) 태일(太一) : 석천금곡(石川金谷, 이시카와 긴코쿠, 1737~1779). 강호 시대 중기의 유자(儒者). 이름은 정(貞), 자는 태일(太一)·태을(太乙), 호는 금곡(金谷), 통칭은 뇌모(賴母). 이세국(伊勢國) 고야인(菰野人). 석천정(石川貞)·석태일(石太一)·석금곡(石金谷)이라고도 한다. 남궁대추(南宮大湫)의 문인으로 경도(京都)에서 사숙(私塾)을 열었고, 선소번(膳所藩)과 연강번(延岡藩)에서 벼슬을 지냈다.

람들이 모두 생존해 있으니 알고 싶은 사람은 나아가 물어보면 될 것이다. 여타 말은 다시 기록하지 않는다.

　노당(魯堂) 나파사증(那波師曾)[17]이 짓고,

　기양(崎陽) 평천리(平千里)가 쓰다.

---

17 노당(魯堂) 나파사증(那波師曾) : 나파노당(那波魯堂, 나바 로도, 1727~1789) : 강호 시대 중기의 유학자. 이름은 사증(師曾), 자는 효경(孝卿), 호는 노당(魯堂)·철연도인(鐵硯道人). 파마국(播磨國) 희로인(姬路人). 17세부터 5년간 경도(京都)의 유자(儒者) 강백구(岡白駒)에게 고문사학(古文辭學)을 배웠고, 그 후 성호원촌(聖護院村)에 초당을 지어 강설(講說)에 종사하였다. 만년에 아파덕도번(阿波德島藩)에서 벼슬하면서 주자학의 기초를 구축하였다. 대판에 들어와 있었던 이마(理馬) 장세문(張世文)에게 우리나라 말을 배우기도 했다. 1764년 통신사행 때 33세의 나이로 가번장로(加蕃長老)의 서기가 되어 강호로 가는 조선사행원을 수행하였고, 이때 조선사신들과 주고받은 시문을 모은 『동유편(東遊篇)』이 남아 있다. 이등유전(伊藤維典)이 편찬한 『문사여향(問槎餘響)』의 서문을 짓기도 하였다. 조선사신들로부터 널리 들어 아는 것이 많고 민첩하며 기이한 재주가 많다는 칭송을 받기도 했다.

문사여향(問槎餘響) 성명(姓名)

금곡(金谷) 성 석천(石川), 이름 정(貞), 자(字) 태일(太一)
이세주(伊勢州) 고야인(菰野人)

웅강(雄江) 성 곡(谷), 이름 옹중(顒仲), 자 부선(孚先)
이세주(伊勢州) 조명인(朝明人)

용산(龍山) 성 이동(伊東), 이름 무(懋), 자 자혜(子惠)
이세주(伊勢州) 구거인(久居人)

천주(天柱) 성 소옥(小屋), 이름 상령(常齡), 자 자수(子壽)
이세주(伊勢州) 구거인(久居人)

성하(星河) 성 대도(大嶋), 이름 요(要), 자 공추(公樞)
이세주(伊勢州) 상명인(桑名人)

담주(淡州) 성 전중(田中), 이름 질(秩), 자 군우(君祐)
이세주(伊勢州) 상명인(桑名人)

관봉(冠峰) 성 이등(伊藤), 이름 일원(一元), 자 길보(吉甫)
이세주(伊勢州) 고야인(菰野人). 지금은 농주(濃州) 입송(笠松)에 거주함.

승산(勝山) 성 전(田), 이름 입송(立松), 자 사무(士茂)
미농주(美濃州) 수하인(須賀人)

동정(東亭) 성 성야(星野), 이름 정지(貞之), 자 자원(子元)
미농주(美濃州) 북현인(北縣人)

화양(華陽) 성 수야(狩野), 이름 미제(美濟), 자 세백(世伯)
미농주(美濃州) 묵고인(墨股人)

한객성명(韓客姓名)

추월(秋月) 성 남(南), 이름 옥(玉), 자 시온(時韞), 제술관

용연(龍淵) 성 성(成), 이름 대중(大中), 자 사집(士執), 정사서기

현천(玄川) 성 원(元), 이름 중거(仲擧), 자 자재(子才), 부사서기

퇴석(退石) 성 김(金), 이름 인겸(仁謙), 자 자안(子安), 종사서기

모암(慕菴) 성 이(李), 이름 좌국(佐國), 자 성보(聖甫), 양의(良醫)

단애(丹崖) 성 남(南), 이름 두민(斗旻), 자 천장(天章), 의원(醫員)

상암(尙菴) 성 성(成), 이름 호(灝), 자 대심(大深), 의원

『문사여향』 성명 종(終)

문사여향(問槎餘響) 상권(上卷)

이등유전(伊藤維典) 백수(伯守) 편집

보력(寶曆) 갑신년 춘정월 25일에 나는 제군들과 함께 대판빈관(大坂賓館)에서 조선의 제술관과 세 분 서기를 만났다.

통자

저는 석천씨(石川氏)로 이름은 정(貞), 자는 태일(太一), 호는 금곡(金谷)입니다. 이세주(伊勢州)[1] 고야산(菰野山) 아래에서 태어났으며, 선조는 하내인(河內人)입니다. 대추(大湫) 남궁교경(南宮喬卿)[2]의 문인으로 지

---

1 이세주(伊勢州, 이세슈) : 현재의 삼중현(三重縣) 북중부 및 애지현(愛知縣) 미부시(彌富市)와 기부현(岐阜縣) 해진시(海津市) 일부이다. 이세국(伊勢國)·이세(伊勢)·세주(勢州)라고도 한다.

2 남궁교경(南宮喬卿) : 남궁대추(南宮大湫, 난구 다이슈, 1728~1778). 강호시대 중기의 유학자. 본성은 정상(井上), 이름은 악(岳), 자는 교경(喬卿), 통칭은 미육(彌六), 호는 대추(大湫), 별호는 적취루(積翠樓)·연파조수(烟波釣叟). 미농(美濃) 금미(今尾) 출신. 정상중팔(井上仲八)의 아들. 집안은 대대로 미장번(尾張藩) 가로(家老) 죽요씨(竹腰氏)에게 벼슬살이를 하였다. 어려서 부모를 잃고 병약했기 때문에 학문에 뜻을 두고 중서담연(中西淡淵)에게 배웠다. 경도(京都) 공가(公家)에서 근무하였으나 관직이 싫어 이세(伊勢)의 상명(桑名)으로 이주하고 성을 남궁(南宮)으로 바꿨다. 강설(講說)을 업으로 하여 빈곤생

금도 또한 스승으로 추종하고 있습니다. 같은 군(郡) 상명현(桑名縣)에 거주하며 강학을 업으로 삼고 있습니다. 바야흐로 지금의 시대는 기자가 대동(大東)에 봉해지고 백 년 동안 태평하여 온 백성들이 편안하게 업에 종사하고 있습니다. 그리하여 옛 맹약을 다지려고 세 분 사신께서 선린우호를 닦자 여러 군자들께서 사신을 좇아 멀리 이 땅에 건너오시게 되었습니다. 우리 소인들이 마침 풍모를 접하고 한 자리에 앉아 이야기를 나눌 수 있게 되었으니, 그 기쁨이 얼마나 지극하겠습니까? 다행히 물리치지 않으시고, 아랫사람과의 사귐을 허락해주신다면, 실로 종신토록 크나큰 영광이겠습니다. 인하여 거친 시를 지어 삼가 추월 남공과 성·원³ 두 분께 각각 바칩니다. 화운시를 주신다면 소중히 간직하여 보배로 삼겠습니다.

조선 제술관 남추월께 드리다
呈朝鮮製述官南秋月

금곡

한 차례 기자 나라 출발하여 바다 건넜는데	一出箕邦涉海來
앞선 명성⁴ 일찍이 동쪽나라⁵에 알려졌다오	先聲早已日東開

활이 계속되었지만 조금도 동요하지 않았다. 42세 때 동문인 세정평주(細井平洲)의 권유로 강호로 가 개숙(開塾)하였다. 당시 명성이 높아 각 번(藩)으로부터 빈사(賓師)로 초빙되기도 하였다. 1764년 통신사행 때 추월 남옥과 서신을 통해 정주학에 대한 자신의 학문적 입장을 개진하여 『남궁선생강여독람(南宮先生講餘獨覽)』을 남겼다. 서예로도 조예가 깊어 '行書五絶'이 전하고 있다. 저서로 『대추선생집(大湫先生集)』·『학용지고(學庸旨考)』·『역대비황고(歷代備荒考)』 등 다수가 있다.
3 추월 남공과 성·원 : 남옥과 성대중·원중거를 지칭한다.

채색 붓으로 명산을 기록하며 다니니 　　　　　彩毫行紀名山去
어찌 상수 떠다닌 태사[6]의 재주에 양보하랴 　　何讓浮湘太史才

석천태일(石川太一)께 화답하다[7] 추월(秋月)이 원래 내 이름을 썼는데, 내가
베껴 쓰면서 "이름을 쓰나 자를 쓰나 굳이 나에게는 이익 될 것도 손해 볼 것도 없다.
그러나 사람들이 '공은 선비를 대하는 것이 몹시 소홀하다'고 할까봐 고쳐서 쓴다."라고
하였다.

和石川太一

　　　　　　　　　　　　　　　　　　　　　　　추월

날마다 서실 다락에서 서간을 안고 와 　　　　日日書樓抱簡來
권태로울 때 책상에서 반 이상 펼쳐보았네 　　筆牀强半倦時開
그대들은 높은 곳으로 옮겨가는[8] 뜻 있지만 　諸君却有遷鴬志
늙은 나는 본래 봉황 토하는[9] 재사 아니라오 　老子本[10]非吐鳳才

---

4 선성(先聲) : 선성후실(先聲後實)에서 나온 말이다. 먼저 소문을 내어 성세(聲勢)를 과
장하고 뒤이어 실제의 병력을 보낸다는 뜻으로 한신(韓信)이 말한 병법의 요결(要訣)이
다. (『사기』 권92 「회음후열전(淮陰侯列傳)」)

5 동쪽나라[日東] : 일동(日東)은 해가 뜨는 동쪽나라 일본을 가리킨다.

6 상수 떠다닌 태사[浮湘太史] : 사마천이 20세 때 남쪽으로 강회(江淮)·회계(會稽)·우
혈(禹穴)·구의(九疑)·원상(沅湘)을 유력(遊歷)하고 북쪽으로는 문사(汶泗)를 건너고 제
노(齊魯)의 땅에서 강학(講學)하고 양초(梁楚)를 지나 돌아왔다고 한다. (『사기(史記)』
권130)

7 남옥의 『일관창수(日觀唱酬)』 중(中) (국립중앙도서관, 청구기호 古3644-7)에는 시제
가 〈次石川貞〉으로 되어 있다. 정(貞)은 금곡의 이름이고, 태일은 그의 자(字). 시 제목에
추월이 금곡의 이름을 쓴 것을 금곡 자신이 자로 바꾸었다.

8 높은 곳으로 옮겨가는[遷鴬] : 학문이나 지위가 상승해서 높은 곳으로 옮겨 가는 것을
뜻한다. 『시경』 「소아(小雅)」 〈벌목(伐木)〉에, "나무 베는 소리 쩡쩡, 새 울음소리 앵앵,
깊은 골짜기에서 나와, 높은 나무로 날아가도다.[伐木丁丁, 鳥鳴嚶嚶。出自幽谷, 遷于喬
木。]"라고 하였다.

조선국 정사서기 성용연께 드리다
呈朝鮮國正使書記成龍淵

금곡

훌륭하신 서기께서 동쪽 바다로 건너오니 翩翩書記度東洋
시낭 속 명월주(明月珠) 밤에 온통 빛나네 囊裡明珠盡夜光
남은 흥 아끼지 말고 어둠 속에 구슬 던져[11] 不惜興餘暗投去
맑고 밝은 빛으로 훗날 외진 마을 비춰주오 清瑩他日照寒鄉

석금곡께 화답하다
和石金谷

용연

황하의 한 근원 비로소 바다 다하니 河源一轍始窮洋
남극의 문성 반짝반짝 빛을 발하는구나 南極文星燦燦光
이국땅에 풍아의 성대함 남아돌아 剩得殊方風雅盛
매화나무 봄빛 강마을에 흩어지네 小楳春色散江鄉

---

9 봉황 토하는 재주[吐鳳] : 한(漢)나라 때 양웅(揚雄)이 일찍이 『태현경(太玄經)』을 저술하고 나서 자기 입으로 봉황을 토해 낸 꿈을 꾸었다는 데서 온 말로, 곧 훌륭한 문장(文章)을 저술한다는 뜻이다.

10 '本'자가 남옥의 『일관창수(日觀唱酬)』 중(中) (국립중앙도서관, 청구기호 古3644-7)에 수록된 같은 시 〈次石川貞〉에는 '元'자로 되어 있다.

11 어둠 속에 구슬 던져[暗投去] : 명주암투(明珠暗投) 고사. 『사기(史記)』 「추양전(鄒陽傳)」에 "어둠 속에서 길 가는 사람에게 명월주(明月珠)와 야광벽(夜光璧)을 던지면 모두들 칼을 잡고 두리번거린다."라고 하였는데, 여기서는 귀중한 시구를 마구 던져달라는 뜻으로 쓰였다.

조선국 부사서기 원현천께 드리다
呈朝鮮國副使書記元玄川

금곡

사절의 해 맞이하여 나랏일 수고롭지만	使節當年王事勞
계림[12]의 문사들 어짊과 호기 다하네	雞林文史盡賢豪
이웃나라 말 다르다고 근심하지 않고	不愁相傍方言異
맑은 흥 무르익을 때면 채색 붓 휘두르네	淸興熟時揮彩毫

석금곡께 화답하다
和石金谷

현천

부침이 심한 물안개 속에서 고달프게 지내다	閱歲浮沈烟水勞
물길 다하고 산이 나와 호걸들 보게 되었네	水窮山出見群豪
서로 만나 말은 못해도 마음으로 알고	相逢不語還心識
유연히 객석에서 절로 붓 잡게 되는구려	賓席悠然自把毫

금곡 아룀: "언젠가 사신배가 이른다는 말을 듣고 밤낮으로 바라보다가 용문을 오를 수 있게 되어 기대하지 않았던 기쁨을 누리게 되었습니다. 저는 본래 바닷가에서 고기잡이하며 살아가고 있는 터라 아직까지 군자의 수준 높은 말씀을 들어본 적이 없습니다. 과문(寡聞)과 천견(淺見)으로 얼굴이 붉어질 정도로 부끄럽기만 합니다. 일찍이 한두

---

12 계림(雞林) : 경상도 경주(慶州)의 옛 지명인데, 신라가 도읍한 곳이다. 여기서는 조선을 가리킨다.

가지 의문 나는 일이 있었는데, 나라에서 금지하는 법을 어기지 않고 있으니 충분히 가르쳐주실 것을 청합니다."

용연 답함: "잘 알겠습니다. 뜻을 받들겠습니다."

금곡 물음: "일찍이 귀국의 사람들이 독서를 하는데 회환(回還)이라는 독법(讀法)이 있다고 들었습니다. 귀국의 독법으로 읽어주셨으면 합니다."

용연 답함: "민간에는 이 독법이 있습니다만 사림(士林)에서는 이것을 귀하게 여기지 않습니다."

금곡 물음: "공은 자제분이 있습니까?"

용연 답함: "있습니다."

금곡 물음: "자제분은 몇 살입니까?"

용연 답함: "다섯 살입니다."

금곡 물음: "댁은 어디입니까?"

용연 답함: "경기도 포천현입니다."

금곡 물음: "자(字)는 무엇입니까?"

용연 답함: "사집(士執)입니다."

금곡 물음: "공께서 머리에 쓰신 것은 이름이 뭡니까?"

용연 답함: "말총 탕건입니다."

금곡 물음: "남·원[13] 두 분 또한 같습니까?"

용연 답함: "털모자입니다."

금곡 아룀: "귀국의 언문은 세종 장헌왕(莊憲王)으로부터 시작되었다고 들었습니다. 지금 언문으로 기록한 것이 있는데 글자 모양과 편획

---

13 남(南)·원(元) : 남옥(南玉)과 원중거(元重擧).

가운데 분명 잘못 베낀 것이 있을 것입니다. 바르게 고쳐주시기를 청
합니다."

용연 물음: "누가 썼습니까?"

금곡 답함: "대추(大湫)께서 쓰신 것으로, 곧 저의 스승입니다. …… 남
궁교경(南宮喬卿)으로 대추는 그의 호입니다." 용연이 붓을 잡고, ……, 그때
여러 사람들이 …… 연이어져 끝내 마치지 못하였다.

금곡 물음: "제가 드린 시에 대한 화운시가 이미 이루어졌는지요?"

현천 답함: "화운시 몇 수를 천천히 지어드리겠습니다."

금곡 아룀: 내가 주었던 시를 보여주면서 "귀국의 음(音)으로 크게 좀
읽어주십시오."라고 하였다. 용연이 조선음으로 높게 한 차례 읊었다. 내가 중
국음으로 높이 창을 하면서 읽자, 학사와 두 분 서기께서 "보기 드물도다! 보기 드물도
다"라고 썼다.

금곡 아룀: "오늘은 날이 이미 저물었습니다. 작별을 고해야겠습니다.
내일 공들께서 출발하시게 되면 그동안 얽혔던 간절한 사연들을 감당할
수 없을 것입니다만 서쪽으로 돌아가시는 날 다시 이곳 나루에서 만나
게 될 테니 남아 있는 서운함이 오래가지 않을 것입니다. 먼 길에 자애하
십시오.【세 분 공께서 고개를 끄덕였다.】 앞으로 가시는 길에 미농주(美濃州)[14]
금수역(今須驛)[15]과 미장주(尾張州)[16] 어월역(於越驛)[17]이 있습니다. 그 역

---

14 미농주(美濃州, 미노슈) : 현재의 기부현(岐阜縣) 남부 지역. 미농국(美濃國)·미농(美
 濃)·농주(濃州)라고도 한다.

15 금수역(今須驛, 이마스에키) : 금수(今須)에 있는 역참. 금수는 미농국(美濃國)에 속하
 고, 현재의 기부현(岐阜縣)에 있다.

16 미장주(尾張州, 오와리슈) : 현재의 애지현(愛知縣) 서부 지역. 미장국(尾張國)·미장
 (尾張)·미주(尾州)라고도 한다.

에는 동쪽으로 길을 떠나시는 공들을 기다리고 있는 자들이 있는데,
이등관봉[18]·전승산[19]·성동정[20]·이동용산[21]·소옥천주[22]·대도성하[23] 등
입니다. 관봉은 대추의 친구이자 저와 동향인이며 나머지는 저의 친구
들입니다. 당도하시면 만나게 될 것입니다.【세 분 공께서 고개를 끄덕였다.】"
나는 예를 올리고 물러났다.

---

17 어월역(於越驛, 오코시에키) : 미장국(尾張國) 어월(於越)에 있는 역참. 기역(起驛)이
라고도 한다.

18 이등관봉(伊藤冠峰, 이토 간포, 1717~1787) : 강호시대 중기의 유의(儒醫). 이름은 일
원(一元), 자는 길보(吉甫), 호는 관봉(冠峰). 이세국(伊勢國) 고야인(菰野人). 대추(大
湫) 남궁교경(南宮喬卿)의 친구이고, 석천금곡(石川金谷)과는 동향인이다. 거상(巨商)
집안에 태어났으나 젊어서부터 질박함을 숭상하고 의용(儀容)을 꾸미지 않았다. 가산(家
産)은 형제에게 맡기고 미장국(尾張國)에 유학하여 남궁교경과 함께 유학자 추원담연(秋
元淡淵)에게 수학하였고, 의술을 좋아하여 이등현택(伊藤玄澤)에게 배웠다. 만년에 미농
국(美濃國) 입송(笠松)에 은거하며 독서와 강학을 일삼았는데, 경학보다 문학에 더 많은
관심을 두었다.

19 전승산(田勝山, 덴 쇼산) : 강호시대 중기의 유의(儒醫). 이름은 입송(立松), 자는 사무
(士茂), 호는 승산(勝山). 미농국(美濃國) 수하인(須賀人). 1764년 통신사행 때 조선문사
들과 수차례 시와 필담을 주고받았다.

20 성동정(星東亭) : 성야동정(星野東亭, 호시노 도테이, ?~?). 강호시대 중기의 유의(儒醫).
이름은 정지(貞之), 자는 자원(子元), 호는 동정(東亭). 미농국(美濃國) 북현인(北縣人).

21 이동용산(伊東龍山, 이토 류잔, ?~?) : 강호시대 중기의 유의(儒醫). 이름은 무(懋),
자는 자혜(子惠), 호는 용산(龍山). 이세국(伊勢國) 구거인(久居人). 대추(大湫) 남궁교경
(南宮喬卿)의 문인이었고, 구거후(久居侯)의 의관이었다.

22 소옥천주(小屋天柱, 고야 덴츄, 1746~?) : 강호시대 중기의 한시인(漢詩人). 이름은
상령(常齡), 자는 자수(子壽), 호는 천주(天柱). 이세국(伊勢國) 구거인(久居人). 대추(大
湫) 남궁교경(南宮喬卿)의 문인이다.

23 대도성하(大嶋星河, 오시마 세이가, ?~?) : 강호시대 중기의 한시인(漢詩人). 이름은
요(要), 자는 공추(公樞), 호는 성하(星河). 이세국(伊勢國) 상명인(桑名人). 대추(大湫)
남궁교경(南宮喬卿)의 문인이다.

보력(寶曆) 갑신년(1764) 봄 2월 초하루에 조선사신이 미농주 금수역에서 쉬게 되어 우리들이 나가 제술관과 세 분 서기를 만났다.

통자

저는 성은 이동(伊東), 이름은 무(懋), 자는 자혜(子惠), 호는 용산(龍山)입니다. 구거후(久居侯)의 의관으로 지금은 같은 지방인 상명현에 있는 남궁교경(南宮喬卿)에게 배우고 있습니다. 지금 공들께서 무탈하게 이곳으로 건너오셔서 한없이 기쁘고 다행스럽습니다. 저의 성격이 미련스럽고 둔하여 나아가 뵙기에 부족합니다만 이곳으로 말을 몰고 온 한두 벗이 있어서 스스로 고루함을 망각한 채 제술관 남(南)공과 성(成)·원(元)·김(金) 세 분 서기께 거친 시를 바칩니다. 엎드려 바라건대 화운시를 지어주십시오. 상자에 잘 보관하여 집안의 보배로 삼겠습니다.

　추월 물음: "군들은 모두 대추(大湫)의 제자입니까?"
　용산 답함: "그렇습니다."
　추월 물음: "대추는 어떤 분입니까?"
　용산 답함: "대추는 은거한 채 벼슬을 하지 않고 있습니다. 달리 좋아하는 것은 없고 오직 시서(詩書)를 즐기고 있을 뿐입니다. 학문세계에서 노닐다가 여유가 있으면 작은 배를 띄워놓고 낚싯대 드리우는 것을 일삼을 뿐입니다."
　추월 물음: "별호(別號)가 대추입니까?"
　용산 답함: "그렇습니다."

추월 물음: "대추의 서신 속에 물건을 준다는 말이 없습니다."

용산 답함: "대추의 서신 속에 마땅히 갖추어 열거하였을 테니 다시 살펴보십시오."

추월 물음: "대추께서 전한 것입니까?"

용산 답함: "드리라고 저에게 부탁했습니다."

추월 답함: "사양하겠습니다."

용산 또 답함: "왜(倭)가 만든 부채입니다. 받는다고 무슨 거리낄 것이 있겠습니까?"

추월 다시 답함: "비록 그렇더라도 사양하겠습니다. 공들께서 주시는 것은 일체 사양하겠습니다."

추월 물음: "대추에게 화답할 시가 완성되면 누구에게 부탁해야 합니까?"

용산 답함: "저에게 말씀하십시오."

용연 물음: "공의 마을은 여기에서 몇 리나 됩니까?"

용산 답함: "우리나라 이수(里數)로 32리 정도 됩니다."

용연 물음: "공께서는 대추에게 배웁니까?"

용산 답함: "그렇습니다."

용연 다시 답함: "돈독한 뜻 기릴 만합니다."

용산 물음: "낭화(浪華)[24]에서 석천태일(石川太一)[25]을 뵈었습니까?"

---

24 낭화(浪華, 나니와) : 대판(大阪)의 이칭. 섭진국(攝津國)에 속하고, 대판(大坂)·낭화(浪花)·낭속(浪速)·난파(難波)라고도 한다.

25 석천태일(石川太一) : 석천금곡(石川金谷, 이시카와 긴코쿠, 1737~1779). 강호시대 중기의 유자(儒者). 이름은 정(貞), 자는 태일(太一)·태을(太乙), 호는 금곡(金谷), 통칭은 뇌모(賴母). 이세국(伊勢國) 고야인(菰野人). 석천정(石川貞)·석태일(石太一)·석금곡(石金谷)이라고도 한다. 남궁대추(南宮大湫)의 문인으로 경도(京都)에서 사숙(私塾)을 열었고, 선소번(膳所藩)과 연강번(延岡藩)에서 벼슬을 지냈다.

퇴석 답함: "병으로 누워있어 뵙지 못했습니다."

용산 물음: "공의 의관은 이름이 무엇입니까?"

퇴석 답함: "갓은 복건(幅巾)이고, 옷은 도포(道袍)로 곧 옛날 성현이 입었던 것입니다."

용산 다시 답함: "선왕(先王)의 법복(法服)을 입고 선왕의 덕행을 행하니 매우 부럽습니다. 다만 그대가 말한 바가 선왕의 법언(法言)인지는 모르겠습니다."

용산 물음: "양의(良醫)는 오시지 않았습니까?"

모암26 답함: "저입니다."

용산 다시 답함: "저에게 시가 있어 족하게 바칩니다. 감히 청하건대 화운시를 주셨으면 합니다."

모암 다시 답함: "만난 적이 한 번도 없는데 멀리서 오셔서 찾아주시니 은혜를 매우 크게 입었습니다. 갑자기 눈동자에 낀 먼지를 털어낼 수 있어 흠모하고 감탄하게 합니다. 맑고 수려한 풍신은 일본의 사종(詞宗)이라고 이를 만합니다. 저는 양의(良醫)인 까닭에 시로 창화하는 일은 소관이 아닙니다. 해가 서산으로 기울고 있어 길 떠나는 것이 몹시 급합니다. 작별시를 지어드릴 길이 없으니 서쪽으로 돌아가는 날을 기다리심이 어떻겠습니까? 이야기도 나누지 못한 채 헤어지게 되니 이별하는 마음 몹시 슬픕니다."

---

26 모암(慕菴) : 이좌국(李佐國, 1733~?)의 호. 조선 후기의 의원(醫員). 본관은 완산(完山). 자는 성보(聖甫), 호는 모암(慕庵). 1763년 31세 때 양의(良醫)로 사행에 참여하였다. 이듬해 정월 하순에 대판에서 신산퇴보(新山退甫)에게 관상을 보았고, 이때 나눈 필담이 『한객인상필화(韓客人相筆話)』에 수록되어 있다. 이밖에도 일본의 의인(醫人)들과 나눈 의담(醫談)이 『화한의화(和韓醫話)』·『왜한의담(倭韓醫談)』 등에 수록되어 있다.

용산 답함: "오늘 계속해서 음산한 비가 세차게 쏟아지고 또 일이 급박하게 되어 화운시를 지어주실 수 없다니 매우 한스럽습니다. 만약 앞으로 사행하시다가 행여 뜻이 있으시다면 필히 사람을 시켜 상명현의 남궁교경에게 이를 수 있도록 해 주실 것을 기원합니다."

모암 다시 답함: "만 리에서 의술에 종사하는 사람끼리 부평초처럼 상봉하였는데, 시를 지어주시다니 참으로 영광입니다. 삼가 잊지 않도록 하겠습니다."

조선 제술관 남추월께 드리다
呈朝鮮製述官南秋月

만 리에 돛 드날리며 동쪽나라 향하는데	萬里揚帆指日東
원래 훌륭한 문장으로 한때 영웅이었다지	由來麗藻一時雄
난 지금 쇠처럼 단단한 교분27 맺고서	我今堪結金蘭契
이 날 기자 나라 풍도 새로 알게 되었다오	此日新知箕國風

---

27 쇠처럼 단단한 교분[金蘭契] : 『주역(周易)』「계사(繫辭)」에 "두 사람이 마음을 같이하니, 그 단단함이 쇠를 끊을 만하도다. 마음이 서로 같은 말은 그 향내가 난초와 같도다.[二人同心, 其利斷金。同心之言, 其臭如蘭。]"라고 한 데서 온 말로, 전하여 아주 돈독한 우의를 비유한다.

이동자혜의 시에 차운하다
次伊東子惠[28]

추월

접침령[29]의 외로운 누각 비파호 물가 동쪽	針嶺孤樓琵渚東
동정호의 봄물과 자웅을 겨누고자 하네	洞庭春水欲爭雄
그윽한 대숲 농산 객관에 가랑비 내리는데	幽篁細雨濃山館
진귀한 먹과 맑은 시로 문사 풍모 드러내네	珍墨清詩見士風

서기 성용연께 드리다
呈記書成龍淵

용산

훌륭하신 서기 해 옆에서 나오더니[30]	翩翩書記日邊來
이국 손님과 술 마주하고 회포를 푸네	異客襟懷對酒開
산동의 호걸스런 선비라고 들었는데	聞道山東豪桀士
그대 오늘날 자운[31]의 재주임을 알겠네	知君今代子雲才

---

28 남옥의 『일관창수(日觀唱酬)』 중(中) (국립중앙도서관, 청구기호 古3644-7)에는 시제가 〈次伊東子惠名懋号龍山医人〉으로 되어 있다.

29 접침령(摺針嶺) : 근강(近江)과 미농(美濃)의 경계에 있다.

30 해 옆에서 나오더니[日邊來] : 이백(李白)의 〈망천문산(望天門山)〉 시에 "하늘문 가운데 갈라져 초강이 열리고, 푸른 물 동으로 흘러 북으로 돈다. 양쪽 언덕엔 푸른 산 마주 솟아 있고, 외로운 돛단배 해 옆에서 나오네[天門中斷楚江開, 碧水東流至北迴。兩岸青山相對出, 孤帆一片日邊來。]"라고 하였다.

31 자운 : 자운(子雲)은 전한(前漢) 때의 학자 양웅(揚雄)의 자(字)이다. 양웅은 제2의 『주역』이라 불리는 『태현경(太玄經)』을 지었다.

이동용산의 시에 차운하다
次伊東龍山

용연

용산의 수려한 자태 구름 너머에서 오니	龍山秀色隔雲來
객관에서 채색 붓 비를 머금고 피어나네	客館花毫帶雨開
세필로 쓴 기이한 필체 새로 광채 나고	弱羽奇草新采炫
잠깐 휘둘러 뿌리니 참으로 천재로구나	片時揮洒信天才

서기 원현천께 드리다
呈書記元玄川

용산

사신으로 부절 들고 도성을 나오니	使臣持節出都城
이로부터 높은 재주 제일의 명성일세	自是高才第一名
산 넘고 물 건너느라 얼마나 고생했을까	多少山川勞跋涉
서풍이 고국의 정 일어나게 하네	西風可起故園情

이동용산의 시에 차운하다
次伊東龍山

현천

비파호 위에 언근성이 있고	琵琶湖上彦根城
접침령 주변에 금차[32]라는 곳 있네	摺針嶺邊金次名

---

32 금차(金次, 이마스) : 강호시대 미농국(美濃國)에 속하고, 현재의 기부현(岐阜縣) 불파

성긴 나무 저녁 구름 행차 다하지 않았는데 　　　　疎樹暮雲行不盡
그대 굳이 와 고달픈 나그네 심정 묻는구려 　　　　煩君來問倦遊情

서기 김퇴석께 드리다
呈書記金退石

용산

사명 받든 많은 배 해상에서 돛을 걸자 　　　　奉使千帆海上懸
서풍 불어 홀연 해 뜨는 동쪽 하늘로 보내네 　　　　西風忽送日東天
민첩하고 명성 높은 손님 추천한다면 　　　　若推敏捷高名客
그대가 바로 당대의 적선 이백이라오 　　　　君是當時李謫仙

용산이 보내준 시에 차운하다
次龍山見贈韻

퇴석

갑신년[33] 팔월에 돛 하나 걸고 　　　　玄羊八月一帆懸
해를 넘겨서야 겨우 석목[34] 하늘에 닿았네 　　　　經歲纔窮析木[35]天

군(不破郡)에 있는 금수(今須)를 가리키는 것으로 추정된다. 사행록에 금수 이외에도 금차(今次)·이마즈(伊麻즈)·아즈마(阿즈麻)·금수(金須) 등의 표기가 나온다.

33 갑신년[玄羊] : 현양(玄羊)은 갑신년(甲申年)을 말하는데, 여기서는 1764년을 두고 한 말이다.

34 석목(析木) : 석목은 십이지(十二支)의 동방(東方), 즉 인(寅)에 해당하는 성차(星次)이다. 여기서는 일본을 가리킨다.

35 원문에는 '折木'으로 되어 있으나 '析木'으로 바로잡는다.

바람안개 속 삼신산이라 원근을 알랴만	三島風烟知遠近
봄바람 불면 선문 신선[36] 찾고 싶구려	春風欲訪羨門仙

모암·상암[37]·단애[38]께 드리다
呈慕菴·尚菴·丹崖

용산

나그네 신세로 상봉하여 담소 나누니	萍水相逢談笑開
한때의 만남이었지만 기상이 호기롭구나	一時交會氣豪哉
구태여 오늘 의국이라 칭할 게 있겠소	那須今日稱醫國
오묘한 의술, 그대 원래 편작[39]의 재주였는데	妙術君元扁鵲才

---

36 선문 신선[羨門仙] : 고대(古代) 선인(仙人). 『전한서(前漢書)』에, "시황(始皇)이 동으로 노닐면서 신선(神仙) 선문(羨門)의 무리를 구했다."라고 하였다.

37 상암(尚菴) : 성호(成灝, 1721~?)의 호. 조선 후기의 의원(醫員). 본관은 창녕(昌寧). 자는 대심(大心)·대심(大深), 호는 상암(尚菴). 1763년 통신사행 때 삼방(三房) 소속 의원으로 일본에 건너갔고, 이듬해 대판 객관에서 탕구위광(湯口爲光)에게 관상을 보면서 나눈 필담이 『한객인상필화(韓客人相筆話)』에 수록되어 있다.

38 단애(丹崖) : 남두민(南斗旻, 1725~?)의 호. 조선 후기의 의원(醫員). 자는 천장(天章), 호는 단애(丹崖). 1763,4년 통신사행 때 이방(二房) 소속 의원으로 일본에 다녀왔고, 이때 일본의원들과 의사문답(醫事問答)을 나누기도 하였다.

39 편작(扁鵲) : 중국 전국시대의 전설적인 명의(名醫). 장상군(長桑君)에게 의학을 배워 금방(禁方)의 구전과 의서(醫書)를 받아 명의가 되었다고 한다. 괵(虢)나라 태자의 급환을 고쳐 죽음에서 되살렸다는 이야기로 유명하다. (『사기(史記)』 「편작창공열전(扁鵲倉公列傳)」)

통자

상령(常齡)

저는 성은 소옥(小屋), 이름은 상령(常齡), 자는 자수(子壽), 호는 천주(天柱)입니다. 지금은 남궁교경(南宮喬卿)에게 배우고 있습니다. 사신배가 동쪽으로 간다는 말을 듣고 외람되게도 감히 보잘것없는 시를 남학사와 성·원·김 세 분 서기 및 양의(良醫)·의원(醫員)께 바칩니다. 소생의 시는 진실로 취할 것이 없습니다만 만약 한 번이라도 훑어봐주시고 또 화운시를 지어주신다면 참으로 다행이겠습니다.

추월 물음: "나이는 어떻게 되십니까?"

상령 답함: "병인년 생으로 지금 열아홉입니다."

추월 답함: "성숙하여 사랑스럽습니다."

상령 물음: "낭화(浪華)에서 석태일(石太一)을 뵙지 않으셨습니까?"

용연 답함: "석금곡(石金谷) 말입니까?"

상령 답함: "그렇습니다."

추월 물음: "그대 이름은 무엇입니까?"

상령 답함: "명함에 쓰여 있습니다. 이름은 상령이고 자는 자수입니다."

상령 아룀: "소생의 벗 가운데 자(字)가 부선(孚先)인 곡옹중(谷顒仲)이라는 자가 있습니다. 지금 서경에 있는데 여러 공들을 찾아뵈려고 하였으나 안타깝게도 몸져눕게[40] 되었습니다. 이에 직접 지은 시를 소생

---

40 몸져눕게[采薪之憂] : 채신지우는 병이 들어 나무를 할 수 없다는 뜻으로, 자신의 병을 겸손하게 이르는 말이다.

에게 부탁하여 드리도록 하였으니, 화운시를 지어주셨으면 합니다."

추월 물음: "누구에게 부탁하여 전달합니까?"

상령 답함: "화운시를 저에게 주십시오."

상령 아룀: "저의 벗 곡부선(谷孚先)이라는 자가 시를 저에게 부탁하였습니다. 그리하여 화운시를 지어주실 것을 청합니다."

용연 답함: "사행이 바빠서 겨를이 없으니 다른 날을 기다리십시오."

상령 답함: "서쪽으로 돌아가실 때 곡부선이 낭화에 나가 뵈올 것이니 삼가 잊지 않으셨으면 합니다."

용연 답함: "그렇게 하겠소."

상령 물음: "서기 두 분은 어디에 계십니까? 아직 오시지 않았습니까?"

모암 답함: "상판사[41] 방에 계십니다."

남추월께 드리다
呈南秋月

천주

비단 돛 탈 없이 바람 타고 와 　　　　　錦帆無恙御風來
서로 만나 한 차례 모임 여네 　　　　　邂逅相逢一會開
당에 가득한 사람 중 누가 견줄 수 있을까 　借問滿堂誰得似
본래 절로 훌륭하여 재주 짝할 자 없다오 　翩翩本自不群才

---

41 상판사(上判事): 정사(正使) 조엄(趙曮)을 가리킨다.

소옥천주의 시에 차운하다
次小屋天柱[42]

추월

대가마 타고 봄날 빗소리와 함께 와	筍輿春與雨聲來
안부 묻지도 못했는데 붓과 벼루 펼치네	未訪寒暄筆硯開
오동과 대의 맑은 자태 난새와 고니[43] 부르니	梧竹淸姿鸞鵠喚
일본[44]에도 육랑[45]의 재주 지닌 자 있네	越中還有陸郞才

성용연께 드리다
呈成龍淵

천주

사신별 멀리 일본[46] 하늘로 이동하여	使星遙動蜻州天
현자들 이곳 연석에 모였음을 뉘 알랴	誰識群賢聚此筵
새로운 시 청하자 나에게 화답하는 듯	爲請新詩如報我

---

42 남옥의『일관창수(日觀唱酬)』중(中) (국립중앙도서관, 청구기호 古3644-7)에는 시제가 〈次小屋子壽名常齡号天柱〉로 되어 있다.

43 오동과 대의 맑은 자태 난새와 고니[梧竹淸姿鸞鵠] : 뛰어난 인재들을 비유하는 말로 한유(韓愈)의「전중소감마군묘명(殿中少監馬君墓銘)」에 "푸른 대 푸른 오동에 난새와 고니가 우뚝 선 듯하니, 그 가업을 지킬 만한 자였다.[翠竹碧梧, 鸞鵠停峙, 能守其業者也。]"라고 하였다.

44 일본[越] : 월(越)은 원래 중국 춘추시대 때의 국명인데, 여기서는 조선에 비해 남쪽에 있는 일본을 비유적으로 표현한 말이다.

45 육랑(陸郞) : 서진의 이름난 문장가 육기(陸機)이거나 혹은 남송(南宋)의 유명한 시인 육유(陸游)를 가리키는 것으로 보인다.

46 일본[蜻州] : 청주(蜻州)는 일본의 별칭. 청령(蜻蛉)·청정(蜻蜓)·청정국(蜻蜓國)이라고도 한다. 청령은 원래 잠자리이다.

놀랍게도 해 주변에 빛나는 광채 생기네　　　　正驚輝煥日生邊

소옥천주의 시에 차운하다
次小屋天柱

　　　　　　　　　　　　　　　　　　　　　　용연

각자 다른 하늘에 산다고 말하지 마오　　　　休言形跡各分天
반나절이나 빈연에서 시로 인연 맺었지　　　　半日文緣在儐筵
어찌 급히 헤어진다고 한스럽다 하랴!　　　　別恨恩恩那可道
백화만발한 곳에서 다시 만날 기약 있는데　　前期猶在百花邊

원현천께 드리다
呈元玄川

　　　　　　　　　　　　　　　　　　　　　　천주

사신 부절이 서쪽 끝에서 새로 열리더니　　　玉節新開西極邊
비단 돛대 진정 강호(江戶) 하늘로 향하네　　錦帆眞向武州天
이곳부터 동으로 사행하면 그대 붓 들게 될 테니　東行自此君援筆
한 조각 부용 같은 부사산[47]이 눈앞에 있어서라네　一片芙蓉在目前

---

47 부사산[芙蓉] : 부용(芙蓉)은 부사산(富士山)의 비유적 표현이다. 이밖에도 부사산을 두고
　팔엽(八葉)·팔엽봉(八葉峰)·백설(白雪)·부악(富嶽)·용악(蓉嶽)·함담봉(菡萏峯)이라고
　도 한다.

소옥천주의 시에 차운하다
次小屋天柱

현천

접침령 주변 호수 위 외로운 구름	湖上孤雲摺針邊
미농주 하늘 비 속 성긴 나무 숲	雨中踈樹美濃天
그대 만났어도 학식은 알지 못한 채	逢君不及知君學
자리 빛낸 뛰어난 재주만 기억하네	只記英華照席前

금퇴석께 드리다
呈金退石

천주

훌륭한 서기 본래 재주 높아	翩翩書記本高才
이 날 멀리서 사신 좇아 왔네	此日遙從使者來
연석에서의 멋진 만남 참으로 드무니	佳遇良筵眞罕得
제가 잠시 배회해도 무방하겠지요	何妨容我暫徘徊

천주의 시에 차운하다
次天柱

퇴석

백발인 조선의 길손 본래 재주 없는데	白頭韓客本無才
우연히 신선 뗏목 좇아 만 리나 왔다오	偶逐仙槎萬里來
삼신산에 신령한 풀 있다는 말 들었는데	聞說三山靈草在
그대 이끌고 한 차례 배회하고 싶구려	携君將欲一徘徊

모암과 상암께 드리다
呈慕菴·尚菴

천주

기량 높여 멀리 일본에 오신다기에	奉伎遙來日本天
향관에서 고개 돌리니 흰 구름 걸려 있네	鄕關回首白雲懸
선약[48] 구할 길 없다고 말하지 마오	莫言大藥求無路
불로장생하는 봉래산 신선께 물어보세	試問蓬萊不死仙

천주의 시에 차운하다
次天柱

상암

사람 낳고 죽는 일 본래 하늘의 뜻	人生人死本由天
어찌 청낭 속 주후[49]에 매달리랴	豈待靑囊肘後懸
피곤하면 자고 배고프면 먹는 것	困來着睡飢來飯
이것이 수행이요 곧 선약이라오	只此脩行便是仙

---

48 선약[大藥] : 대약(大藥)은 도가(道家)에서 복용하는 불로장생의 선약(仙藥)을 뜻한다.
49 청낭 속 주후[靑囊肘後] : 청낭(靑囊)은 약을 넣는 주머니이다. 옛 진(晉)나라 곽박(郭璞)
   이 곽공(郭公)이라는 사람으로부터 천문·복서·의술에 관한 책 6권을 넣은 푸른 주머니를
   전해 받았다는 고사가 있다. 주후(肘後)는 진(晉)나라 갈홍(葛洪)이 겨드랑이에 끼고 다닐
   수 있을 정도로 간편하게 만든 의서(醫書)의 이름으로, 『주후비급방(肘後備急方)』의 준말
   이다.

통자(通刺)

성하

저의 성은 대도(大島)이고, 이름은 요(要), 자는 공추(公樞), 호는 성하(星河)이며, 이세주(伊勢州) 사람입니다. 지금 남궁대추(南宮大湫)라는 분께 배우고 있습니다. 지난 해 여러 사신들께서 우리나라에 이른다는 말을 듣고 밤낮으로 바라던 터에 하늘이 다행스럽게도 저의 소원을 버리지 않아 비로소 훌륭하신 현자의 풍모를 접하게 되었습니다. 기쁨을 이루다 말할 수 없습니다. 삼가 거친 시를 지어 남추월(南秋月) 및 세 분 서기께 드리니 다행히 화운시를 지어주신다면 소중히 간직하겠습니다. 바라건대 시에 대해 비평을 해 주시고[50] 그 외에 문방구로 예물을 드릴 수 있기를 간청합니다.

남추월께 드리다
呈南秋月

성하

아득히 상서로운 구름 한 조각 열리더니	縹渺祥雲一片開
해 뜨는 동쪽으로 오는 자줏빛 기운 보네	倂看紫氣日東來
지금 청우 타고 건너옴[51]을 기다리지 않았다면	卽今非待青牛度

---

50 시에 대해 비평을 해 주시고[雌黃] : 자황은 유황(硫黃)과 비소(砒素)의 화합 물질인데, 옛날 잘못 기록된 글을 지울 때에 자황을 사용한 데서 유래하였다. 여기서는 시문(詩文)을 첨삭(添削)하는 등 비평하는 것을 뜻한다.

51 청우 타고 건너옴[青牛度] : 함곡관(函谷關)의 관령(關令) 윤희(尹喜)가 동쪽에서 서쪽으로 옮겨 오는 자기(紫氣)를 보고 성인이 오실 것이라고 기대하였는데, 과연 노자(老子)가

당년에 어찌 노자[52]의 재주 볼 수 있었으리오 　　　爭見當年柱下才

대도공추의 시에 차운하다
次大島公樞[53]

추월

책상과 다기상 두루 펼쳐 놓으니 　　　　　　筆床茗椀一般開
시골 서생과 고을 의사 빗속에 왔다오 　　　　邨秀州醫帶雨來
아침에 망호[54]에 올라 선비 있음을 알았는데 　朝上望湖知有士
산천은 모두 기이한 재사 잉태할 형세였네 　　山川合是孕奇才

성용연께 드리다
呈成龍淵

성하

풍류 고아한 현인임을 잘 알고 있는데 　　　　極識風流儒雅賢
지금과 같은 채색붓 본래 훌륭하였다네 　　　　如今彩筆本翩翩

청우(靑牛)를 타고 왔다는 전설이 전한다. (『열선전(列仙傳)』 「관령내전(關令內傳)」)

52 노자[柱下] : 노자(老子)가 일찍이 주나라의 주하사(柱下史)를 지냈던 것에서 유래하였다. 항시 궁중의 기둥 아래에 서서 임금을 모신 까닭에 붙여진 이름이다.

53 남옥의 『일관창수(日觀唱酬)』 중(中) (국립중앙도서관, 청구기호 古3644-7)에는 시제가 〈次大嶋公樞名要号星河〉으로 되어 있다.

54 망호(望湖) : 망호당(望湖堂). 남옥 『일관기(日觀記)』 추(秋) 2월 1일조에 "절통(節通)과 접침(摺鍼) 두 고개를 넘었다. 고개가 험준한데다 소나기가 내리는 통에 진흙의 깊이가 가마꾼의 무릎까지 빠졌다. 두 번째 고개의 꼭대기에 망호당이 있는데, 지붕을 이어서 새로 만들었다."라고 하였다.

예로부터 이 모임 계속하기 어렵다더니	從來此會稱難繼
애석하구나! 만나자마자 이별연이라니	應惜相逢卽別筵

대도성하의 시에 차운하다
次大島星河

용연

풍아가 있는 이별 정자에 현자들 모여	風雅離亭集數賢
구고[55]의 신선 깃 훌륭한 풍채 마주하네	九臯仙翮對翩翩
비파호의 물안개, 성천[56]의 수석	琵湖烟水醒泉石
시 명성에 아름다운 이별연 이루고도 남네	剩許詩聲落繡筵

---

55 구고(九臯) : 깊은 웅덩이. 『시경』「소아(小雅)」〈학명(鶴鳴)〉에 "학이 구고에서 우니, 그 소리가 하늘에 들리도다.[鶴鳴九臯, 聲聞于天]"라고 하였는데, 이는 선비가 시골에서 학문을 쌓고 수행하여 명성이 임금에게 알려지는 것을 비유한 말이다.

56 성천(醒泉) : 샘 이름. 원중거의 『승사록(乘槎錄)』 권2, 2월 초1일 계미(癸未) 기록[김경숙, 『조선 후기 지식인, 일본과 만나다』(소명출판, 2006), 271~275면 번역 참조]에 "고개를 내려가 동쪽으로 십 리 남짓 가니 오른쪽 옆에 성천(醒泉)이 있었다. 이는 성정(醒井)이라고도 부른다. 여기에 미농주 태수의 다옥(茶屋)이 있었다. 기번실(紀蕃實)이 먼저 와 있었는데 나에게 내려와 앉으라고 하여 나와 벗 사집(士執 : 龍淵)이 함께 들어갔다. 샘을 끌어다가 연못을 만들었는데 연못은 네모나며 가운데는 볼록하게 돌을 두어 작은 섬을 만들었고 섬에는 백일홍을 심었다. 백일홍의 가지가 물 아래로 그늘을 만들었고 꽃은 떨어져서 연못에 무늬를 만들었다. 연못의 남쪽에는 언덕을 의지하여 매화와 오동나무를 심었다. …… 도랑이 집 아래로부터 흘렀는데 회회 물 흐르는 소리가 났다. 이는 이름난 샘물이며 오래 마시면 병을 치료한다고 한다. 왜인들이 전하기를 무존(武尊)이란 사람이 있었는데 그가 신농산(信濃山) 속에서 적과 싸울 때 적이 샘에 독을 풀어 온 군대가 그것을 마시고는 모두 어지러워져 군대가 마침내 패하여 돌아왔는데, 이 샘에 이르러 샘물을 마시니 모두 정신이 들어 다시 진격해 가서 적을 섬멸시켰다. 그래서 이 샘물이 '성(醒)'을 이름으로 갖게 된 것이라고 한다."라고 하였다.

원현천께 드리다
呈元玄川

성하

풍파에 탈 없이 서쪽에서 오시는데	風波無恙自西來
만 리 아득하게 바다 풍광 열렸네	萬里蒼茫海色開
오늘 당 안에서 만난 손님 중에	今日堂中相値客
기재인 그대 예원[57]에 추대하리라	推君藝苑有奇才

성하 물음: "공께서는 화운시를 다 짓지 않으셨습니까?"

현천 답함: "아직 쓰지 못했습니다. 일이 급박하여 아마도 화답할 수 없을 성싶습니다. 지극히 한스럽습니다. 군께서 대추(大湫)에게 이 뜻을 전해주시고 다시 훗날을 기다리신다면 다행이겠습니다."

성하 아룀: "그렇다면 동무(東武)[58]에 이르러서 대추의 친구에게 부탁하시겠습니까?"

현천 답함: "삼가 그렇게 하겠습니다."

---

57 예원(藝苑) : 예원(藝苑)으로 예문관(藝文館)을 가리킨다. 때로는 예림(藝林)과 같은 말로 문원(文苑)이나 문단(文壇)을 이르기도 한다.

58 동무(東武) : 강호(江戶)의 이칭. 현재의 동경도(東京都) 천대전구(千代田區) 일대. 동도(東都)·무주(武州)·무성(武城)·강관(江關)·강릉(江陵)이라고도 한다.

김퇴석께 드리다
呈金退石

성하

비단 돛 만 리 멀리 장풍을 다스려	錦帆萬里馭長風
무늬 깃발 유유히 바다 동쪽 향했네	文旆悠悠向海東
이 땅의 풍광은 그대 도착한 뒤였지	此地風光君到後
사신별 멀리 흰 구름 속에서 움직이네	使星遙動白雲中

대도성하의 시에 차운하다
次大嶋星河

퇴석

만 리 멀리 시원스레 열자 바람[59] 타고	萬里泠泠列子風
돛단배 곧장 해 뜨는 동쪽에 이르렀네	今帆直到廣桑東
그대에게 혹 동포의 뜻 알게 하여	令君倘識同胞義
함께 앉아 시문 맹약 맺으면 좋겠네	幸得文盟一榻中

---

59 열자 바람[列子風] : 열자가 바람을 타고서 속세의 시비 속을 시원하게 떠났다가 열흘 하고도 닷새가 지난 후에야 돌아왔다고 한다. (『장자(莊子)』「소요유(逍遙遊)」)

통자

저는 성은 곡(谷), 이름은 옹중(顒仲), 자는 부선(孚先), 호는 웅강(雄
江)으로 이세주(伊勢州) 조명현(朝明縣) 사람입니다. 대추(大湫) 남궁교
경(南宮喬卿)의 문인으로 강학을 업으로 삼고 있습니다. 공들께서 오신
다는 말을 듣고 기뻐 잠도 이루지 못하였는데 가고 싶어도 몸져눕게
되어 갈 수가 없었습니다. 그리하여 보잘것없는 시를 친구 자수(子壽)
천주소옥(天柱小屋)에게 부탁하여 공들께 바칩니다. 만약 화운시를 지
어주신다면 숙원(夙願)을 풀 수 있을 것입니다.

제술관 남추월께 드리다
呈製述官南秋月

웅강[60]

강과 산 나그네길 만 리 노정에	客路江山萬里程
비단 돛단배 아득한데 동정부[61]를 짓네	錦帆縹緲賦東征
경술은 원래 그대 집안의 일로	由來經術君家事
당시 동중서[62]의 뜻 부럽지 않으리라	不羨當年董氏情

---

60 웅강(雄江) : 곡웅강(谷雄江, 다니 유코, ?~?)의 호. 강호시대 중기의 한시인(漢詩人).
　　이름은 옹중(顒仲), 자는 부선(孚先), 호는 웅강(雄江). 이세국(伊勢國) 조명현(朝明縣)
　　사람. 대추(大湫) 남궁교경(南宮喬卿)의 문인으로 강학에 종사하였다.

61 동정부(東征賦) : 후한(後漢) 때 반초(班超)가 지은 〈동정부〉를 가리킨다.

62 동중서(董仲舒) : 전한(前漢) 무제(武帝) 때의 학자. 무제가 유교를 국교로 정하는 데
　　크게 기여하였다. 저서로 『춘추번로(春秋繁露)』가 있다.

곡부선께 화답하다
和谷孚先[63]

추월

백 리 솔과 대숲 나그네길 에워쌓는데	百里松篁擁客程
외로운 구름, 멀리 나는 새와 함께 가네	孤雲遠鳥與同征
골짜기 속 빼어난 난초 늘 보기 어려운데	谷中蘭秀難常[64]見
봄날 수레 멈추니 공연히 다시 정겹네	春日停車空復情

서기 성용연께 드리다
呈書記成龍淵

웅강

사방에서 그대 어질다고 우러르는데	四方俱仰使子賢
더구나 문장은 한나라 사마천이로세	況復文章漢馬遷
알겠도다! 명산의 아름답고 수려한 곳	也識名山佳麗地
길 가며 읊조리다 원유편[65] 지었음을	行吟更作遠遊篇

---

63 남옥의 『일관창수(日觀唱酬)』 중(中) (국립중앙도서관, 청구기호 古3644-7)에는 시제
  가 〈次谷孚先名顯仲号雄江〉으로 되어 있다.
64 '難常'이 남옥의 『일관창수(日觀唱酬)』 중(中) (국립중앙도서관, 청구기호 古3644-7)
  에 수록된 같은 시 〈次谷孚先名顯仲号雄江〉에는 '無人'으로 되어 있다.
65 원유편: 초(楚)나라 굴원(屈原)이 지은 작품. 자신의 곧은 행실이 세상에 용납되지 않
  아 참녕(讒佞)에 시달려도 호소할 곳이 없게 되자, 이에 선인(仙人)과 함께 이르지 않은
  곳이 없을 정도로 천지를 두루 돌아다닌다는 내용이 주를 이루고 있다.

곡웅강께 드리다
呈谷雄江

용연

남쪽 고을 초나라의 어진이 아련히 알고	南州遙識楚良賢
교목의 산속 새들 몇 번이나 옮겼던고!	喬木幽禽幾箇遷
가랑비 내리는 이별 정자에서 만남 어긋나	細雨離亭違一會
외로운 마음 부질없이 백구편66에 화답하네	孤懷空和白駒篇

서기 원현천께 드리다
呈書記元玄川

웅강

객지의 풍경 봄 안개 일어나는데	客中風色動春烟
멀리 해 뜨는 곳 부상67을 향하네	遙向扶桑日出邊
지나오시는 중에 명산 몇이런가	多少名山經歷裡
그대 붓 휘둘러 웅장한 시 지었으리	知君拂筆供雄篇

현천의 화답시는 없다.

---

66 백구편(白駒篇) : 『시경(詩經)』 「소아(小雅)」의 편명. 어진 선비를 불러 써야 한다는
내용이 담겨 있다.
67 부상(扶桑) : 부상은 전설상 동해에 있는 나무 이름인데, 해가 부상 아래에서 나와 가지
를 스치고 떠오른다고 하여 해 뜨는 곳을 뜻하기도 한다. 여기서는 일본을 가리킨다.

서기 김퇴석께 드리다
呈書記金退石

응강

봄날 해 뜨는 동쪽으로 향하면	日東春至向東過
길 가의 산천 빼어난 경치 많다오	路上山川景勝多
도중에 백설이라 부르는 부용이 있으니	中有芙蓉稱白雪
그대 또다시 영인의 노래[68] 지을 테지	憶君還賦郢人歌

곡웅강이 보내준 시에 차운하다
次谷雄江見贈韻

퇴석

천 리 청산을 졸면서 지나왔는데[69]	千里靑山和睡過
비바람 속 성천[70] 나그네 수심 많구나	醒泉風雨客愁多
객창에서 끝내 문사 모임 함께하지 못해	旅窓竟失同文會
다만 〈아양〉 한 곡조[71]에 화답할 뿐이네	只和峨洋一曲歌

---

68 영인(郢人)의 노래 : 초(楚)나라 도성(都城)인 영(郢)에 사는 사람들이 부르는 노래.

69 천리 청산을 졸면서 지나왔는데[千里靑山和睡過] : 퇴석이 그동안 병석에 있었기 때문에 이와 같이 묘사한 것으로 보인다.

70 성천(醒泉) : 샘 이름. 상세한 내용은 앞의 문사여향 상권 주56 참조

71 〈아양〉 한 곡조[峨洋一曲歌] : 춘추시대 백아(伯牙)가 타고 그의 벗 종자기(鍾子期)가 들었다는 거문고 곡조인 〈고산유수곡(高山流水曲)〉을 말한다.

보력 갑신년 2월 2일에 조선사신이 미장주 어월역에서 쉬게 되어, 우리들이 빈관에서 학사와 세 분 서기 및 양의 등을 만났다.

제술 전적 남추월께 드리다
呈製述典籍南秋月啓

이등관봉(伊藤冠峯)

바다 동쪽으로 건너오는 용절[72]을 우러러 바라보며 사절[73]이 태평시대에 부응하고 있음을 경축 드립니다. 남추월께서 바람과 우레처럼 붓을 휘두르며 가슴속으로 운몽택을 삼키는데[74] 강산이 도움이 되었을 것입니다. 편안하게 산을 넘고 바다를 건너시게 되어 참으로 경하드립니다. 저의 성은 이등(伊藤), 이름은 일원(一元), 자는 길보(吉甫)인데, 이세주(伊勢州) 관봉(冠峯) 아래 초야에 묻혀 살고 있는 사람입니다. 오랫동안 사모하는 마음[75]을 품어 왔는데 이에 맑은 위의를 접하게 되었으니 진실로 천 년만의 기이한 만남입니다. 뛸 듯한 기쁨 이기지 못

---

72 용절(龍節) : 용을 그려 넣은 사신의 부절(符節). 『주례(周禮)』「지관(地官)·장절(掌節)」에 "산국(山國)에는 호절(虎節), 토국(土國)에는 인절(人節), 택국(澤國)에는 용절(龍節)을 쓴다."라고 하였으니, 일본은 물이 많은 나라여서 용절을 가지고 간 것이다.

73 사절[星使] : 성사는 사신을 뜻한다. 천문가(天文家)에서는 하늘에 사신을 맡은 별이 있다 하여 천자의 사신을 성사라고 한다. (『후한서(後漢書)』「이합전(李郃傳)」)

74 운몽택을 삼키는데[胸呑雲夢] : 가슴속이 매우 광대함을 뜻하는 말. 운몽(雲夢)은 초(楚)나라 대택(大澤)의 이름으로 사방이 9백 리나 된다고 한다. 한(漢)나라 사마상여(司馬相如)의 〈상림부(上林賦)〉에 "초(楚)나라의 운몽택(雲夢澤)은 사방이 900리인데, 운몽택만 한 것 8,9개를 삼키어도 가슴속에 전혀 거리낌이 없다."라고 한 데서 온 말이다.

75 사모하는 마음[慕藺] : 모린(慕藺)은 인상여(藺相如)를 사모하는 마음이다. 인상여는 전국시대 조(趙)나라의 현상(賢相)이었는데, 한(漢)나라의 사마상여(司馬相如)가 그를 사모하여 자기의 이름을 상여라고 고쳤음으로 비유한 것이다.

하고 삼가 시 한 수를 지어 바칩니다. 은혜를 어찌 가눌 수 있겠습니까만 살펴주시길 간절히 바랍니다.

남추월께 드리다
呈南秋月

관봉

채익선[76] 날아 파도 헤치고 오니　　　　　彩鷁翺翔破浪來
동해 만 리 장쾌한 유람이로세　　　　　　東溟萬里壯遊哉
용문[77]과 우혈[78]은 그대 집안의 일　　　龍門禹穴君家事
한나라 태사공의 재주 어찌 양보하랴　　　何讓漢朝太史才

---

76 채익선[彩鷁] : 화려하게 꾸민 배. 익(鷁)이라는 물새가 풍파를 잘 견뎌내어 뱃머리에 이 새의 모양을 그려 넣었다고 한다.

77 용문(龍門) : 중국 산서성 하진현(河津縣)과 섬서성 한성현(韓城縣) 사이에 있다. 사마천은 용문에서 태어나 10여 세에 고문에 통달하였다. 또한 용문은 우(禹)가 9년 홍수를 다스릴 때 험한 산지를 개척하여 황하의 물을 통하게 한 곳이기도 하다. 『신씨삼진기(辛氏三秦記)』에, "하진(河津)은 일명 용문(龍門)인데, 큰 물고기 수천 마리가 용문 아래에 모여 올라가지 못하는데, 뛰어올라간 것은 용이 되고 올라가지 못한 것은 이마만 다치고 되돌아간다."라고 하였다. 이 때문에 용문은 사람이 영달한 것을 비유하기도 한다.

78 우혈(禹穴) : 회계산(會稽山) 위에 있는 동굴로, 우(禹)임금이 순수(巡狩)하기 위해 회계에 이르렀다가 이곳에서 사망하였는데 전하는 말에 의하면 우임금이 이 굴로 들어갔다고 한다. 『사기(史記)』 「태사공자서(太史公自序)」에 "나이 스물에 강회(江淮)에서 노닐고, 회계산(會稽山)에 올라가 우혈을 관람했다."라고 하였다. 태사공(太史公)은 우혈을 찾아보고 오호(五湖)를 바라보는 등 유람을 통해 문장이 드디어 독보적인 존재가 되었다고 한다.

이등관봉께 화답하다
和伊藤冠峯[79]

추월

이물과 고물 이은 긴 배다리 타고 와   千艘艫舳駕[80]梁來
푸른빛 줍는 봄날 유람 아득하구나   拾翠春遊望渺哉
관봉이 어느 곳에 있는지 모르겠으나   不識冠峯何處在
모습마다 특이한 풍광 기재를 낳았네   態態光怪産奇才

세 분 서기께 드리다
呈三書記啓

관봉

  왕명을 받든 비단 돛이 바람에 나부끼고 햇살에 반짝입니다. 제현들께서는 난새와 봉황의 기이한 깃털과 용의 인품과 같은 뛰어난 기상으로 의용은 진세를 벗어났고 고아한 심회는 세속과 단절되셨습니다. 이번 사행 또한 가을을 보내고 봄을 지나는 동안 큰 바다와 높은 산악들을 통해 승경을 탐색하고 풍경을 관광하시면서 붓을 들고 시를 마음대로 지으셨을 것입니다. 기거가 만복하심을 알게 되어 매우 기쁩니다. 저희들은 오랫동안 당신들의 풍모를 들어오다가 다행히 오늘 해후하게 되어 우러러 흠모했던 그리움에 위안이 되었습니다. 이에

---

79 남옥의 『일관창수(日觀唱酬)』 중(中) (국립중앙도서관, 청구기호 古3644-7)에는 시제가 〈次伊藤冠峰名一元〉으로 되어 있다.

80 '駕'자가 남옥의 『일관창수(日觀唱酬)』 중(中) (국립중앙도서관, 청구기호 古3644-7)에 수록된 같은 시 〈次伊藤冠峰名一元〉에는 '造'자로 되어 있다.

보잘것없는 시를 지어 속된 회포를 푸니 바라건대 은혜를 베풀어 살펴주신다면 다행이겠습니다.

정사서기 성용연께 드리다
呈正使書記成龍淵

관봉

사절로 오신 조선문사 우러러보니	仰見朝鮮使節通
빛나는 문과 질[81] 주나라 유풍이라네	彬彬文質周流風
백옥 같은 금강산의 흰 눈 가지고 와	帶來白玉金剛雪
새로운 시 지어 동쪽나라에 뿌려주네	散作新詩落日東

이등관봉께 화답하다
和伊藤冠峯

용연

신령스런 마음 통역을 기다리지 않고	靈襟不待語言通
송주[82]처럼 맑고 시원스레 고풍을 드러내네	松塵泠泠見古風
그대 집안의 동자문[83]을 배우지 마시게	莫學君家童子問

---

81 빛나는 문과 질[彬彬文質] : 문질빈빈(文質彬彬). 문채와 바탕, 즉 겉과 속이 조화를 이루어 빛을 발함을 뜻하는 말이다. 『논어』「옹야(雍也)」에 "문(文)과 질(質)이 빈빈(彬彬)한 뒤에야 군자라 할 수 있다."라고 하였다.

82 송주(松塵) : 솔가지 먼지떨이. 위진(魏晋)시대 명사들은 주미(塵尾)를 가지고 청담(淸談)을 도왔다.

83 『동자문(童子問)』: 강호시대 초기의 유학자이자 고의학파(古義學派)의 창시자인 이등

백모와 황위마냥 하늘 동쪽 그르쳤다오[84]   白茅黃葦誤天東

내 성이 이등(伊藤)이기 때문에 『동자문(童子問)』으로 나를 훼척(毀斥)하였다. 필어(筆
語) 속에서도 또한 인재선생(仁齋先生)[85]을 배척하여 '육왕여파(陸王餘派)[86]로 실로 성
인의 도가 아니다.'라고 말한 것이 있는데 다시 성(姓)으로 인해 잘못한 것이다. 좌도(左
道)로 지목하기도 하고 육왕여파로 지목하기도 하였는데, 요컨대 무엇을 말하는 것인지
모르겠다. 굳이 내가 상관할 일이 아니니 반드시 논변할 필요는 없을 것이다.

인재(伊藤仁齋)의 대표적 저서. 1707년 간행되었으며 성학(聖學)의 본질, 고학(古學)의
본의(本義), 유학에 대한 이등인재의 식견 등이 문답 형식으로 서술되어 있다. 이 책은
1719년 통신사행 때 서기로 일본에 다녀온 성몽량(成夢良)이 복산번(福山藩)의 유관인
이등인재의 차남(次男) 이등매우(伊藤梅宇)로부터 얻어온 것으로 알려져 있다.

84 그대 집안의 …… 동쪽 그르쳤다오[莫學君家童子問, 白茅黃葦誤天東] : 백모(白茅)는
흰 띠이고 황위(黃葦)는 누런 갈대인데, 이 풀들이 어릴 때는 같은 풀처럼 보여 구분이
되지 않는다. 여기서는 책의 내용이 애매모호함을 비유한 것이다. 참고로 조엄(趙曮)의
『해사일기(海槎日記)』 갑신년 6월 18일에 "이른바 그들의 학술이란 대개가 이단(異端)에
가깝다. 호를 인재(仁齋)라고 하는 이등유정(伊藤維貞)이란 자는 『동자문(童子問)』이란
책을 저술하여 정·주(程朱)를 헐뜯었다. …… 두 사람의 말은 사람들에게 깊이 파고들었
고 그 유파(流派)가 오래되었다. [所謂學術, 則大抵皆近異端. 有伊藤維貞號仁齋者, 著
『童子問』, 毁侮程朱 …… 兩人言入人深而流派遠。]"라고 하였다.

85 인재선생(仁齋先生) : 이등인재(伊藤仁齋, 이토 진사이, 1627~1705). 강호시대 전기의
유학자·사상가. 이름은 유정(維禎), 본명은 원길유정(源吉維貞), 호는 인재(仁齋), 자는
원좌(原佐)·원조(源助), 통칭은 학옥칠우위문(鶴屋七右衛門). 경도(京都)의 상가(商家)
출신. 청년시대에 독학으로 주자서(朱子書)를 읽고 그의 『경재잠(敬齋箴)』에 경도(傾倒)
되어 호를 경재(敬齋)라고 하였다. 그러나 1658년에 『인설(仁說)』을 쓰고, 인(仁)의 본질
은 애(愛)라고 하였으며, 호를 인재(仁齋)라고 고쳤다. 1662년 36세 때 경도 굴천(堀川)의
자택으로 돌아와 학옥칠우위문(鶴屋七右衛門)을 이어받음과 동시에 고의당(古義堂) 숙
(塾)을 열고 고의학파(古義學派)의 창시자가 되었다. 자유롭고 실천적인 학풍으로 폭넓은
계층에 걸쳐 제자가 3,000명에 달하였다. 저서로 『어맹자의(語孟字義)』·『동자문(童子
問)』·『대학정본(大學定本)』·『중용발휘(中庸發揮)』·『논어고의(論語古義)』·『맹자고의
(孟子古義)』·『고학선생문집(古學先生文集)』·『고학선생시집(古學先生詩集)』 등이 있는
데, 대부분 사후에 그의 아들 동애(東涯)에 의해서 간행되었다.

86 육왕(陸王) : 양명학을 주창한 송나라 육구연(陸九淵)과 명나라 왕수인(王守仁)을 가리
킨다.

부사서기 원현천께 드리다
呈副使書記元玄川

관봉

무늬 깃발 아득하고 길은 먼데 　　　　　文旆悠悠道路長
육로와 해로 탈 없이 동방에 들어왔네 　　舟車無恙入東方
봄가을 풍경 속 바다 바람과 산 달 　　　海風山月春秋色
곱게 시가 되어 금낭에 가득하네 　　　　細化珠璣滿錦囊

이등관봉께 화답하다
和伊藤冠峯

현천

아침해 창창하고 상서로운 기운 긴데 　　朝日蒼蒼瑞靄長
임금의 조서와 옥절 동방에 알렸다오 　　天書玉節啓東方
대숲 길게 두른 안개 속에서 그대 만나 　逢人脩竹長烟下
미농지와 붓[87]으로 고운 시에 화답하네 　濃紙猩毫和繡囊

종사서기 김퇴석께 드리다
呈從事書記金退石

관봉

맑은 가을 고국 떠나와 관도부[88] 짓는데 　清秋辭國賦觀濤

---

87 미농지와 붓[濃紙猩毫] : 미농지(美濃紙)는 일본 미농(美濃)에서 생산되는 종이, 성호
　(猩毫)는 성성이 털로 만든 붓.
88 관도부[觀濤] : 한(漢)나라 매숙(枚叔)이 지은 〈칠발(七發)〉에 나온다. 광릉(廣陵)의 곡

축자[89]에 이어진 산맥 백설[90]이 높구나 　　　筑紫連山白雪高

이 따뜻한 봄날 동해로 가는 길에 　　　此日陽春東海道

신비롭고 수려한 부용 그대들 마주하리 　　　芙蓉神秀對君曹

이등관봉께 화답하다
和伊藤冠峯

　　　　　　　　　　　　　　　　　　　　　퇴석

병든 몸 동쪽 만 리 파도 건너가면 　　　病骨東過萬里濤

말 앞에 높은 부사산 멀리 보이겠지 　　　馬前遙出富山高

뉘 알았으랴, 조선의 떠돌이 객이 　　　誰知蝶域萍蓬客

봄바람 부는 햇살 아래서 그대들 볼 줄을 　　　日下春風見爾曹

양의 모암께 드리다
呈良醫慕菴

　　　　　　　　　　　　　　　　　　　　　관봉

주후[91] 신선 처방으로 주머니 절로 푸르고 　　　肘後仙方囊自靑

옛 성인의 의서 옥함경[92] 길이 전한다지 　　　長傳古聖玉函經

강(曲江)에 이는 파도의 장관을 멋지게 묘사한 대목이 있다.

89 축자(筑紫) : 일본 구주(九洲)의 별칭. 여기서는 일본을 가리킨다.

90 백설(白雪) : 중의적 표현. 흰 눈이 쌓인 부사산을 뜻하기도 하고, 전국시대 초(楚)나라
　　의 고아(高雅)한 가곡 〈백설가(白雪歌)〉를 뜻하기도 한다.

91 주후(肘後) : 주후(肘後)는 진(晉)나라 갈홍(葛洪)이 겨드랑이에 끼고 다닐 수 있을 정
　　도로 간편하게 만든 의서(醫書) 『주후비급방(肘後備急方)』을 가리킨다.

조선에는 신비한 약초 남아돈다고 들었는데	東華聞說餘神草
인삼에 신이한 영험 있다니 진정 부럽구려	恃羨人蔘有異靈

화운시가 없다.

보력 갑신년 봄 2월 1일에 조선사신이 미농주 금수역에서 쉬게 되어 우리들이 나가 제술관과 세 분 서기를 만났다.

통자

저의 성은 전(田), 이름은 입송(立松), 자는 사무(士茂), 호는 승산(勝山)입니다. 특별히 관하(館下)에 와 가까이에서 모시면서 다행히 직접 만나 뵐 수 있게 되었으니 감사함을 무슨 말로 하겠습니까?

제술관 남추월께 드리다
呈製述官南秋月

난새 타고 승경 탐색하며 높은 곳 건너니	駿鸞探勝度崔嵬
대국의 풍류요 위대한 사마천의 재주로세	大國風流大史才
신이하고 빼어난 명산의 기세 무한하여	無限名山神秀氣
서로 모아 다시 채색 붓에 비추는구나	相鍾更暎彩毫來

---

92 옥함경(玉函經) : 청(淸)나라 사람 황원어(黃元御)가 지은 의학(醫學) 주석서.

전승산께 화답하다
和田勝山[90]

추월

가랑비 속 가마 타고 높은 고개 내려오다가	細雨鳴輿下[94]嶺嵬
망호당[95]에서 시 짓는데 재주 없음 부끄럽네	望湖題詠愧非才
근강[96]과 미농 두 곳 산수 다 아름다워	江濃伯仲佳山水
문자 물으러 온 호사가들 많기도 하구나	好事人多問字來

정사서기 성용연께 드리다
呈正使書記成龍淵

승산

만 리 장강에 달빛 흐르려나	萬里長江月欲流
봄바람 불어 목란주 보내왔네	春風吹送木蘭舟
내일 아침에 봉래산 바라보면	明朝試向蓬萊望
열두 누각[97]에 오색구름 드리우리	五色雲垂十二樓

---

93 남옥의 『일관창수(日觀唱酬)』 중(中) (국립중앙도서관, 청구기호 古3644-7)에는 시제가 〈次田勝山名立成字士章〉으로 되어 있다.

94 '下'자가 남옥의 『일관창수(日觀唱酬)』 중(中) (국립중앙도서관, 청구기호 古3644-7)에 수록된 같은 시 〈次田勝山名立成字士章〉에는 '二'자로 되어 있다.

95 망호당(望湖堂) : 남옥 『일관기(日觀記)』 추(秋) 2월 1일조에 의거하면 접침령(摺鍼嶺) 정상에 있다. 이곳에서 비파호를 조망할 수 있다.

96 근강[江] : 근강국(近江)은 현재의 관서지방의 자하현(滋賀縣) 지역 일대. 비파호(琵琶湖)가 수도인 경도(京都)에서 볼 때 가까이에 있는 담수호라는 의미의 근담해(近淡海)에서 유래하였다. 근강주(近江州)·근강국(近江國)·강주(江州)라고도 한다.

97 열두 누각[十二樓] : 신선들이 산다는 천상의 옥경(玉京)에 있는 12개의 누각.

미주(尾州)의 열전(熱田)[98]이 봉래(蓬萊)[99]라고 전해온다.

전승산께 화답하다
和田勝山

용연

강호성 가는 길에 물과 구름 흐르는데	江城一路水雲流
봄빛 가득한 난주[100]에 채색선 매어두고	春色蘭洲繫彩舟
가랑비 속 그윽한 난간에 잠시 기대니	細雨幽軒聊暫倚
시골 마을 연기 텅 빈 누각 적시네	野村烟氣濕虛樓

부사서기 원현천께 드리다
呈副使書記元玄川

승산

그대 집안의 학문 절로 풍류 있어	知君家學自風流
붓 싣고 신선 탄 사신배 따라왔구려	載筆追隨仙使舟
오색구름 속 사행길 끝없을 텐데	五色雲中行不盡

---

98 열전(熱田) : 현재의 명고옥시(名古屋市) 16개 구(區) 중 하나인 열전구(熱田區). 특히 열전에 있는 열전산(熱田山)은 부사산(富士山)·웅야산(熊野山)과 함께 삼신산으로 불려 신성시되고 있다.

99 봉래(蓬萊) : 삼신산(三神山)의 하나인 봉래산(蓬萊山)을 가리킨다. 중국의 전설에, 동해에 신선이 사는 봉래·방장(方丈)·영주(瀛洲)라는 산이 있는데, 금자라가 등으로 지고 있다고 한다.

100 난주(蘭洲) : 목란주(木蘭洲). 목란배[木蘭舟]를 만들 때 쓰는 목란나무가 자라는 섬으로 중국 심양강(潯陽江)에 있다고 한다.

비단 돛 어느 때나 영주[101]에 들까 　　　　　　錦帆何日入瀛州

전승산께 화답하다
和田勝山

현천

부슬부슬 봄비 계곡물에 보태져 흐르는데 　　　蕭蕭春雨潤添流
어두워 가마[102]에 드니 배를 탄 듯 흔들리네 　暗入懸輿蕩似舟
산 속 객점에서 홀연 훌륭한 분 만나 담소하고 　山店忽逢佳子語
풍도와 의표로 미농주의 빼어남 알 수 있었네 　風標認得秀濃州

종사서기 김퇴석께 드리다
呈從事書記金退石

승산

역참의 수양버들 채색 노을 스치는데 　　　　驛上垂楊拂彩霞
멀리서 유람 온 사객 수레 멈추네 　　　　　　遠遊詞客此留車
영 땅에서 가지고 온 거문고 속 백설[103] 　　攜來郢國絃中雪

---

101 영주(瀛州) : 전설에 나오는 봉래(蓬萊)·방장(方丈)·영주(瀛州)라는 삼신산(三神山) 가운데 하나이다.

102 가마[懸輿] : 원래 현여(懸輿)는 수레를 건다는 뜻으로 나이가 들어 벼슬을 그만둠을 이르는 말인데 여기서는 가마를 뜻한다. 참고로 이덕무(李德懋)의 『청장관전서(靑莊館全書)』 제65권 「청령국지(蜻蛉國志)」 '기복(器服)'에 의거하면, "현여(懸輿), 홀 장강에 교상(轎箱)을 달고 2인이 앞뒤에서 메는 것으로 지위가 높은 사람이 타며, 장강과 교상에는 다 옻칠을 하였다."라고 하였다.

103 영 땅에서 가지고 온 거문고 속 백설[攜來郢國絃中雪] : 초(楚)나라의 서울 영(郢)에

홀연 봄바람 타고 꽃이 되어 날리네 　　　　　　　忽入春風飛作花

퇴석 아룀: "이곳도 또한 근강주입니까?"

승산 답함: "이곳은 미농주입니다."

퇴석 아룀: "이곳 역 이름은 무엇입니까?"

승산 답함: "금수라고 부릅니다."

퇴석 아룀: "이곳 산천 가운데 기이한 승경처가 있습니까?"

승산 답함: "산으로는 계롱(雞籠)이 있고, 시내로는 등천(藤川)이 있습니다."

퇴석 아룀: "이곳 관소 이름은 무엇입니까?"

승산 답함: "등포관(藤舖館)[104]이라고 합니다."

전승산께 화답하다
和田勝山

　　　　　　　　　　　　　　　　　　　　　　　　　　　　　퇴석

봄바람 부는 길에 적성 노을[105] 드니 　　　春風路入赤城霞

등포관 앞에서 사신수레 머무는구나 　　　藤舖館前駐使車

서 부른 수준 높은 노래 〈백설가(白雪歌)〉를 염두에 둔 표현이다.

104 등포관(藤舖館) : 미농국(美濃國) 금수(今須)에 있는 관소(館所). 1764년 음력 2월 초하루에 통신사행원들이 쉬었던 곳이다.

105 적성 노을[赤城霞] : 적성은 신선이 산다는 산인데, 땅은 붉은색이고 형태는 구름과 놀이 일어 성첩(城堞)과 같다고 한다. 곧 아름다운 경치를 뜻한다.

그대의 집은 어느 곳에 있는가　　　　　　　借問君家何處在

신선 사는 뜰이라서 기화요초 넘치겠지　　　祇應仙圃饒琪花

양의 이모암께 드리다
呈良醫李慕菴

승산

관문의 새벽빛 맑은 경치 나누는데　　　　　曙色關門淑景分

청우 타고 건너려고 봄 구름 밟네[106]　　　　青牛欲度踏春雲

왕성한 진인의 기상 바라보니　　　　　　　望來鬱勃眞人氣

홀연 유룡[107]의 오색무늬 만드네　　　　　　忽作猶龍五彩文

모암 아룀: "그대의 시를 보니 먼지 낀 눈동자가 활짝 걷혀 사람으로 하여금 흠모하고 감탄케 합니다. 화운시를 간절히 받들고 싶습니다만 거칠고 졸렬한 재주와 몹시 고달픈 노정으로 감당하지 못할 뿐만 아니라 또한 행차가 임박하여 수응할 수 없습니다. 마땅히 서쪽으로 돌

---

106 관문의 새벽빛 …… 봄 구름 밟네[曙色關門淑景分, 青牛欲度踏春雲]: 노자(老子)가 서쪽으로 떠나갈 때 관령(關令) 윤희(尹喜)가 멀리 바라보니 자색(紫色) 기운이 떠 있는 것이 보였는데, 과연 얼마 뒤에 노자가 푸른 소[青牛]를 타고 관문을 지나가더라는 전설이 있다. (『열선전(列仙傳)』)

107 유룡(猶龍): 도(道)가 매우 고심(高深)하고 신묘(神妙)하여 마치 변화를 예측할 수 없는 용과 같다는 뜻에서 온 말로 본래는 노자(老子)를 가리킨 말이다. 공자가 노자를 만나고 와서 제자들에게 말하기를 "용에 이르러서는 내가 알지 못하겠으니, 풍운을 타고 하늘로 오른다. 내가 오늘 노자를 보니, 용과 같았도다!"라고 한 데서 온 말이다. (『사기(史記)』 「노자열전(老子列傳)」)

아갈 때 화운시를 지어드리겠습니다."

　승산 아룀: "빈객 중에 짐승가죽으로 두건을 만들어 쓴 사람이 있던
데, 두건 이름이 무엇입니까?"

　용연 답함: "빈객 중에 짐승가죽으로 모자를 만들어 쓴 사람은 없습
니다. 그대가 필시 잘못 보신 것일 겁니다."

　승산 아룀: "이번 사행에서는 여러 빈객들께서 술을 마시지 않는데
무엇 때문입니까?"

　용연 답함: "우리나라에서는 금주령108이 매우 엄합니다. 때문에 연회
에서도 또한 술을 쓰지 않습니다."

　승산 아룀: "우리나라의 조어(鯛魚)가 귀하의 나라에도 있습니까? 만
약 있다면 그 이름이 무엇입니까?"

　용연 답함: "우리나라에도 또한 있습니다. 도미어(道味魚)라고 합니다."

　승산 아룀: "귀국사람들은 관례를 올리기 전에 두발을 어떤 방식으
로 장식합니까?"

---

108 금주령 : 조선시대 큰 가뭄이 들거나 흉작이나 기근이 있을 경우 국가에서 술 마시는
것을 금하는 법령. 참고로 『해사일기(海槎日記)』 갑신년 2월 17일조에 조엄(趙曮)이 수역
(首譯)에게 하는 말 가운데 "저번 대마도에 있을 때 이미 술을 사절한다는 글을 냈는데,
다시 무슨 사신의 글을 기다리는가? 우리나라의 주금(酒禁)은 지극히 엄하므로 조선의
신하로서 감히 입에 대지 못할 뿐만 아니라, 또한 감히 술잔을 들지도 못한다. 이는 의리에
관계된 것이니, 관백이 만약 술을 권하더라도 결코 받지 않겠다. 그렇게 되면 도주는
불화한 일을 면하기 어려울 것이니, 차라리 잘 주선하여 애당초 갈등이 없게 하는 것만
못하다. 나는 이미 정해진 계획이 있으니, 다시 글을 쓸 필요가 없다. [余以曩在馬島時,
旣有却酒之書, 更何待使行之書乎? 我國酒禁至嚴, 爲朝鮮臣子者, 非惟不敢近口, 亦
不敢以手執酒杯而擧之. 此則義理所關, 關白若以酒勸之, 決當不爲領受. 如是之際,
島主必難免生梗, 無寧善爲周旋, 俾得以初無葛藤矣. 吾則已有定計, 不必更書。]"라는
내용이 있다.

용연 답함: "관례를 올리기 전의 두발을 장식하는 방식이 궁금하시면 저 소동(小童)을 보십시오."

승산 아룀: "귀국 부인들의 두발 장식 모양은 어떠합니까?"

용연 답: "부인들의 두발 장식 모양은 당신 나라와 크게 다릅니다. 다리[髢][109]를 사용하기도 하고 쓰개[冠]를 사용하기도 합니다. 좋아하는 방식대로 쓰개를 쓰다보니 모양이 매우 다양합니다."

승산 아룀: "빈객 중 서예를 잘하는 분의 성함과 자는 어떻게 됩니까?"

용연 답함: "서예를 잘하는 사람으로 조성빈(趙聖賓)[110]·홍성원(洪聖源)[111]·이언우(李彦佑)[112] 등이 있습니다."

승산 아룀: "귀국의 언문 글자체를 아직까지 보지 못했는데 보여주시면 다행이겠습니다."

용연 답함: "언문을 써서 보여드릴 겨를이 없습니다. 글자가 많기 때문입니다. 저희들은 지금 출발해야만 합니다. 온당한 토의를 할 수 없어 한스럽습니다."

---

109 다리[髢] : 여자들의 머리숱이 많아 보이라고 덧넣어 딴 머리.

110 조성빈(趙聖賓) : 성빈은 조동관(趙東觀, 1711~?)의 자(字). 호는 화산(花山)·화산재(花山齋). 정사 조엄(趙曮)의 조카. 안동(安東)에 거주. 1763,4년 통신사행 때 정사 반인(伴人)으로 일본에 다녀왔다. 사행 중 대판에서 오전원계(奧田元繼)와 필담을 나누었고, 그 필담이 『양호여화(兩好餘話)』에 수록되어 있다. 그밖에 『한객인상필화(韓客人相筆話)』와 『동사여담(東槎餘談)』에도 시와 필담 등이 남아 있다.

111 홍성원(洪聖源) : 1725~?. 자는 경로(景魯), 호는 경재(景齋)·정정재(正正齋)·미암(美巖). 1763,4년 통신사행 때 일방(一房) 소속의 사자관(寫字官)으로서 사행에 참여하였다.

112 이언우(李彦佑) : 1724~?. 자는 공필(公弼), 호는 매와(梅窩). 1763년 통신사행 때 삼방(三房) 소속의 사자관(寫字官)으로 일본에 건너갔다. 이듬해 봄에 우창(牛窓)에서 정상사명(井上四明)과 시를 주고받았고, 그 시가 『우저창화집(牛渚唱和集)』에 수록되어 있다.

퇴석 아룀: "그대는 유학을 업으로 삼고 있습니까? 의술을 업으로 삼고 있습니까?"

승산 답함: "저는 의술을 업으로 삼고 있습니다."

퇴석 아룀: "질병으로 몹시 고통스럽습니다. 번거로우시겠지만, 진맥을 한 번 해 주셨으면 합니다."

승산 물음: "어떻게 고통스럽습니까?"

퇴석 답함: "몹시 답답해서 마실 수도 먹을 수도 없습니다."

이에 내가 복부를 진맥해보고 쓰기를: "맥을 짚어보니 좌우가 현맥(弦脈)이면서 삭맥(數脈)이고, 복부를 진찰해보니 심하비경(心下痞鞕)[113]으로 기열(肌熱)이 몹시 성합니다. 대개 만 리나 되는 산과 바다를 지나면서 풍상(風霜)을 겪다보니, 손상된 곳이 나날이 쌓여 달을 넘기면서 심해져 울열(鬱熱) 증세가 오게 된 것입니다. 준하주(駿河州)에 들어서서 부사산의 설색(雪色)을 실컷 보시게 되면 병이 얼음 녹듯이 말끔히 나을 것입니다."

퇴석 답함: "잘 보살펴 주신 후의(厚意)에 매우 감사합니다."

퇴석 아룀: "그대 눈동자의 광채가 사랑스럽습니다."

승산 물음: "선생께서는 관상을 잘 보십니까?"

퇴석 답함: "저는 관상을 잘 보지 못합니다. 사랑스러웠기 때문에 말했을 뿐입니다."

승산 답함: "지나치게 칭찬을 해주시니 기쁨과 부끄러움이 함께 밀려옵니다."

퇴석 아룀: "지금 출발해야만 합니다. 이런저런 이야기를 다 나눌 수

---

113 심하비경(心下痞鞕) : 오목가슴부터 배꼽 사이가 답답하고 단단해지는 증세.

없어 한스럽습니다."

승산 답함: "내일 미장주(尾張州) 어월역(於越驛)으로 말을 타고 가 송별하도록 하겠습니다. 곧 만나게 될 테니 기쁩니다."

2월 3일 조선사신이 미장주 어월역에서 쉬게 되어, 내가 말을 달려 이곳에 이르러 빈관에서 다시 만났다.

용연 아룀: "이곳은 금수(今須)와 거리가 가깝지 않은데 그대께서 이곳에 왕림해 주시니 성의에 감사합니다."

승산 답함: "그대와 한 차례 헤어지면서 그리워하는 마음 가눌 수 없었습니다. 지금 다시 와 직접 뵙고 여정이 평안하심을 살필 수 있어서 기쁘고 위안이 됩니다."

성용연께 거듭 드리다
再呈成龍淵[114]

승산

가인이 계수나무 돛대로 춘풍을 건너니　　　　　佳人桂棹度春風
채색 안개 속에 신선 소매 나부끼네　　　　　　仙袂飄飀彩霧中

---

114 시제가 임문익(林文翼)이 편찬한 『수복동조집(殊服同調集)』에는 〈再呈成龍淵案下〉로 되어 있다.

하수 근원 도달하기 어렵다고 뉘 말했나　　　誰道河源難可到
신선유람으로 사신의 웅위로움 실컷 보네　　　神遊偏見使臣雄

전승산께 거듭 화답하다
再和田勝山

용연

넓은 솔바람 숲, 수레로 서서히 건너　　　肩輿徐度萬松風
옛 역에서 훌륭한 자태 또 만났네　　　芝宇重逢古驛中
살검[115]과 미농지[116] 광채 아우르니　　　薩劒濃牋光釆幷
일본 남쪽 원래부터 뛰어난 인재 많다네　　　日南元自富材雄

추월께 거듭 드리다
再呈秋月[117]

승산

일찍이 서원[118]에서 서생을 독려하였고　　　曾督書生白鹿城
훌륭한 경술로 일가의 명성을 이루었지　　　翩翩經術一家名

---

115 살검(薩劒) : 일본 살마(薩磨)에서 나는 검.

116 미농지[濃牋] : 미농(美濃)에서 생산되는 닥나무 껍질로 만든 종이. 희고 반들거리며
　　질긴 편이다.

117 시제가 임문익(林文翼)이 편찬한 『수복동조집(殊服同調集)』에는 〈再呈南秋月案下〉
　　로 되어 있다.

118 서원[白鹿城] : 백록성(白鹿城)은 주희(朱熹)가 강학하던 여산(廬山)의 백록동서원
　　(白鹿洞書院)을 가리킨다. 당나라 이발(李渤)이 창건하였고, 남송 때 주희가 중건하였
　　다. 중국 4대 서원 가운데 하나이다.

사신배 타고 멀리 동방 땅에 건너와   乘槎遙泛東方地

다시 사문으로 동경과 서경을 비추네   更使斯文照兩京

승산께 거듭 화답하다
再和勝山[119]

추월

따스한 봄날 대가마 타고 강성을 건너   筍輿春暖過江城

솔과 대숲 그늘 속에서 지명을 묻네   松竹陰中問地名

기쁘구려! 아득한 길 가벼이 함께 와   喜子同來[120]輕莽蒼

동경으로 향하는 나를 따라오다니   可能隨我向東[121]京

원현천께 거듭 드리다
再呈元玄川[122]

승산

하늘 위 별자리 한밤중에 비추더니   天上星文照夜闌

---

119 시제가 남옥의 『일관창수(日觀唱酬)』 중(中) (국립중앙도서관, 청구기호 古3644-7)에는 〈次田勝山〉으로 되어 있고, 임문익(林文翼)이 편찬한 『수복동조집(殊服同調集)』에는 〈再和田勝山〉으로 되어 있다.

120 '喜子同來'가 남옥의 『일관창수(日觀唱酬)』 중(中) (국립중앙도서관, 청구기호 古3644-7)에 수록된 같은 시 〈次田勝山〉에는 '更喜東來'로 되어 있다.

121 '東'자가 남옥의 『일관창수(日觀唱酬)』 중(中) (국립중앙도서관, 청구기호 古3644-7)에 수록된 같은 시 〈次田勝山〉에는 '君'자로 되어 있다.

122 시제가 임문익(林文翼)이 편찬한 『수복동조집(殊服同調集)』에는 〈再呈元玄川案下〉로 되어 있다.

과연 신선 사신 삼한으로부터 오셨네　　　　　　果然仙使自三韓

동해에 많은 기이한 절경 보시길 청하니　　　　請看東海多奇絶

그 중 자줏빛 기운 차가운 승산이 있다오　　　中有勝山紫氣寒

전승산께 거듭 화답하다
再和田勝山

현천

금수에서 한 번 뵙고 흥취 남아 있는데　　　　今須一面續餘闌

형주에 명신 한조종[123] 있음을 알았다오　　　識得荊州有一韓

산수만 수려한 게 아니라 사람도 절로 뛰어나　佳麗非山人自勝

화려한 연석에서 상대하니 인품 고결하네[124]　華筵相對玉壺寒

김퇴석께 거듭 드리다
再呈金退石[125]

승산

역정에서 수레 좇아와 잠시나마 즐거워　　　驛亭追駕暫成歡

---

123 형주에 명신 한조종[荊州有一韓] : 당(唐)나라 때 명신(名臣) 한조종(韓朝宗)을 가리
킨다. 그가 형주자사(荊州刺史)로 있을 때 이백(李白)이 글을 올려 이르기를 "살아서 만호
후 봉함이 필요치 않고, 다만 한 형주를 한 번만이라도 보는 것이 소원이다."라고 한 데서
유래하였다. (『고문진보』 「여한형주서(與韓荊州書)」) 여기서는 전승산(田勝山)을 이르
는 말이다.

124 인품 고결하네[玉壺寒] : 옥호(玉壺)가 차다는 것은 인품이 청정하고 고결함을 뜻한다.
남조(南朝) 송(宋) 포조(鮑照)의 시 〈백두음(白頭吟)〉에 "충직하기론 붉은 색 밧줄이요,
청정하기론 옥병 속의 얼음일세.[直如朱絲繩, 淸如玉壺冰。]"라는 표현에서 유래하였다.

수양버들 소매 스치는데 바람 차지 않네 　　拂袂垂楊風不寒
서쪽으로 돌아갈 때 노닐 약속 또 있어도 　　縱有西歸再遊約
꾀꼬리 자주 울어 이별하기 어렵구려 　　黃鸝頻囀別離難

병고를 무릅쓰고 전승산께 화답하다
力病和田勝山

퇴석

양국 문사들 자리 함께하여 기뻐하는데 　　和韓相會一床歡
가련하게도 나는 강바람에 한기가 들었다오 　　憐我江風病感寒
슬프구나! 그대와 이별하고 나면 　　惆悵與君相別後
꿈속 혼마저 날아 미농주에 닿기 어렵겠지 　　夢魂飛到美濃難

퇴석 아룀: "그대를 처음 만났을 때 이미 서로 애틋한 마음이 있었고 또 한 자리에서 문우(文友)가 되었으니 어떤 행복이 이와 같겠습니까? 다만 이별의 한이 슬플 뿐입니다. 다른 날에도 서로 잊지 않았으면 합니다."

승산 답함: "무탈하도록 힘쓰십시오. 그리고 주옥같은 시로 보답해 주셔서 감사합니다. 봄추위가 매서우니 보중하시기 바랍니다. 깃대 돌리실 날을 기다릴 뿐입니다.

---

125 시제가 임문익(林文翼)이 편찬한 『수복동조집(殊服同調集)』에는 〈再呈金退石案下〉로 되어 있다.

　　승산이 이별연에서 양의 모암 이좌국과 필어를 주고받았다. 용연이 미장주의 모생(某生)을 시켜 말을 전하기를: "학사의 자리로 속히 오시랍니다."라고 하여, 내가 곧 들어가 뵈었다.

　　용연 아룀: "그대는 어디를 갔었습니까?"

　　승산 답함: "양의 자리에서 의술의 이치를 토론하였습니다."

　　용연께서 일어나 내 소매를 잡고 앉히더니 밥과 국을 나누고 그 위에 젓가락을 더해 내 앞에 놓으면서 말함: "남은 음식을 그대에게 드립니다."

　　내가 다 먹고 나서 말함: "경애하는 대인께서 맛좋은 술과 구수한 불고기를 주셔서 감사합니다."

　　용연 답함: "무슨 감사라고 할 게 있겠습니까?"

전승산과 이별하다
別田勝山

용연

고운 분[126] 뉘 집 자제인가	玉雪誰家子
한 구비 물가에 봄바람 부네	春風一水涯
서쪽으로 돌아갈 때 만나자는 약속	西歸留好約
서로 역정의 꽃을 기다리세	相待驛亭花

126　고운 분[玉雪] : 『장자(莊子)』「소요유(逍遙遊)」에 "막고야의 산에 선녀가 있는데 피부가 하얗고 윤택하여 옥설(玉雪)과 같다."라고 하였다.

성용연 시에 즉시 차운하다
走次成龍淵[127]

승산

오래된 역, 안개 노을 길   古驛烟霞路

그대 보내려 물가에 이르렀네   送君到水涯

춘풍에 젓대 부는 소리   春風吹笛起

한 곡조에 매화 떨어지네[128]   一曲落梅花

용연께서 내 손을 잡고 말함: "마음이 애틋하니 어느 날인들 잊을 수 있 겠습니까?"

승산 답함: "저에게 훌륭한 손님이 오셨으니 마음으로나마 선물을 드리 고 싶습니다."[129]

추월 아룀: "내가 그대에게 이별시를 지어주고 싶은데 좋은 종이를 내줄 수 있겠습니까?" 이에 내가 종이 한 장을 드리니 추월께서 미장주의 모생(某 生)을 시켜 종이를 펴도록 하고서는 곧바로 시를 썼다.

---

127 시제가 임문익(林文翼)이 편찬한 『수복동조집(殊服同調集)』에는 〈走次成龍淵韻〉으 로 되어 있다.

128 한 곡조에 매화 떨어지네[一曲落梅花] : 적곡(笛曲)인 낙매곡(落梅曲)을 염두에 둔 표현이다.

129 저에게 훌륭한 손님이 오셨으니 마음으로나마 선물을 드리고 싶습니다[我有嘉賓, 中 心貺之] : 『시경』「소아(小雅)」〈동궁(彤弓)〉에 "내게 좋은 손님이 있으면, 마음으로 선물 을 주도다.[我有嘉賓, 中心貺之。]"라고 하였다.

전승산과 이별하다
別田勝山

추월

전랑[130]이 전송하러 모래언덕에 이르니 　田郎相送到沙頭

짙푸른 들 대나무 이별 시름 불어대네 　野竹靑靑管別愁

주고[131] 마을 앞 맑고 얕은 시냇물 　州[132]股村前淸淺水

석양 무렵 다리 너머로 갈라져 흐르네 　夕陽橋外各分流

남추월 시에 즉시 차운하다
走次南秋月韻

승산

비 내린 뒤 봄빛, 흐르는 물 동쪽머리 　雨餘春色水東頭

들 대나무 시제 그만두니 객수 자아내네 　野竹休題動客愁

오십삼정[133] 지나는 곳마다 붓을 드니 　五十三亭行載筆

지금 같은 이런 이별 또한 풍류일세 　如今此別亦風流

---

130 전랑(田郎) : 전승산(田勝山)

131 주고(州股) : 주고(洲股, 스노마타)의 오기이다. 미농국(美濃國)에 속하고, 현재의 기부현(岐阜縣) 대원시(大垣市)에 있는 묵오(墨俣)의 이칭이다.

132 임문익(林文翼)이 편찬한 『수복동조집(殊服同調集)』에는 '州'자가 '洲'로 되어 있다.

133 오십삼정(五十三亭) : 강호시대에 정비된 다섯 곳의 가도(街道) 중 하나인 동해도(東海道)에 있는 53개 숙장(宿場)을 뜻한다. 동경의 일본교(日本橋)를 기점으로 하여 품천숙(品川宿)부터 근강(近江)의 대진숙(大津宿)에 이른다. 통신사행 때 사신들이 이곳 숙장에서 머무는 경우가 많았다.

보력 갑신 2월 2일에 미장주 어월역에서 조선의 제술관과 서기 및 양의를 만났다.

조선 제술관 추월 남공께 드리다
呈朝鮮製述官秋月南公[134]

저의 성은 성야(星野), 이름은 정지(貞之), 자는 자원(子元), 호는 동정(東亭)입니다. 미농주 북부의 야인으로 의술을 업으로 삼고 있습니다. 왕의 사절[135]이 동쪽으로 오신다는 말을 듣고 흔들리는 깃발처럼 마음 설레는[136] 날이 며칠이었는데, 하늘이 좋은 인연을 맺어주어[137] 용문에 오를 수 있게 되었으니 얼마나 다행입니까? 삼가 파조(巴調)[138] 한 편을 지어 감히 공에게 바칩니다. 화운시를 지어주신다면 길이 보배로 삼을 것입니다.[139]

---

134 시제가 임문익(林文翼)이 편찬한『수복동조집(殊服同調集)』에는 〈呈南秋月〉로 되어 있다.

135 왕의 사절[大纛] : 대독(大纛)은 황옥대독(黃屋大纛)의 준말. 황제만이 타는 수레를 말한다. 남월왕이 자기 본국에서 황제라 칭하고 황옥대독을 탔다고 한다.

136 흔들리는 깃발처럼 마음 설레는[心旌搖搖] :『사기(史記)』에 "마음이 흔들흔들하여 달아놓은 깃발과 같다.[心搖搖如懸旌]"라고 하였다.

137 임문익(林文翼)이 편찬한『수복동조집(殊服同調集)』에는 '天賜' 앞에 '今也'가 있다.

138 파조(巴調) : 초(楚)나라 영(郢)에 널리 퍼져 있던 따라 부르기 쉬운 통속가요 〈파인(巴人)〉을 가리킨다.

139 '화운시를 지어주신다면 길이 보배로 삼을 것입니다.[得賜高和, 長以爲珍]'가 임문익(林文翼)이 편찬한『수복동조집(殊服同調集)』에는 '오직 족하께서 처리하심에 힘입을 뿐입니다.[唯足下處置是賴]'로 되어 있다.

채익선 장풍 타고 거센 파도 헤쳤는데　彩鷁長風破浪深
상봉하자마자 다시 이별 수심 일렁이네　相逢更復動離心
웅위한 자태 우러러보니 기운 왕성하여[140]　雄姿仰見葱葱鬱
진실로 조선에서의 한림의 대가로구나　眞是朝鮮翰墨林

성야동정께서 보내준 시에 차운하다
次星野東亭見贈韻[141]

추월

산수 동남쪽 구불구불 구비 깊은데　山水東南蜿蟺深
고상한 분 일찍 범여[142]의 마음 알았구려　高人蚤解范公心
청낭[143]은 영웅의 일이 아니거늘　青囊不是英雄事
애석하다! 편남[144]이 가시숲 맡게 되었네　可惜梗楠委棘林

---

140 기운 왕성하여[葱葱鬱] : 술사(術士) 소백아(蘇伯阿)가 후한(後漢) 광무제(光武帝)의
가향(家鄕)인 남양(南陽) 용릉(春陵)의 지형을 살펴보고는 "상서로운 기운이 울창하고 성
대하다.[佳氣哉! 鬱鬱葱葱然。]"라고 하였다. (『후한서(後漢書)』권1 「광무제기(光武帝
紀)」) 여기서는 추월의 자태에서 풍기는 기운을 형용하는 의미로 쓰였다.

141 시제가 임문익(林文翼)이 편찬한 『수복동조집(殊服同調集)』에는 〈和星野東亭〉으
로 되어 있다.

142 범여(范蠡) : 춘추시대 월(越)나라 사람. 범여는 월왕(越王) 구천(句踐)이 회계(會稽)
싸움에서 실패한 수치를 씻어준 후, 배를 타고 오호(五湖)를 유람하면서 성명을 고치고
속세의 영화를 멀리하였던 인물이다. (『사기(史記)』「화식전(貨殖傳)」)

143 청낭(青囊) : 선약(仙藥)을 넣어두는 푸른 주머니. 또는 천문(天文)·복서(卜筮)·의
술(醫術)에 관한 서적을 뜻하기도 한다. 진(晉)나라 곽박(郭璞)이 곽공(郭公)이라는 사
람으로부터 천문·복서·의술에 관한 책 6권을 넣은 푸른 주머니를 전해 받았다는 고사가
있다.

144 편남(梗楠) : 아름드리 교목인 편나무와 남나무. 곧 좋은 목재로 훌륭한 인재를 비유
하기도 한다.

추월께서 주신 화운시에 감사하며 원운에 거듭 화답하다
再和原韻謝秋月辱賜高和[145]

동정

길 가다 잠시 만났는데 정 더욱 깊었고[146]	傾蓋相逢情更深
인하여 고운 모습 알고 또 마음도 알았네	因知瓊貌復知心
만약 교린의 사명 받드는 날 아니었다면	若非奉命隣交日
어찌 군자의 숲[147] 더위잡고 올랐으랴	爭得輒攀君子林

서기 성용연께 드리다
呈書記成龍淵[148]

동정

채익선이 바다를 가르고 사신수레가 봄바람을 타며 험한 길을 건너고 추위를 무릅쓰면서도 여행길 내내 평안하게 이 땅에 이르게 되었으니 참으로 축하드립니다. 저는 미농주 북부에 사는 야인(野人)입니

---

145 시제가 임문익(林文翼)이 편찬한 『수복동조집(殊服同調集)』에는 〈再和原韻謝秋月〉로 되어 있다.

146 길 가다 잠시 만났는데 정 더욱 깊었고[傾蓋相逢情更深] : 경개(傾蓋)는 경개여구(傾蓋如舊)의 준말로, 길가에서 처음 만나 수레 덮개를 기울이고 잠깐 이야기하는 사이에 오랜 벗처럼 친하게 되었다는 말이다. 『사기』 권83 「추양열전(鄒陽列傳)」에 "흰머리가 되도록 오래 사귀었어도 처음 만난 사이처럼 생소하기도 하고, 수레 덮개를 기울이고 잠깐 이야기하면서도 오랜 친구를 대하는 것처럼 느껴진다는 속담이 있다.[諺曰: 有白頭如新, 傾蓋如故。]"라고 하였다.

147 군자의 숲[君子林] : 진(晉)나라 때 벼슬을 하지 않고 전원에서 유유자적한 생활을 즐긴 7명의 은자(隱者)인 죽림칠현(竹林七賢)을 가리킨다.

148 시제가 임문익(林文翼)이 편찬한 『수복동조집(殊服同調集)』에는 〈呈成龍淵〉으로 되어 있다.

다. 다행히 관소의 문을 두드려 귀국의 풍도와 위의를 뵐 수 있게 되
었습니다. 이에 보잘것없는 시 한 수를 드리니 화운시를 지어주신다
면 기대 밖의 영광이겠습니다.[149]

관하의 약목[150] 그늘에서 사행길 다하니 行盡關河若木陰
장엄한 유람 온천지 품은 마음 알릴 만하네 壯遊堪報四方心
어찌 굳이 이날 거듭되는 통역 수고롭게 하랴 何須此日勞重譯
채색 붓으로 먼저 정시 연간의 음[151] 전하네 彩筆先傳正始音

성야동정께 화답하다
和星野東亭[152]

용연

긴 다리 먼 물줄기 봄비에 강물 불었고 長橋遠水漲春陰
가는 곳마다 강산은 나그네 마음 기쁘게 하네 到處江山悅客心
이로부터 주나라 의관은 월나라 길과 통하여[153] 自是周冠通粵路

---

149 위의 문장이 임문익(林文翼)이 편찬한 『수복동조집(殊服同調集)』에는 '星軺乘春, 涉
險冒寒, 一路平安, 旣達此土, 可賀可賀。僕野人也, 幸叩館門, 得見貴國風儀, 實幸中
幸。玆呈鄙詩一首, 陳下情乃爾。'라고 하였으니, 두 문헌 사이에 글자의 출입이 있다.

150 약목(若木) : 전설 속에 나오는 신수(神樹). 대황(大荒) 가운데 있는 형석산(衡石
山)·구음산(九陰山)·형야지산(洞野之山) 꼭대기에서 자라는데, 나무줄기는 붉고 잎은
푸르며 꽃은 붉다고 한다. (『산해경(山海經)』 「대황북경(大荒北經)」)

151 정시 연간의 음[正始音] : 삼국시대 위(魏)나라 정시(正始) 연간에 출현한 현담(玄談)
기풍이나 시문에서 순정(純正)한 악성(樂聲)을 뜻하는 말이다.

152 시제가 임문익(林文翼)이 편찬한 『수복동조집(殊服同調集)』에는 〈和東亭〉으로 되
어 있다.

숲속 가득 우는 새들 모두 소리를 아는구나[154]   一林啼鳥總懷音

성용연께서 보여주신 화운시에 감사하며 원운에 거듭 화답하다
再和原韻謝成龍淵見和[155]

동정

며칠 물가 역 그늘에 머물며 즐거웠는데   少日留歡水驛陰

돌아갈 마음 생기니 기러기 소리 듣지 마오   莫聞歸雁動歸心

문득 기쁘다오, 보잘것없는 곡조 드렸는데   却欣因賣巴人調

양춘과 백설 같은 훌륭한 음악 얻게 되어서   買得陽春白雪音

서기 원현천께 드리다
呈書記元玄川[156]

동정

바다와 육지 수만리나 되고 추위와 더위가 오락가락하는 칠팔월에
험난함을 거리끼지 않음은 물론 수고로움 역시 사양하지 않으시고 세
분 사신들을 멀리까지 수행하셨으니 실로 사방의 뜻을 이룬 대장부는

---

153 이로부터 주나라 의관은 월나라 길과 통하여[自是周冠通粵路] : 여기서 주나라는
　　 문화가 우수한 점에서 조선을, 월나라는 중국의 남쪽에 있기 때문에 일본을 가리킨다.
　　 곧, 통신사행을 통해 조선의 문화가 일본에 전해지고 있음을 뜻하는 말이다.

154 소리를 아는구나[懷音] : 지음(知音)과 같은 뜻으로 여겨진다.

155 시제가 임문익(林文翼)이 편찬한 『수복동조집(殊服同調集)』에는 〈再用前韻謝龍淵〉
　　 으로 되어 있다.

156 시제가 임문익(林文翼)이 편찬한 『수복동조집(殊服同調集)』에는 〈呈元玄川〉으로
　　 되어 있다.

바로 족하를 이르는 것이겠지요? 저는 야인(野人)으로 비록 군자의 거처에 들어갈 수는 없지만 받들고 싶은 뜻을 그만둘 수 없어 이렇게 와서 풍모를 뵙고 있습니다. 감히 보잘것없는 시를 드리니 화운시를 지어주신다면 귀중한 보물[157]로 여기겠습니다.[158]

사신수레 먼 이역과 통함을 기뻐하여	喜見星軺殊域通
대부의 시부 응당 절로 공교해졌으리	大夫詩賦自應工
어여뻐라, 그대 멀리 와 친선 도모하니	憐君萬里來修好
흡사 국풍을 살피는 공손교[159]와 같구려	恰似公孫觀國風

성야동정께 화답하다
和星野東亭[160]

현천

낡은 긴 다리 새벽 구름 속 뚫고	歷落長橋曉靄通

---

157 매우 귀중한 보물[連城寶] : 연성벽(連城璧)과 같은 뜻으로 전국시대 때 진(秦)나라 소왕(昭王)이 15성(城)과 바꾸자고 청했던 조(趙)나라의 화씨벽(和氏璧)을 말한다.

158 위의 문장이 임문익(林文翼)이 편찬한 『수복동조집(殊服同調集)』에는 '海陸千萬里, 寒燠七八月, 不憚險, 不辭勞, 遙隨三大使相, 實大丈夫四方心邃者, 足下之謂乎。僕北美野人也, 雖不可入君子室, 景注之不可止, 來執謁下風, 敢呈巴調, 以致傾蓋之效也。'라고 하였으니, 두 문헌 사이에 글자의 출입이 있다.

159 국풍을 살피는 공손교[公孫觀國風] : 공손교(公孫僑)는 정(鄭)나라의 대부 정자산(鄭子産)으로 알려져 있다. 간공(簡公)·정공(定公)·헌공(獻公)·성공(聲公) 등 네 조정에 계속 재상으로 있으면서 뛰어난 외교수완을 발휘하여 당시 패권다툼을 벌이는 진(晉)나라와 초(楚)나라 사이에 처한 정나라를 무사하게 보전하였다.

160 시제가 임문익(林文翼)이 편찬한 『수복동조집(殊服同調集)』에는 〈和東亭〉으로 되어 있다.

뱃사공 거룻배와 대나무배 타고 달렸지 　　蒹篷竹舫走篙工
그대의 집 정녕 용목[161] 아래에 있어 　　　君家定在榕木下
들녘 봄기운에 살랑살랑 바람 불겠네 　　　野外春浮細細風

원현천께서 주신 화운시에 감사하며 전운에 거듭 화답하다
再和前韻謝元玄川見和[162]

동정

배와 수레 이르는 곳마다 소식 통하고 　　舟車到處信音通
사명 받든 신선 재주 시 지음도 공교하구나 　奉使仙才賦亦[163]工
나그네 신세라 비록 고단하고 언어 다른데도 　萍水縱慵言語異
꽃과 새들 봄바람과 함께 수창하려 하네 　　欲酬花鳥與春風

서기 김퇴석께 드리다
呈書記金退石[164]

동정

우혈(禹穴)과 강회(江淮) 등 사방을 유람하고 글로 그 뜻을 펴낸 것이

---

161 용목(榕木) : ‘榕木’이 임문익(林文翼)이 편찬한 『수복동조집(殊服同調集)』에는 ‘松林’으로 되어 있다.

162 시제가 임문익(林文翼)이 편찬한 『수복동조집(殊服同調集)』에는 〈再用原韻謝玄川〉으로 되어 있다.

163 ‘亦’이 임문익(林文翼)이 편찬한 『수복동조집(殊服同調集)』에는 ‘自’로 되어 있다.

164 시제가 임문익(林文翼)이 편찬한 『수복동조집(殊服同調集)』에는 〈呈金退石〉으로 되어 있다.

태사공의 일[165]이었는데, 족하의 이번 사행도 거의 그와 같을 것입니다.
제가 야인으로 와서 뵙게 되니, 마치 겸가가 옥수를 대하는 형상[166]이라
실로 추한 몰골이 부끄럽습니다. 이에 보잘것없는 시 한 수를 드리니
화운시를 아끼지 않으신다면 매우 영예롭고 다행이겠습니다.[167]

벼슬 높아 칼과 패옥 아침햇살 비치는데	峩冠劍佩映朝陽
봄바람 불어 대국의 향기 보내는구나	吹送春風大國香
이르는 곳마다 사마천의 일 논했듯이	到處若論遷史業
먼 유람으로 부를 지어[168] 드날리겠지	遠遊賦就見飛揚

165　우혈(禹穴)과 강회(江淮) …… 태사공의 일 : 『사기(史記)』「태사공자서(太史公自序)」
에 "나이 스물에 강회(江淮)에서 노닐고, 회계산(會稽山)에 올라가 우혈을 관람했다."라
고 하였다. 사마천(司馬遷)은 스무 살 무렵 천하를 유람하였는데, 이때 남쪽으로 강회(江
淮)·회계(會稽)·우혈(禹穴)·구의(九疑)·원상(沅湘) 등지를 유람하였다.

166　겸가(蒹葭)가 옥수(玉樹)를 대하는 형상 : 두 사람의 풍모가 워낙 현격하게 차이가
난다는 뜻의 겸사이다. 위(魏)나라 명제(明帝) 때 하후현(夏侯玄)과 황후의 동생 모증(毛
曾)이 함께 자리에 있는 것을 보고는 사람들이 "억새풀이 옥나무 옆에 기대어 있는 것과
같다.[蒹葭倚玉樹]"고 평했다는 고사가 있다. (『삼국지(三國志)』「하후현전(夏侯玄傳)」)

167　화운시를 아끼지 않으신다면 매우 영예롭고 다행이겠습니다[莫惜高和, 榮幸萬萬] :
이 부분이 임문익(林文翼)이 편찬한『수복동조집(殊服同調集)』에는 '내침을 당하지 않게
된다면 매우 다행이겠습니다.[不見擯棄者幸甚]'로 되어 있다.

168　먼 유람으로 부를 지어[遠遊賦] : 굴원(屈原)의 〈원유부(遠遊賦)〉를 염두에 둔 표현이
다. 굴원은 전국시대 초(楚)나라 사람이다. 회왕(懷王)의 신임이 두터웠는데 참소를 당하
여 강남(江南)에 귀양을 가서 멱라수(汨羅水)에 빠져 죽었다. 굴원은 당시 하소연할 곳
없는 암울한 현실을 벗어나 세상 밖을 유람하고 싶은 염원을 〈원유부〉에 담아 노래하였다.

성야동정께 화답하다
和星野東亭[169]

퇴석

봄날 더디더니 어느새 따뜻해졌고	春日遲遲已載陽
봄바람에 길 옆 감귤 향기롭구나	東風路挾橘柑香
그대의 시율 이처럼 맑은 것을 보니	見君詩律清如許
응당 높은 명성 해외에 드날릴 걸세	應得高名海外揚

김퇴석께서 보여주신 화운시에 감사하며 원운에 거듭 화답하다
再和原韻謝金退石見和[170]

동정

서검 지니고[171] 표연히 미장주에 들어와	書劍飄飄入尾陽
뛰어난 문장 노래하니 동쪽나라 향기 나네	文雄嘗[172]唱日東香
신선 재주 원래부터 신명의 도움 있었으니	仙才元有神明助
이향에서 드날린 시 명성 괴이하지 않네	不怪詩名擅異鄉[173]

---

169 시제가 임문익(林文翼)이 편찬한 『수복동조집(殊服同調集)』에는 〈和東亭〉으로 되어 있다.
170 시제가 임문익(林文翼)이 편찬한 『수복동조집(殊服同調集)』에는 〈再用原韻謝退石〉으로 되어 있다.
171 서검 지니고[書劍] : 서검(書劍)은 서적과 보검을 말한다. 이 두 가지는 옛날에 문인들이 몸에 휴대하는 물건이었다. 당(唐)나라 시인 맹호연(孟浩然)의 〈자락지월(自洛之越)〉에 "분주하게 다닌 삼십 년 세월, 서적과 보검 둘 다 이루지 못했네[遑遑三十載, 書劍兩無成]"라는 시구가 있다.
172 '嘗'이 임문익(林文翼)이 편찬한 『수복동조집(殊服同調集)』에는 '曾'으로 되어 있다.
173 '不怪詩名擅異鄉'라는 시구가 임문익(林文翼)이 편찬한 『수복동조집(殊服同調集)』에는 '不怪聲名此日揚'으로 되어 있다.

양의 이모암께 드리다
呈良醫李慕菴

동정

군자께서 이곳에 이르시면 제가 일찍이 뵙지 않은 적이 없었습니다. 다만 관소의 문이 어찌 그리도 엄한지 문득 나아갈 수 없어 온갖 방법을 다 쓰고서야 비로소 뵐 수 있게 되었습니다. 족하께서는 의원으로 오셨다고 들었습니다. 저의 성은 성야(星野)이고, 이름은 정지(貞之)이며, 자는 자원(子元), 호는 동정(東亭)입니다. 역시 의술에 종사하고 있습니다. 다행히 높으신 식견을 보여주신다면 무슨 광영을 더하겠습니까? 보잘것없는 시 한 수로 삼가 족하를 그리워하는 마음을 표현하였습니다. 이에 화운시를 얻을 수 있다면 보배로 간직하여 자손들에게 남기겠습니다.

명성은 월나라 사람[174]의 어짐과 견줄 만하고	聲名爭比越人賢
긴 유람으로 주나라[175] 세우는 시대 보았네	正見優遊起虢年
그대 나라에서는 인삼이 나기 때문에	爲是貴邦出薆草
신비한 약 처방[176] 신선처럼 하겠구려	禁方下得似神仙

---

174 월나라 사람[越人] : 춘추시대의 명의(名醫)인 편작(扁鵲)을 가리킨다. 편작의 본명이 진월인(秦越人)이기 때문에 이처럼 일컬은 것이다.

175 주나라[虢] : 괵(虢)은 중국 주(周)나라 시기의 제후국이다. 주 무왕이 문왕의 아우 괵중(虢仲)과 괵숙(虢叔)을 괵국(虢國)에 봉하였다. 『춘추좌씨전(春秋左氏傳)』 희공(僖公) 5년 기록에 "괵중과 괵숙은 문왕의 경사가 되어 왕실에 공훈이 있었으므로 그 맹약의 문서를 맹부에 갈무리했다.[虢仲虢叔爲文王卿士, 勳在王室, 藏於盟府。]"라고 하였다.

176 신비한 약 처방[禁方] : 금방(禁方)은 함부로 남에게 전하거나 가르쳐 주지 않는 귀한 약방문(藥方文)이나 술법을 말한다.

모암이 말함: "멀리서 찾아오셔서 큰 은혜를 입었습니다. 저는 의원으로 이곳에 왔기 때문에 시를 지어 창화하는 것은 제 일이 아닐 뿐만 아니라 갈 길이 매우 급하니 서쪽으로 돌아가는 날을 기다리심이 마땅하겠습니다. 그대는 일본의 명의이니 함께 의술의 이치를 논하는 것이 좋겠습니다. 이에 의술에 대한 논의가 몇 차례 있었으나 그다지 기이한 일이 아니어서 여기에서는 생략한다.

문사여향(問槎餘響) 하권(上下)

이등유전(伊藤維典) 백수(伯守) 편집

3월 그믐날 학사와 세 분 서기께 거듭 드리다
三月晦日, 再呈學士·三記室啓

관봉[1]

임금의 사절이 서쪽으로 향하다가 또다시 어월역(於越驛)[2]에서 쉬게 되었습니다. 제현들의 기거(起居)가 맑고 편안하심을 삼가 축하드립니다. 지난번에 채색 깃발이 동쪽으로 향할 때 제가 이곳 빈관에서 외람되이 한 차례 뵌 이래로 수십일 동안 거의 꿈속에 나타날 정도로 풍채를 그리워하였습니다. 불행하게도 마침 몸져누워 송별연에서 모실 수

---

1 관봉(冠峰) : 이등관봉(伊藤冠峰, 이토 간포, 1717~1787). 강호시대 중기의 유의(儒醫). 이름은 일원(一元), 자는 길보(吉甫), 호는 관봉(冠峰). 이세국(伊勢國) 고야인(菰野人). 대추(大湫) 남궁교경(南宮喬卿)의 친구이고, 석천금곡(石川金谷)과는 동향인이다. 거상(巨商) 집안에 태어났으나 젊어서부터 질박함을 숭상하고 의용(儀容)을 꾸미지 않았다. 가산(家産)은 형제에게 맡기고 미장국(尾張國)에 유학하여 남궁교경과 함께 유학자 추원담연(秋元淡淵)에게 수학하였고, 의술을 좋아하여 이등현택(伊藤玄澤)에게 배웠다. 만년에 미농국(美濃國) 입송(笠松)에 은거하며 독서와 강학을 일삼았는데, 경학보다 문학에 더 많은 관심을 두었다.

2 어월역(於越驛, 오코시에키) : 미장국(尾張國) 어월(於越)에 있는 역참. 어월역을 훈독하는 일본인의 습관에 따라 기역(起驛)이라고도 한다.

없게 되어 유감스러움을 이루다 말할 수 없습니다. 문득 몽당붓으로 이별의 회포를 푸니 다행히 화운시를 아끼지 않으신다면 훗날 그대 모습을 떠올릴 수 있을 것입니다. 엎드려 바라옵건대 돌아가시는 여정에 이미 더위가 찾아오고 있으니 만 리나 되는 산길과 바닷길 부디 자중자애하시길 기원합니다.

조선으로 돌아가는 남추월³을 전송하다
送南秋月還朝鮮國

관봉

주나라 예법 고치지 않아 절로 우뚝한데	周冠不改自巍峩
온갖 만물 그대 놀라게 해 지은 시 많네	博物驚君賦咏多
옥사산⁴의 붉은 노을 흘러 붓을 물들이고	玉笥紅霞流染筆
푸른 연꽃 흰 눈⁵ 흩어져 노래가 되었네	靑蓮白雪散爲歌
동방 땅에서 풍속은 이미 다 살폈으니⁶	觀風已盡東方地

---

3 남추월(南秋月) : 추월은 남옥(南玉, 1722~1770)의 호. 자는 시온(時韞). 남옥은 1763, 4년 통신사행 때 제술관으로 일본에 다녀왔고, 이때의 경험을 바탕으로 『일관시초(日觀詩草)』·『일관창수(日觀唱酬)』·『일관기(日觀記)』 등의 방대한 사행록을 남겼다.

4 옥사산(玉笥山) : 중국 호남성(湖南省) 멱라시(汨羅市) 서북쪽에 있는 산으로 굴원(屈原)의 사당이 있다.

5 푸른 연꽃 흰 눈[靑蓮白雪] : 청련(靑蓮)은 당(唐)나라 시인 이백(李白)의 호이고, 백설(白雪)은 수준이 높은 노래 〈백설가(白雪歌)〉를 뜻하기도 하여, 청련과 백설은 중의적 표현이다.

6 풍속은 이미 다 살폈으니[觀風] : 『예기(禮記)』 「왕제(王制)」에 "태사에게 시를 진헌하게 하여 백성의 풍속을 살핀다.[命大師陳詩, 以觀民風]"라고 하였다. 곧, 주(周)나라 때 채시관(采詩官)을 파견하여 각 제후국의 시를 채집한 뒤 진헌하게 하고, 그 시의 내용을 통해 풍속을 살핀 것을 말한다.

북해 파도 타고 돌아가면서 승경 구경하시게　探勝將歸北海波
이별 후 그리움 오직 꿈속에나 있을 텐데　別後相思唯有夢
각 하늘에 밝은 달 뜨면 그리움 어이하랴　各天明月奈情何

관봉에게 화답하다
和冠峯[7]

추월

비파호수 양양하고 부사산[8] 높은데　琶水洋洋蓉嶽峩
나의 거문고 무사하고 바다 섬 많네[9]　我琴無事海山多
신선 마을의 밤이슬[10] 의복에 생기고　仙鄉沆瀣生衣履
물나라의 바람과 구름 휘파람에 드네　澤國風雲入歗歌
하늘 끝에서 개미 맷돌 돌기를 다하고[11]　了盡乾端旋蟻磨

7　남옥의 『일관창수(日觀唱酬)』 하(下) (국립중앙도서관, 청구기호 古3644-7)에는 시제가 〈次伊藤冠峰托田勝山傳之〉로 되어 있다.

8　부사산[蓉嶽] : 용악은 산의 모습이 연꽃봉오리와 같다고 해서 나온 부사산(富士山)의 이칭이다. 이밖에도 부사산의 비유적 표현으로 부용(芙蓉)·팔엽(八葉)·팔엽봉(八葉峰)·백설(白雪)·부악(富嶽)·함담봉(菡萏峯) 등이 있다.

9　나의 거문고 무사하고 바다 섬 많네[我琴無事海山多] : 참고로 김성일(金誠一)의 『해사록(海槎錄)』 〈차오산문산전금일률(次五山聞山前琴一律)〉에 "바다 섬에 일이 없어 금선으로 화하여, 홀로 거문고 안고 끊어진 줄 잇는구나[海山無事化琴仙, 獨抱瑤徽續斷絃]"라는 시구가 있다.

10　밤이슬[沆瀣] : 항해(沆瀣)는 선인(仙人)이 마신다는 북방의 밤기운이 어리어 맺히는 맑은 이슬을 말하며, 신선술을 익히는 것을 뜻하기도 한다. 『한서(漢書)』 권57 〈사마상여전(司馬相如傳)〉에 "밤이슬을 마시고 아침놀을 먹는다.[呼吸沆瀣兮餐朝霞]"라고 하였다.

11　하늘 끝에서 개미 맷돌 돌기를 다하고[了盡乾端旋蟻磨] : 의마(蟻磨)는 개미와 맷돌이다. 『포박자(抱朴子)』에 "맷돌은 서쪽으로 돌고 개미는 동쪽으로 가는데, 맷돌은 빠르고 개미는 느리므로 개미가 맷돌에 휩쓸려 서쪽으로 가는 것과 같다."라고 하였다. 천체의

겨자씨 속에 날뛰는 거센 파도 거둬들이네[12]	收來芥裡傲鯨波
동쪽 사람 진세간의 이별 몹시 아쉬워하며	東人漫惜塵間別
마고에게 물 맑고 얕아짐 얼마나 될지 묻네[13]	淸淺麻姑問幾何

성용연[14]을 전송하다
送成龍淵

관봉

봉래산의 오색구름이요	蓬萊雲五色

운행으로 맷돌을 하늘에 빗대고 개미를 해와 달에 빗대어 보면, 이 시구는 세월의 빠름을 뜻하고 있다.

12 겨자씨 속에 날뛰는 거센 파도 거둬들이네[收來芥裡傲鯨波] : 이 시구는 개자수미(芥子須彌)의 의미를 함축하고 있다. 『유마경(維摩經)』「불가사의품(不可思議品)」에 "보살이 이러한 해탈에 머물러서 능히 높고 넓은 수미산을 개자씨 안에 들어가게 하는데 수미산은 본래 모습과 변함이 없다.[若菩薩住是解脫者, 以須彌之高廣, 內芥子中, 無所增減, 須彌山王本相如故。]"라고 하였다. 개자씨 속에 수미산을 숨길 수 있다는 것은 지식과 관념의 속박에서 벗어나야 함을 비유한 말이다.

13 마고에게 물 맑고 얕아짐 얼마나 될지 묻네[淸淺麻姑問幾何] : 마고(麻姑)는 한(漢)나라 때 장생불사한다고 하는 선녀의 이름이다. 『신선전(神仙傳)』 권10 「왕원(王遠)」에, 신선 왕원이 마고를 초청하니, 마고가 봉래산에 갔다가 돌아오는 길에 찾아보겠다고 하고, 그 뒤에 와서 말하기를 "그대를 만난 이래로 이미 동해가 세 번이나 뽕밭으로 변하는 것을 보았고, 지난번에 봉래산에 가보니 예전에 만났을 적보다 반으로 줄어들었다. 그러니 어찌 다시 육지가 되지 않겠는가.[接待以來, 已見東海三爲桑田, 向到蓬萊, 水又淺於往昔會時略半也, 豈將復還爲陵陸乎]"라고 하였다. 참고로 김성일(金誠一)의 『해사록(海槎錄)』〈차오산제해빈석일절(次五山題海濱石一絶)〉에 "어젯밤 봉래가 또 맑고 얕아졌으니, 가련하다 서왕모(西王母)의 귀밑털이 서리 같겠네.[昨夜蓬萊又淸淺, 可隣王母鬢如霜]"라고 하였다.

14 성용연(成龍淵) : 용연(龍淵)은 성대중(成大中, 1732~1809)의 호. 자(字)는 사집(士執). 용연 이외에 청성(靑城)이라고도 한다. 성대중은 1763,4년 통신사행 때 정사서기로 일본에 다녀왔다. 저서로는 사행록 『일본록(日本錄)』과 문집 『청성집(靑城集)』 등이 남아 있다.

연꽃송이는 천년의 눈이라	菡萏雪千秋
시 지으며 고국으로 돌아가고	作賦歸鄕國
뗏목 타고 두우성을 범하네	乘槎犯斗牛
지도로 진한·변한·마한을 전하고	圖傳辰弁馬
예로는 하·은·주를 귀하게 여기네	禮貴夏殷周
훌륭한 손님 계신 곳 가까이 바라보니	近望佳賓幕
이별의 정한 어느 때나 그치려나	離情幾日休

관봉에게 화답하다
和冠峯

용연

객로에 봄이 다시 돌아오니	客路春仍復
향수로 하루가 일 년이어라	鄕愁日抵秋
끊긴 다리엔 흰 두루미 떠 있고	斷橋浮白霍
돌아가는 배로 황우 내려오네[15]	歸舶下黃牛
물가 역에서 사람들 기다리는데	水驛人相待
사신배에서 몇 달이나 흘렀던가	星槎月幾周
시 짓자 그리움 짙게 드리우니	題詩情黯黯
이별은 이번 생에 그만했으면	離別此生休

---

15 돌아가는 배로 황우 내려오네[歸舶下黃牛] : 『주역(周易)』「둔괘(遯卦)」에 "육이(六二)
는 황소 가죽으로 잡아매니 아무도 빠져 나갈 수 없다.[六二, 執之用黃牛之革, 莫之勝說]"
라고 하였고, 중국 장강(長江) 가운데 물살이 세기로 유명한 삼협(三峽), 곧 구당협(瞿塘
峽)·무협(巫峽)·서릉협(西陵峽)을 황우삼협(黃牛三峽)이라고 하였다. 따라서 이 시구는
사신배가 거센 파도를 이겨내고 무사히 귀국하기를 노래한 것이다.

원현천[16]을 전송하다
送元玄川

관봉

등루부[17] 짓고 조선으로 돌아가는데	登樓賦就返東華
노을 물든 비단 강산 끝없이 바라보네	望盡江山錦爲霞
참으로 아름다운 봄빛 그대 기억했다가	信美春光君記取
돌아가거든 일본의 흰 벗꽃 자랑하시게	歸驕日本白櫻花

김퇴석[18]을 전송하다
送金退石

관봉

고국 삼천리	故國三千里
가인은 금의환향하네	佳人衣錦歸
봄바람 부는 이삼월	春風二三月
꽃잎 비단옷자락에 날리네	花傍錦衣飛

---

16 원현천(元玄川) : 현천(玄川)은 원중거(元重擧, 1719~1790)의 호. 자(字)는 자재(子才). 현천 이외에 물천(勿天)·손암(遜菴)이라고도 한다. 원중거는 1763,4년 통신사행 때 부사 서기로 일본에 다녀왔고, 이때의 경험을 바탕으로 『승사록(乘槎錄)』과 『화국지(和國志)』 등의 사행록을 남겼다.

17 등루부(登樓賦) : 후한 말 위(魏)나라 왕찬(王粲)이 동탁(董卓)의 난리를 피하여 형주 (荊州)의 유표(劉表)에게 가서 몸을 의탁하고 있을 적에, 고향 생각이 나자 강릉(江陵)의 성루(城樓)에 올라가서 고향 하늘을 바라보며 〈등루부(登樓賦)〉를 지었다는 고사가 전하 고 있다. (『삼국지』 권21 「왕찬전(王粲傳)」)

18 김퇴석(金退石) : 퇴석(退石)은 김인겸(金仁謙, 1707~1772)의 호. 자(字)는 자안(子 安). 김인겸은 1763,4년 통신사행 때 종사서기로 일본에 다녀왔다. 이때의 사행 경험을 바탕으로 장편가사 〈일동장유가(日東壯遊歌)〉를 남겼다.

관봉에게 화답하다
和冠峯

퇴석

꽃밭 아래에서 하룻밤 묵었으나	夜宿花林下
시 벗 만나지 못한 채 돌아가네	詩朋不遇歸
그대 그리워 몹시 슬픈데	思君惆悵意
말은 날듯이 먼 길 떠나네	征馬去如飛

추월과 거듭 작별하며 매화락[19]을 짓다
重別秋月賦得梅花落

관봉

표연히 낮에 비단옷 입은[20] 사신 있어	飄然畫錦使臣衣
곧장 금강산 만장봉을 향해 돌아가네	直向金剛萬丈歸
춘풍에 다 떨어져 젓대소리 한스러운데	落盡春風笛中恨
매화는 곡조 타고 그대 좇아 나는구려	梅花曲裡逐君飛

---

19 매화락(梅花落) : 〈매화락〉은 고대에 피리로 연주하는 악곡으로, 〈관산낙매곡(關山落梅曲)〉 또는 〈낙매곡(落梅曲)〉이라고도 한다.

20 낮에 비단옷 입은[畫錦] : 주금(畫錦)은 낮에 비단옷을 입는다는 뜻으로, 출세하여 고향에 돌아가는 것을 말한다. 금의환향(錦衣還鄉)과 같은 뜻이다.

관봉에게 거듭 화답하다
重和冠峯[21]

추월

송림의 비 은근히 흰 겹옷 적시는데	松雨微霑白裌衣
해를 넘긴 나그네 봄날 돌아가네	隔年遊子度春歸
가련하구나, 깊은 계곡에서 우는 새	獨憐幽谷嚶鳴鳥
벽해의 선붕과 함께 날지 못하다니	碧海仙鵬未共飛

세 분 서기와 거듭 이별하다
重別三記室

관봉

걸핏하면 심사 어긋나는 것이 인생이라	動是人生心事違
하늘 끝 바라보니 그리움만 남아있구나	天涯一望思依依
이별의 정은 물에 떠 있는 부평초 같아	離情却似萍浮水
만 리 바람안개 속에서 손님 전송하네	萬里風烟送客歸

관봉에게 거듭 화답하다
重和冠峯

현천

봄날 다해 아름다운 맹약 이곳에서 어긋나니	春盡芳盟此地違

---

21 남옥의 『일관창수(日觀唱酬)』 하(下) (국립중앙도서관, 청구기호 古3644-7)에는 시제가
〈重和伊藤冠峰〉으로 되어 있다.

삼한의 나그네 마냥 이별 회포 풀어내는구나　　三韓客子更依依
저물 무렵 자규새 울며 강변 정자 지나다가　　子規啼過江亭晚
구름 너머로 소리소리 눈물 뿌리며 돌아가네　　雲外聲聲揮淚歸

3월 29일에 돌아가는 수레가 다시 미장주[22] 어월역에서 쉬었는데 이때 나는 금수역[23]에 있었기 때문에 어월의 빈관으로 시를 부쳤다.

미장주 어월역에 계신 남추월께 부치다
寄南秋月於尾州於越驛

승산[24]

사절이 동쪽 관문 너머에 있어　　　使節東關外
강과 산으로 길 멀기만 하구나　　　江山道路賒
검고 누런 것은 손님이 탄 말이요　　玄黃歸客馬
붉고 흰 것은 역 정자의 꽃이라네　　紅白驛亭花

---

22 미장주(尾張州, 오와리슈) : 현재의 애지현(愛知縣) 서부 지역. 미장국(尾張國)·미장(尾張)·미주(尾州)라고도 한다.

23 금수역(今須驛, 이마스에키) : 금수(今須)에 있는 역참. 금수는 미농국(美濃國)에 속하고, 현재의 기부현(岐阜縣) 불파군(不破郡) 관원정금수(關ヶ原町今須)이다. 금차(今次)·이마즈(伊麻즈)라고도 한다.

24 전승산(田勝山, 덴 쇼산) : 강호시대 중기의 유의(儒醫). 이름은 입송(立松), 자는 사무(士茂), 호는 승산(勝山). 미농국(美濃國) 수하인(須賀人). 1764년 통신사행 때 조선문사와 여러 차례 시와 필담을 주고받았다.

주머니 속 시는 비단을 재단한 듯　　　　　囊底詩裁錦

붓 끝으로 쓴 글자는 노을을 모은 듯　　　　毫端字簇霞

만날 날 멀지 않음을 알면서도　　　　　　　會顔知不遠

고개 돌려 구름수레[25] 바라보네　　　　　　回首望雲車

전승산이 부쳐준 시운에 화답하다
和田勝山寄示韻[26]

　　　　　　　　　　　　　　　　　　　　추월

다리에서 전송해준 일 기억하며　　　　　　記得橋頭送

매화 핀 저녁 무렵 멀리 바라보네　　　　　梅天晚眺賒

시로 강가 옆 절의 비 소식 전하고　　　　詩傳江寺雨

봄은 시골마을 꽃과 함께 다 가네　　　　　春盡野村花

객지라서 누런 장기[27] 걱정하는데　　　　客路愁黃瘴

신선 배는 붉은 노을을 묻는구나　　　　　仙舟問紫霞

미농주[28]는 일찍이 묵었던 곳이니　　　　濃州曾宿處

응당 수레 다시 기쁘게 맞이하겠지　　　　應復喜迎車

---

25 구름수레[雲車] : 신선이 타고 온 수레. 신선이 구름을 타고 다니기 때문에 구름을 수레
　라고 한 것이다. (『회남자(淮南子)』 「원도훈(原道訓)」)

26 남옥의 『일관창수(日觀唱酬)』 하(下) (국립중앙도서관, 청구기호 古3644-7)에는 시제
　가 〈次田勝山遙寄傳於今須〉로 되어 있다.

27 누런 장기[黃瘴] : 황장은 누렇게 뜬 장기(瘴氣). 장기는 축축하고 더운 땅에서 생기는
　독기(毒氣)를 말한다.

28 미농주(美濃州, 미노슈) : 현재의 기부현(岐阜縣) 남부 지역. 미농국(美濃國)·미농(美
　濃)·농주(濃州)라고도 한다.

미장주 어월역에 계신 성용연께 부치다
寄成龍淵于尾州於越驛

승산

하량[29]에서 헤어진 뒤	河梁分手後
눈에 흰 구름만 가득	滿目白雲重
주신 아름다운 시[30] 남아 있지만	留得琅玕贈
빙설 같은 자태는 아득하다오	杳然氷雪容
먼 유람으로 풀빛 사랑스럽고	遠遊憐艸色
새 곡조로 부용 담으셨겠지	新曲挹芙蓉
용연검[31]을 서로 마주 대하면	相待龍淵劍
정기 서린 빛 미농주 비추리라	精光照美濃

전승산이 부쳐준 시운에 화답하다
和田勝山寄示韻

용연

전송하던 곳에 매화 피었었는데	梅花相送處
돌아오는 길엔 녹음이 우거졌구려	歸路綠陰重

29 하량(河梁) : 한(漢)나라 이릉(李陵)이 소무(蘇武)에게 준 송별시에 "손을 잡고 하량에 올라간다[攜手上河梁]"라고 했는데, 하량은 하수의 다리로 이별하는 곳을 뜻한다.

30 아름다운 시[琅玕] : 낭간은 중국에서 나는 경옥(硬玉)의 한 가지. 어두운 녹색 또는 청백색이 나는 반투명의 아름다운 옥돌인데, 여기서는 훌륭한 시를 뜻한다.

31 용연검[龍淵劍] :『진서(晉書)』「장화전(張華傳)」에 의거하면, 용연검(龍淵劍)은 땅에 묻혀 하늘의 두우(斗牛) 간에 자기(紫氣)를 내뿜고 있다가 뇌환(雷煥)에 의해 발굴되었다는 검을 말하고, 용검(龍劍) 혹은 용천검(龍泉劍)이라고도 한다. 여기서는 성대중의 호가 용연(龍淵)임을 염두에 둔 중의적 표현이다.

홀연 전해온 서찰을 받아보니	忽見傳來札
마치 작별 후의 모습을 뵌 듯	如逢別後容
비에 젖은 깃발 물결에 희미하고	雨旄迷浪泊
바람 탄 수레[32]는 부용을 등졌네[33]	風馭背芙蓉
내일이면 금수역 정자에 모여	明日今亭會
깊은 숲속 새들 실컷 지저귀겠지	深林鳥語濃

미장주 어월역에 계신 김퇴석께 부치다
寄金退石于尾州於越驛

승산

높은 벼슬 화려하고 아름다운데	冠冕致華美
번듯하게 사명 받들어 영예롭네	翩翩奉使榮
일찍이 유학[34]의 도를 전하였고	曾傳鄒魯道
다시 일본과 조선[35]의 맹약 맺었네	更結和韓盟

---

32 바람 탄 수레[風馭] : 풍어는 전설 속에 나오는 수레로, 바람을 타고 몰아가는 신선의 수레를 말한다. 바람에 날리는 돛대를 비유하기도 한다.

33 풍어는 부용을 등졌네[風馭背芙蓉] : 조선으로 돌아가는 수레가 미장국(尾張國)에서 잠시 쉬고 있었기 때문에 부사산을 가리키는 부용을 등지고 있다고 표현한 것이다.

34 유학[鄒魯] : 추노(鄒魯)는 맹자와 공자의 고향을 아울러 부른 말로, 공맹의 유학을 뜻한다.

35 일본과 조선[和韓] : 화한(和韓)은 일본과 조선을 가리킨다. 참고로 신유한의 『해유록(海遊錄)』 중(中) 9월 11일 기록에 의하면, "왜국이 본시 대화(大和)에 도읍을 정하여 나라 이름을 대화라 하였으므로 지금도 나라 사람들이 스스로 화인(和人)이라고 말하고 우리나라를 한(韓)이라 하므로 무릇 모든 문자에 두 나라를 칭할 적에는 반드시 화한(和韓)이라 한다.[倭國本都大和, 而國號大和, 至今國人, 自言爲和人, 我國曰韓, 故凡諸文字, 稱兩邦則必曰和韓。]"라고 하였다.

채색 깃발 구름 떨치고 돌아오는데　　　　　　文旆拂雲返
객성[36]이 밤을 밝게 비추고 있네　　　　　　客星照夜明
그대 바라보니 정 더욱 간절하여　　　　　　望君情轉切
손가락 꼽아 남은 길 헤아려보네　　　　　　屈指數行程

전승산이 부쳐준 시에 화답하다
和田勝山寄示韻

퇴석

파리하고 초췌한데다 병으로 쇠약해　　　　　羸瘁兼衰病
풍상으로 영예로움 지키기 어렵구려　　　　　風霜損衛榮
명승지에선 겨우 빚을 갚았고　　　　　　名區纔了債
멀리 이웃나라에 와 수교 맺었네　　　　　隣國遠修盟
서찰로 마음 전함이 심원하고　　　　　雁札傳心遠
여의주는 눈 비빌 정도로 밝구려　　　　　驪珠刮眼明
다정하구나, 전씨(田氏: 전승산) 그대　　　多情田氏子
날짜 꼽으며 앞길에서 기다리고 있다니　　　計日候前程

---

36 객성(客星) : 항성(恒星)이 아닌 일시적으로 보이는 혜성(彗星)이나 신성(新星)과 같
　은 별을 말한다.

3월 29일에 대원[37]에 있는 빈관으로 다시 시를 부치다.

대원에 계신 남추월께 부치다
寄南秋月于大垣

승산

오늘밤 사신수레 어디서 머무는지　　　　　今夜軺車何處停
넘실대는 물[38] 푸른 하늘을 적시네　　　　盈盈一水浸空青
봄날 구름 너머 멀리서 관현소리 들려오는데　管絃遙徹春雲外
소생은 흔연히 역정에서 기다리고 있다오　　小子欣然待驛亭

부쳐온 전승산의 시에 거듭 화답하다
再和田勝山寄來韻[39]

추월

길손 돌아가다 옛 절집에 머무는데　　　　舊客還歸舊寺停
밤 종소리 젖고 절집 등불 푸르구나　　　　夜鐘聲濕佛燈青
그대 집 맑은 강물 북쪽에 있는데　　　　　君家知在清江北

---

37 대원(大垣, 오가키) : 미농국(美濃國)에 속하였고, 현재의 기부현(岐阜縣) 대원시(大垣市)이다.

38 넘실대는 물[盈盈一水] : 서로 바라볼 수 있는 거리임에도 말 한마디 건네지 못하는 안타까운 심정을 뜻하는 표현이다. 견우(牽牛)와 직녀(織女)를 읊은 고시(古詩) 중에 "넘실대는 은하수 물 사이에 두고, 애틋하게 바라볼 뿐 말 한마디 못 건너네.[盈盈一水間, 脈脈不得語。]"에서 유래하였다. (『문선(文選)』 「고시십구수(古詩十九首)」)

39 남옥의 『일관창수(日觀唱酬)』 하(下) (국립중앙도서관, 청구기호 古3644-7)에는 시제가 〈復次田勝山寄詩〉로 되어 있다.

| 장정과 단정[40]으로 시를 부쳐왔네 | 詩寄長亭與短亭 |

승산이 먼저 미장주로 시를 부쳐왔는데 다시 대원으로 시를 부쳐왔기 때문에 말한 것이다.

대원에 계신 성용연께 부치다
寄成龍淵于大垣

승산

대원성[41] 밤 되어 객성이 차가운데	垣城當夜客星寒
지척에서 그리워해도 손잡기 어렵구려	咫尺相思握手難
다시 만날 좋은 인연 하늘도 싫어하지 않아	再會良緣天不厭
내일 아침 맞이하여 한 바탕 기쁨 누리리라	明朝邀作一場歡

부쳐온 전승산의 시에 거듭 화답하다
再和田勝山寄來韻

용연

| 승산은 어느 곳인가? 백운이 차갑구려 | 勝山何處白雲寒 |

---

40 장정과 단정[長亭與短亭] : 장정(長亭)과 단정(短亭)은 모두 행인들의 휴게소로 단정은 5리(里)마다 장정은 10리마다 설치하였다. 김세렴(金世濂)의 『해사록(海槎錄)』 병자년 11월 21일 기록에 "10리마다 쌍 돈대를 수십 길이나 높게 만들었는데, 이것이 곧 그들의 장정 단정의 제도이다. 위에 느티나무를 심었는데 이미 늙은 나무가 되었으니, 그 유래가 오래인 것이다.[每十里作雙墩, 高數十丈, 此卽其長短亭之制也。上植槐木, 已成老樹, 其來久矣。]"라고 하였다.

41 대원성[垣城] : 원성(垣城)은 미농국(美濃國)에 속하고 현재의 기부현(岐阜縣) 대원시(大垣市)에 있는 대원성(大垣城)을 말한다.

세상에 축지법 쓰기 어려워 한스럽다오 　　　　　惟恨人間縮地難

두 통의 서찰 부쳐온 정 얕지 않으니 　　　　　　竝札寄來情不淺

함께 내일 기약하며 소매 잡고 기뻐하세 　　　　共期明日摻袍歡

대원에 계신 김퇴석께 부치다
寄金退石于大垣

승산

지척의 풍광 천 리 멀리 요원한데 　　　　　　咫尺風光千里遙

그대 어느 곳에 수레 매어두었는지 　　　　　　佳人何處駐歸軺

그리움에 대원성을 한 번 바라보니 　　　　　　相思試向垣城望

용 기운 창망하여 밤 되자 으스대네 　　　　　龍氣蒼茫當夜驕

부쳐온 전승산의 시에 거듭 화답하다
再和田勝山寄來韻

퇴석

등포관[42]의 봄 구름 백 리나 요원한데 　　　　藤館春雲百里遙

정겨운 벗 우두커니 서서 사신수레 기다렸다지 　情朋佇立待星軺

그대 만나거든 아양곡[43]에 화답하고 싶었는데 　逢君欲和峨洋曲

---

42 등포관(藤舖館) : 미농국(美濃國) 금수(今須)에 있는 관소(館所). 1764년 음력 2월 초하
루에 통신사행원들이 쉬었던 곳이다.

43 아양곡(峨洋曲) : 춘추시대 백아(伯牙)가 탄 거문고 곡명인데, 자신을 알아주는 친구[知
音]라는 뜻을 함축하고 있다. 백아가 높은 산에 오를 뜻을 두고 거문고를 타면, 그의 친구
종자기(鍾子期)가 "높고 높은 것이 태산과 같구나.[峩峩泰山]"라고 하였고, 백아가 흐르

곁마 타고 날 듯 떠나게 되어 한스럽구려   惟恨征驂去如飛

운자가 아님[역자주: 위의 시구 중 마지막 글자 飛를 두고 한 말]   【未韻】

3월 그믐날, 조선사신들이 미농주 금수역에서 다시 쉬게 되어 내가 빈관 안에서 영접하였다.

추월 아룀: "안장을 풀고 그대를 뵈려고 했는데 다행히 이미 와 계셨군요. 감사합니다."

승산 답함: "한 집에서 다시 악수를 하게 되다니, 어찌 기뻐하지 않을 수 있겠습니까?"

추월 아룀: "역정(驛亭)에서 두 통의 서찰을 받아 후의를 입었습니다. 부쳐 주신 시 2수에 대해 이미 화운시를 다 지어 지금 가지고 왔으니 드립니다. 한 차례 보시고 버리십시오." 이때 전에 기록했던 것을 내주었다. ○ 화장(和章) 2편이었다.

승산 답함: "보잘것없는 시를 드렸는데 화운시를 주시다니 진실로 기대 밖입니다. 감사합니다."

는 강물에 뜻을 두고 거문고를 타면, 종자기가 "넘실대는 것이 강하와 같구나.[洋洋江河]"라고 한 데서 유래하였다. (『열자(列子)』 「탕문(湯問)」)

만난 자리에서 남추월께 거듭 드리다
席上重呈南秋月

승산

추월선생께선 드러난 품격이 높아 　　　　　　秋月先生標格高
이역에서 사명 받드니 기상 얼마나 호기로운가 　殊方奉使氣何豪
무지개 깃발은 부상[44]에서 새벽에 구름 스치고 　霓旌雲拂扶桑曉
계수나무 돛배 발해의 파도에 봄날 떠 있네 　　桂棹春浮渤海濤
하늘 위 채색별은 출발하는 수레를 좇고 　　　天上彩星隨發軔
인간 세상의 〈백설가〉는 휘두른 붓에 있네 　　人間白雪在揮毫
성대한 공적이라, 내일 밝은 임금께 보답하면 　盛功明日酬明主
우로 같은 은혜 비단 도포에 가득하겠지 　　　雨露偏應滿錦袍

전승산께 세 번째 화답하다
三和田勝山[45]

추월

빽빽한 푸른 대숲에 백로 높이 서 있고[46] 　　翠竹千竿鷺峙高

---

44 부상(扶桑) : 부상은 전설상 동해에 있는 나무 이름인데, 해가 부상 아래에서 나와 가지
　를 스치고 떠오른다고 하여 해 뜨는 곳을 뜻하기도 한다. 여기서는 일본을 가리킨다.
45 남옥의 『일관창수(日觀唱酬)』 하(下) (국립중앙도서관, 청구기호 古3644-7)에는 시제
　가 〈三次勝山〉으로 되어 있다.
46 빽빽한 푸른 대숲에 백로 높이 서 있고[翠竹千竿鷺峙高] : 훌륭한 인재나 자제를 비유
　하여 표현한 말이다. 한유(韓愈)의 「전중소감마군묘명(殿中少監馬君墓銘)」에 "물러나 소
　부(少傅)를 보매, 푸른 대와 푸른 오동에 난새와 고니가 우뚝 선 듯하였으니, 능히 그
　가업을 지킬 만한 사람이었다.[退見少傅, 翠竹碧梧, 鸞鵠停峙, 能守其業者也.]"라고 하
　였다.(『고문진보후집(古文眞寶後集)』 권4)

꽃다운 나이에 시문 또한 웅장 호방하네　　　妙年詞藻亦雄豪

무지개다리 버들 춘산에서 멀리 이별하면　　春山遠別虹橋柳

거센 파도 속 구름 돛배에서 길이 그립겠네　雲帆長思鰐水濤

철쭉 꽃 앞에서 귀한 손님용 걸상47 맑아　　躑躅花前清客榻

등라48 사원 안에서 시를 지어 부치네　　　藤蘿寺裡寄詩毫

이곳 누대에서 헤어지고 나면 끝일 테니　　此樓一散成終古

갈림길에서 소맷자락 붙잡는 것 괴이타마오　莫怪臨岐更摻袍

조선으로 돌아가는 남추월을 전송하다
送南秋月還朝鮮

승산

양화도49 북쪽이 그대 집이라서　　　楊花渡北是君家

사명 받들고 바다 위 뗏목 타고 돌아가네　奉使遙還海上槎

이별 후 천리의 꿈속에 그리워지면　　別後相思千里夢

밝은 달 좇아 하늘가에 이르겠지　　應隨明月到天涯

---

47 귀한 손님용 걸상[客榻] : 객탑(客榻)은 손님 접대용 걸상을 말한다. 후한 때 고사(高士) 예장태수(豫章太守) 진번(陳蕃)은 평소에 빈객을 접대하지 않았으나, 당대의 고사였던 서치(徐穉)가 찾아오면 특별히 걸상 하나를 내다가 그를 정중히 접대하고 그가 떠난 뒤에는 다시 그 걸상을 걸어 두었다는 데서 유래하였다.(『후한서(後漢書)』 권53 「서치열전(徐穉列傳)」)

48 등라(藤蘿) : 등나무 덩굴. 등라는 산 위의 절간을 연상시킨다. 두보(杜甫)의 시에 "등라 저 너머에 절간이 분명히 있을 텐데, 아무래도 깜깜해야 꼭대기까지 오르겠군.[諸天合在藤蘿外, 昏黑應須到上頭。]"이라고 하였다. (『두소릉시집(杜少陵詩集)』 권12 〈부성현향적사관각(涪城縣香積寺官閣)〉)

49 양화도(楊花渡) : 양화도는 한강(漢江) 하류에 있는 나루터이며, 그 일대를 서강(西江)이라고도 한다.

전승산의 송별운에 화답하다
和田勝山送別韻

추월

금수역 위 집에서 작별을 고하고	分袂今須驛上家
남실바람 가랑비 속에 신선 배 전송하네	輕風小雨送仙槎
이별한 뒤 달 보면 서로 그리울 텐데	別來看月應相憶
나는 성곽 동쪽 한수 물가에 있다오	我在城東漢水涯

추월 아룀: "마음에서 우러나 진귀한 선물과 여러 가지 물품을 주시니 찬사를 그만둘 수 없었습니다. 모양이 찍힌 닥종이 한 권을 삼가 드리니 웃으시면서 거두어 주시길 바랍니다."

승산 답함: "귀한 종이를 주셔서 꽃무늬가 눈에 가득합니다. 문방(文房)으로 오래 간직하여 종신의 영광으로 삼겠습니다. 봄은 가고 여름이 돌아오니, 엎드려 바라건대 가시는 길 조심하십시오."

추월 답함: "헤어져야 하니 소매 가득 눈물만 흐릅니다."

용연 아룀: "우리들이 동도(東都)50에서 이야기를 나눌 때면 승산에 대해 말하지 않는 날이 없었습니다. 하물며 도중에 다시 서신을 보내 은근한 성의를 다하였으니 지금에 이르도록 그저 감사할 뿐입니다."

승산 답함: "헤어진 뒤, 그대 모습이 그리워 거의 꿈을 꿀 정도였습니다. 수많은 사람들 중에 특별히 저를 돌아봐주시리라고 어찌 생각이

---

50 동도(東都) : 강호(江戶). 현재의 동경도(東京都) 천대전구(千代田區) 일대. 동무(東武)·무주(武州)·무성(武城)·강관(江關)·강릉(江陵)이라고도 한다.

나 했겠습니까? 천 년 만에나 있을 기이한 만남이라고 할 만합니다.
어제 부쳐드린 두 편의 시에 대해 화운시를 주셔서 감사합니다."

만난 자리에서 성용연께 드리다
席上呈成龍淵

승산

어찌 생각하였으랴, 겸가가 옥인을 마주하여[51]	何意蒹葭對玉人
훌륭한 연석에서 가까이 앉아 더욱 친밀해질 줄	高筵密坐更堪親
아로새긴 문장 세속에 물들고 여기[52]라 부질없는데	彫蟲混俗空餘技
말 관상 볼 줄 아는 그대 만나 비로소 천진이 있네[53]	相馬逢君始有眞
관과 패옥[54]으로 주대의 아름다움 길이 전하니	冠佩長傳周代美

---

51 겸가가 옥인을 마주하여[蒹葭對玉人] : 위(魏)나라 명제(明帝)가 황후의 동생인 모증
(毛曾)과 황문시랑(黃門侍郎) 하후현(夏侯玄)을 같은 자리에 앉게 하자, 하후현이 자신의
초라함을 매우 부끄러워하였는데, 당시 사람들이 이를 두고서 "갈대가 옥나무에 기대었
다.[蒹葭倚玉樹]"라고 평했다는 고사가 있다. (『세설신어(世說新語)』「용지(容止)」)

52 여기(餘技) : 취미로 하는 재주나 일

53 말 관상 볼 줄 아는 그대 만나 비로소 천진이 있네[相馬逢君始有眞] : 춘추시대 진(秦)
목공(穆公)이 일찍이 말[馬]의 상(相)을 잘 보았던 구방인으로 하여금 천리마를 구해 오게
했는데, 3개월이 지난 뒤에야 구방인이 와서 천리마를 얻었다고 하므로, 목공이 어떤
말이냐고 물으니, 구방인이 누런 암말[牝而黃]이라고 대답하므로, 다른 사람을 시켜 가서
보게 한 결과 검은 수말[牡而驪]이었다. 그러자 목공이 앞서 구방인을 천거한 그의 친구
백락(伯樂)을 불러 책망하기를, "실패했도다. 그대의 천거로 말을 구해 오게 했던 사람은
말의 색깔도 암수도 알지 못하는데, 무슨 말을 알 수 있단 말인가."라고 하니, 백락이
말하기를, "구방인이 본 것은 곧 천기(天機)이므로, 그 정(精)한 것만 얻고 추(麤)한 것은
잊어버리며, 내면(內面)의 것만 중시하고 외면(外面)의 것은 잊어버린 것입니다."라고 했
는데, 말을 데려와서 보니, 과연 천하의 양마(良馬)였다라는 고사에서 온 말이다. 천기란
곧 내면의 천진(天眞)함을 말한다. (『열자(列子)』「설부(說符)」)

54 관과 패옥[冠佩] : 관패(冠佩)는 머리에 착용하는 모자와 몸에 차는 장신구 패옥(佩玉)

벗꽃은 해 뜨는 동쪽 봄날에 유난히 아름답네 　　櫻花偏媚日東春
기쁨 속에 있으니 이별가 환기시키지 마시게 　　歡中莫使離歌起
꾀꼬리 울음소리 벗을 부르는 게 빈번하구려 　　黃鳥聲聲呼友頻

　용연 아룀: "오늘 비를 무릅쓰고 오셨는데 너무 아프고 고단하여 주신 시가 매우 많은데도 화운시를 지어드리기 어려운 형편입니다. 어쩌지요?"

　승산 답함: "보잘것없는 시를 드렸는데 어찌 감히 분에 넘치는 보답을 바라겠습니까? 신경 쓰지 마십시오."

　용연 아룀: "부사산에 대해 절구를 지어 드리고 싶은데 어떻습니까?"

　승산 답함: "볼 수 있다면 좋겠습니다."

금강산과 부사산을 함께 읊다
合詠金剛 · 富山
용연

진정한 정기[55] 나뉘어 두 곳 기이한 산 되어 　　眞精分作二奇巒
하나는 일본에 낙하하고 하나는 조선에 있네 　　一落蜻州一在韓
오와 초[56]의 우세를 서로 다툴 필요 없이 　　不必相爭吳楚長

　으로 벼슬아치를 비유한다.

55 진정한 정기[眞精] : 진정(眞精)은 무극의 참된 이치와 음양오행의 깨끗한 기운을 말한다. 주염계(周濂溪)의 「태극도설(太極圖說)」에 "무극의 참된 이치와 음양오행의 깨끗한 기운이 묘하게 합하고 응결되어 건도는 남기(男氣)를 이루고 곤도는 여기(女氣)를 이룬다.[無極之眞，二五之精，妙合而凝，乾道成男，坤道成女。]"라고 한 데서 나온 말이다.

다만 누대 차지하는 경관 같으면 그만이지	只宜均占雁台觀

성용연께서 부사산과 금강산을 함께 읊은 시를 보여주셔서 그 자리에서 화답하여 드리다
成龍淵合詠富山・金剛見示, 席上和呈

승산

팔엽 연꽃[57]에 눈이 산처럼 쌓여	八葉蓮花雪作巒
높이 먼 바다[58] 머금고 삼한을 누르네	高含海表壓三韓
그대 보셨듯이 일본은 영세한 땅을 모았으니	君看日本鍾零地
위대한 경관 제공하는 금강산만 하겠는가	孰似金剛供大觀

조선으로 돌아가는 성용연을 전송하다 이 시는 부채에 써서 준 것으로 서도(書刀)[59] 두 자루도 함께 주었다.
送成龍淵還朝鮮 此詩題于扇面以贈, 副以書刀二柄.

승산

꽃 지고 물 흐르고 세월도 흘러가	花謝水流日月徂

---

56 오와 초[吳楚] : 당나라 때 두보(杜甫)가 지은 〈등악양루(登岳陽樓)〉의 "오나라와 촉나라 동남으로 나뉘고, 하늘과 땅이 밤낮으로 떠 있네.[吳楚東南坼, 乾坤日夜浮]"라고 한 시구가 연상된다. (『두소릉집(杜少陵集)』 권22)

57 팔엽 연꽃[八葉蓮花] : 부사산(富士山)의 모습이 여덟 개의 꽃잎이 있는 연꽃과 같다고 해서 나온 비유적 표현이다. 팔엽(八葉)・팔엽봉(八葉峰)이라고도 했다.

58 먼 바다[海表] : 해표(海表)는 바다 너머 혹은 바다 바깥을 의미한다.

59 서도(書刀) : 옛날 중국에서 대나무 패에 글씨를 새기거나 새긴 패를 다시 깎아내는 데 쓰던 칼로 지금은 주로 종이를 자르는 데 사용하는 작은 칼을 가리킨다.

강호에 막힌 이런 이별 뉘라서 좋아하랴 　　　　　誰憐此別隔江湖
날리는 구름처럼 수심 유난히도 깊은데 　　　　　愁心偏有飛雲似
전송하며 부서진 마음 아는지 모르는지? 　　　　　片片逐君君識無

용연 아룀: "주시니 삼가 후의(厚意)를 받들겠습니다. 이번 사행에서는 남들이 주는 물건을 받지 않겠다고 맹세했습니다. 비록 그렇다 하더라도 승산에게는 어떻게 사양을 하겠습니까? 부채에 써주신 시는 유난히도 정이 넘쳐나 감복하였습니다. 만약 도중에 화운시를 지을 겨를이 있게 되면 대판성에 이르러 석금곡(石金谷)[60]에게 맡겨두겠습니다."

용연 아룀: "송묵(松墨) 3개와 부채 한 자루입니다. 溫溫恭人, 維德之基。小華龍淵爲勝山書。[61]라고 쓰여 있다. 감사하다는 마음의 정성을 표합니다."

승산 답함: "보배로 잘 간직해 두었다가 이별 뒤 그리울 때면 보도록 하겠습니다."

용연 아룀: "다시 만날 기약이 없어서 암담하여 넋이 나간 듯한데, 승산께서는 자중자애하라고 세심한 정성을 더해주시는군요."

---

60 석금곡(石金谷) : 석천금곡(石川金谷, 이시카와 긴코쿠, 1737~1779). 강호시대 중기의 유자(儒者). 이름은 정(貞), 자는 태일(太一) · 태을(太乙), 호는 금곡(金谷), 통칭은 뇌모(賴母). 석천정(石川貞) · 석태일(石太一) · 석금곡(石金谷)이라고도 한다. 이세국(伊勢國) 고야인(菰野人). 남궁대추(南宮大湫)의 문인. 경도(京都)에서 사숙(私塾)을 열었고, 선소번(膳所藩)과 연강번(延岡藩)에서 벼슬을 지냈다.

61 '溫溫恭人, 維德之基'는 『시경』 「대아(大雅)」 〈억(抑)〉에 나온다. 위의 부채에 쓴 글 전체를 해석하면 다음과 같다. '온유하고 공손한 사람은 바로 덕의 바탕이 된다. 조선의 용연이 승산을 위해 쓰다.[溫溫恭人, 維德之基。小華龍淵爲勝山書。]'

만난 자리에서 원현천께 거듭 드리다
席上重呈元玄川

승산

대국의 시인이라 재주와 기상 대단하여	大國詞人才氣驕
신선 배 전송하며 높은 표격 바라보네	仙舟相送望高標
삼신산 바다 위로 용무늬 깃발 옮기고	三山海上移龍旆
오색구름 속에서 훌륭한 곡조[62] 연주하네	五色雲中奏鸞簫
향각[63]의 봄바람에 꽃들 편편이 흩날리고	香閣春風花片片
음구[64]의 자욱한 안개로 행로 아득하네	音丘烟霧路迢迢
시편마다 아름다운 구슬[65] 매달려 있어서겠지	詩篇已識懸珠玉
서쪽으로 돌아가는 사신수레에 빛이 나네	光動西歸使者軺

현천 아룀: "오늘 비를 무릅쓰고 와 의복과 두건이 진흙투성이로 더럽혀져 제가 직접 세탁하느라 화운시를 지어드릴 겨를이 없었습니다. 부탁을 저버리게 되어 참으로 부끄럽습니다. 낭화[66]에 도착하면 화운시를 지어 석금곡(石金谷) 편에 보내드리겠습니다. 귀중한 노자(路資)와

---

62 훌륭한 곡조[鸞簫] : 춘추시대 진(秦)나라 목공(穆公)의 딸 농옥(弄玉)이 퉁소 잘 부는 소사(簫史)에게 시집을 가서 날마다 소사에게서 퉁소를 배워 봉황의 울음소리를 잘 냈는데, 뒤에 그 부부가 똑같이 신선이 되어 바람을 타고 승천했다는 전설에서 온 말로, 전하여 훌륭한 음악, 또는 생황 등 악기의 미칭(美稱)으로도 쓰인다. (『열선전(列仙傳)』)
63 향각(香閣) : 대궐이나 절에서 전각을 아름답게 이르는 말이다.
64 음구(音丘) : 노래 소리가 나는 언덕
65 아름다운 구슬[珠玉] : 주옥은 아름다운 시구를 가리킨다.
66 낭화(浪華, 나니와) : 대판(大阪)의 이칭. 섭진국(攝津國)에 속하고, 대판(大坂)·낭화(浪花)·낭속(浪速)·난파(難波)라고도 한다.

많은 물품은 감사히 받았습니다. 성의를 갚고 싶었는데 나그네 행장이 어수선하여, 길 가던 중에 읊었던 〈부사산〉이라는 율시를 대신 드리겠습니다.

부사산을 읊다
詠富山

현천

스스로 높다고 하지 않아도 뭇산의 으뜸이라	不自爲高衆所宗
정상은 밤기운 가르고 중턱엔 교룡이 있네	頂分沆瀣腹蛟龍
노을 표지[67]는 홀로 삼천 세계를 점령하였고	霞標獨占三千界
눈빛은 십이산을 진산으로 봉함[68]을 피하였네	雪色因逃十二封
평지에서는 여느 산봉우리처럼 보이지만	平地尋常看嶪嶸
중천에서는 아득하게 부용처럼 솟아있네	中天縹渺擢芙蓉
북쪽에서 온 길손 작품 남기고 가라고	各敎北客留題品
구름안개 겨우 걷혀 반나절 모습 드러내네	雲霧纔開半日容

---

67 노을 표지[霞標] : 노을 표지 또는 붉은 색으로 우뚝하게 선 물건을 말한다. 진(晉)나라 손작(孫綽)의 〈유천태산부(遊天台山賦)〉에 "적성산에 놀이 일어나 표지를 세웠다.[赤城霞起以建標]"라고 한 데서 유래하였다.

68 십이산을 진산으로 봉함[十二封] : 『서경(書經)』 「순전(舜典)」에 "십이주를 만들고 십이산을 봉하다.[肇十有二州, 封十有二山。]"라고 하였다.

원현천이 읊은 부사산 시에 갑자기 차운하다
卒次元玄川詠富山韻

승산

거대한 산악 높고 험해 으뜸이라 우러르며	大嶽崚嶒所仰宗
신룡이 칩거한다고 삼국에 형세 자랑했네	勢跨三國蟄神龍
호흡이 암실[69] 자리까지 통할 뿐만 아니라	非徒呼吸通闇坐
누가 문장으로 대산의 봉함[70]에 비기었나	誰得文章擬岱封
눈이 쌓인 기상은 봄날 은세계를 펼치고	雪氣春開銀世界
구름 빛 속 햇살은 옥부용에 내리쬐네	雲光日曬玉芙蓉
시제 남긴 계림의 손님 한 분 계시는데	留題獨有雞林客
은근히 명산의 고운 자태 양보하라 하시네	暗使名山讓婉容

현천이 감사하다고 했다.

만난 자리에서 김퇴석께 거듭 드리다
席上重呈金退石

승산

강산에서 승경 찾는데 길 아득하구나	江山探勝路悠悠
그대 주남의 태사공[71]처럼 노니는구려	君自周南太史遊

---

69 암실(闇室) : 남이 보지 않는 어두운 방에서도 자신을 속이지 않는 신독(愼獨) 공부를
뜻한다. 『심경부주(心經附註)』 「시운잠수복의장(詩云潛雖伏矣章)」의 해설에 나오는 정자
의 (程子)의 말에 "학문은 어두운 방에서 자신을 속이지 않는 일로부터 시작된다.[學始於不
欺闇室]"라고 하였다.

70 대산의 봉함[岱封] : 대봉(岱封)은 대산(岱山)을 진산(鎭山)으로 봉하는 것을 말한다.
대산은 태산(泰山)의 별칭이다. 태산은 사악(四岳) 가운데 으뜸이어서 달리 대산(岱山)으
로도 불린다. 여기서는 문장이 훌륭함을 이르는 말이다.

한 시대의 풍류로 영 땅의 곡조 전하고	一代風流傳郢曲
천년의 신물은 예리한 검[72]을 비추네	千年神物映吳鉤
하늘은 함담봉[73] 정상의 눈을 가리고	天分菡萏峯頭雪
꽃은 비파호 위 누각에 가득하네	花滿琵琶湖上樓
만나자마자 홀연 이별의 한 생기니	相遇忽生離別恨
푸른 버들 빛[74] 돌아가는 배 전송하네	靑靑柳色送歸舟

퇴석 아룀: "저의 묵은 병이 재발하여 시를 지을 수 없으니 살펴주시길 바랍니다. 부채를 선물로 주셨는데 전혀 기대하지 않았던 것으로 삼가 감사함을 표합니다. 저의 시낭이 빈 상태라 작은 붓 하나라도 드려 약소하나마 작은 성의를 표하니 웃으면서 받아주셨으면 합니다."

승산 답함: "저는 청련 이백이 아닌데도 뜻하지 않게 공의 꽃을 피우는 붓[75]을 얻게 되었으니, 그대의 작품보다 훨씬 좋습니다."

---

71 주남의 태사공[周南太史] : 주남태사(周南太史)는 원래 한(漢)나라 무제(武帝) 때 태사공 사마담(司馬談)이 일찍이 주남 땅인 낙양(洛陽)에 머물러 있다가 봉선(封禪)의 일에 참의(參議)하지 못한 일을 두고 한 말이다.(『사기(史記)』「태사공자서(太史公自序)」) 그런데 여기서는 사마담의 아들 사마천(司馬遷)이 스무 살 무렵 천하를 유람하였던 일을 염두에 둔 표현으로 보인다.

72 예리한 검[吳鉤] : 오구(吳鉤)는 갈고리 모양으로 휘어진 병기(兵器)이다. 춘추시대 오왕(吳王) 합려(闔閭)의 명에 의해 만들어졌기 때문에 오구라고 일컬었는데, 후에는 예리한 검을 뜻하는 말로 쓰였다.

73 함담봉(菡萏峯) : 함담(菡萏)은 연꽃의 별칭으로 부사산을 가리킨다.

74 푸른 버들 빛[靑靑柳色] : 당나라 때 대표적인 이별곡(離別曲)인 왕유(王維)의 〈송원이사안서(送元二使安西)〉 시에 "위성의 아침비 가벼운 먼지 적시니, 객사는 푸릇푸릇 버들빛 새롭네[渭城朝雨浥輕塵, 客舍靑靑柳色新]"에서 유래하였다. (『전당시(全唐詩)』 권128)

75 꽃을 피우는 붓[生花筆] : 훌륭한 문학적 재능을 뜻한다. 오대(五代) 왕인유(王仁裕)의

모암[76] 아룀: "대충 예를 갖추고 보니 슬픔이 절절합니다. 어제 대원
빈관에서 서신을 받들고 기거가 편안하심을 알고 몹시 기쁘고 위로되었
습니다. 지금 또 상봉하게 되니 기쁩니다. 어제 받든 8가지 의문 조목은
지금 이곳에서 답을 받들겠으니 고명[77]께서 살펴주셨으면 좋겠습니다."

승산 답함: "다른 논의까지 거듭 받들게 되어 마음속 깊이 감사드리고
도 남음이 있습니다. 저에게 다행일 뿐만 아니라 함께 공부하는 사람
들도 그 은덕을 받을 수 있을 것입니다." 의논(醫論)에 대한 필어는 회서비도
(回書秘圖)에 상세하기 때문에 여기에서는 언급하지 않는다.

『개원천보유사(開元天寶遺事)』천보(天寶) 하(下)에 "이태백(李太白)이 어렸을 적에 쓰던
붓 끝에서 꽃이 피어나는 꿈을 꾸었는데 뒤에 과연 천재성을 발휘하여 천하에 이름을
떨쳤다."라고 하였다.

76 모암(慕菴) : 이좌국(李佐國, 1733~?)의 호. 조선 후기의 의원(醫員). 본관은 완산(完
山). 자는 성보(聖甫), 호는 모암(慕庵). 1763년 31세 때 양의(良醫)로 사행에 참여하였다.
이듬해 정월 하순에 대판에서 신산퇴보(新山退甫)에게 관상을 보았고, 이때 나눈 필담이
『한객인상필화(韓客人相筆話)』에 수록되어 있다. 이밖에도 일본의 의인(醫人)들과 나눈
의담(醫談)이 『화한의화(和韓醫話)』·『왜한의담(倭韓醫談)』 등에 수록되어 있다.

77 고명(高明) : 식견이 높고 사물에 밝은 사람이라는 뜻으로, 상대방을 높여 부르는 말이다.

보력 갑신년 춘삼월에 병세[78]가 몹시 심하였는데, 우연히 조선사신이 서쪽으로 향하였다는 말을 듣고 이에 석천 금곡 편에 대판 빈관에 계시는 제술관과 세 분 서기께 서신을 부쳤다. 이때 빈관 안에 뜻하지 않은 사건[79]이 있었기 때문에 화답이 없었다. 사건은 남추월·김퇴석·성용연께서 답한 우리 대추(大湫)선생[80]의 서신과 단우(丹羽) 기실(記室)[81]의 서신

---

78 병세[二豎] : 이수(二豎)는 고황(膏肓)에 든 병을 뜻한다. 춘추시대 진(晉)나라 경공(景公)이 병이 들어 진(秦)나라의 명의(名醫)를 청하였는데, 그가 오기 전에 경공의 꿈에 두 수자(豎子)가 서로 말하기를, "내일 명의가 오면 우리를 처치할 것이다. 그러니 우리가 고(膏)의 밑과 황(肓)의 위로 들어가면 명의도 어찌 하지 못할 것이다."라고 하였다. 다음 날 명의가 와서 진찰하고는, "병이 고황(膏肓) 사이에 들어갔으니 치료할 수 없다."라고 하였다.

79 뜻하지 않은 사건[變事] : 1764년 4월 7일 대판에서 대마도의 통사(通事) 영목전장(鈴木傳藏)이 조선의 도훈도(都訓導) 최천종(崔天宗)을 살해한 사건을 말한다.

80 대추(大湫)선생 : 남궁대추(南宮大湫, 난구 다이슈, 1728~1778). 강호시대 중기의 유학자. 본성은 정상(井上), 이름은 악(岳), 자는 교경(喬卿), 통칭은 미육(彌六), 호는 대추(大湫), 별호는 적취루(積翠樓)·연파조수(烟波釣叟). 미농(美濃) 금미(今尾) 출신. 정상중팔(井上仲八)의 아들. 집안은 대대로 미장번(尾張藩) 가로(家老) 죽요씨(竹腰氏)에게 벼슬살이를 하였다. 어려서 부모를 잃고 병약했기 때문에 학문에 뜻을 두고 중서담연(中西淡淵)에게 배웠다. 경도(京都) 공가(公家)에서 근무하였으나 관직이 싫어 이세(伊勢)의 상명(桑名)으로 이주하고 성을 남궁(南宮)으로 바꿨다. 강설(講說)을 업으로 하여 빈곤생활이 계속되었지만 조금도 동요하지 않았다. 42세 때 동문인 세정평주(細井平洲)의 권유로 강호로 가 개숙(開塾)하였다. 당시 명성이 높아 각 번(藩)으로부터 빈사(賓師)로 초빙되기도 하였다. 1764년 통신사행 때 추월 남옥과 서신을 통해 정주학에 대한 자신의 학문적 입장을 개진하여 『남궁선생강여독람(南宮先生講餘獨覽)』을 남겼다. 서예로도 조예가 깊어 '行書五絶'이 전하고 있다. 저서로 『대추선생집(大湫先生集)』·『학용지고(學庸旨考)』·『역대비황고(歷代備荒考)』 등 다수가 있다.

81 단우(丹羽) 기실(記室) : 단우소당(丹羽嘯堂, 니와 쇼도, 1741~1793) 강호시대 중기의 유의(儒醫). 월전(越前) 출신. 이름은 문호(文虎), 호는 소당(嘯堂), 자는 자아(子牙), 통칭은 덕태랑(德太郎)·좌문(左門). 1764년 25세 때 통신사의 숙소 홍려관(鴻臚館)의 전한(典翰)이 되어 조선사신을 영접하였다. 1774년 삼하(三河) 서미번(西尾藩) 번주(藩主) 송평승완(松平乘完)의 시강(侍講)이 되었고, 1787년 승완이 경도소사대(京都所司代)가 되자 그를 보좌하였다. 뒤에 번사(藩士)의 교육에 진력하였다. 저서로 『상한론내전외전산고(傷寒

에 상세하다.

조선국 제술관 전적 남추월께 드리는 서신
呈朝鮮國製述官典籍南秋月書

전담주(田淡州)[82]

벗으로 사귀는데 어찌 대면(對面)해야만 하겠습니까? 옛날 공자께서
는 용모로 자우(子羽)[83]를 잃을 뻔했습니다. 성현도 또한 그러한데 하물
며 아랫사람들임에랴! 벗으로 사귀는데 어찌 대면(對面)해야만 하겠습
니까? 제가 맹자의 글을 읽다가 "한 고을의 훌륭한 선비라야 한 고을의
훌륭한 선비를 벗으로 사귀게 된다. 국가나 천하 또한 그러하다. 그런데
만족스럽지 못하면 또다시 옛사람을 숭상하여 논하게 된다. 그 사람이
지은 시를 낭송하고 그 사람이 쓴 책을 읽고서도 그 사람됨을 모른대서
야 되겠는가? 이것이 그 당세를 논하는 것이니, 책을 통해 옛사람을
벗하는 것이다."[84]라는 구절에 이르러 일찍이 글을 덮고 "아아, 벗으로
사귀는데 어찌 대면(對面)해야만 하겠습니까?"라고 말하며 탄식하지 않

論內傳外傳散攷)』·『호문록(好問錄))』·『문호문집(文虎文集)』 등이 있다.

82 전담주(田淡州) : 전중담주(田中淡州, 다나카 단슈, ?~?). 강호시대 중기의 한시인(漢
　詩人). 이름은 질(秩), 자는 군우(君祐), 호는 담주(淡州). 이세(伊勢) 상명(桑名) 출신이
　며, 남궁대추(南宮大湫)의 문인이다.

83 자우(子羽) : 자우는 춘추시대 노(魯)나라 사람 담대멸명(澹臺滅明)의 자(字). 용모가
　매우 못생겨 그가 공자(孔子)에게 배우러 갔을 때 공자는 그의 재능이 변변찮을 것으로
　짐작했다. 그런데 자우가 공자에게 수학하고 난 뒤 그를 따르는 제자가 300명이나 되고
　제후들에게도 이름이 알려졌다. 이 때문에 공자는 "외모로 사람을 취한다면 자우를 잃었
　을 것이다."(『공자가어(孔子家語)』)라고 하였다.

84 『맹자』「만장편(萬章篇)」

은 적이 없었습니다. 제가 처음 공들께서 동쪽으로 가신다는 말을 듣고 굶주려 허기진 것처럼 허출하여[85] 동쪽으로 찾아 갔으나 병이 나 채찍을 들고 좇을 수 없었습니다. 한스러움이 어떠했겠습니까? 마침 낭화(浪華)에서 읊은 시와 금수역(今須驛)에서 벗들과 창수한 시를 보고 별안간 병이 나았습니다. 이에 옷소매를 떨치고 일어나[86], 발돋음하여 봉래(蓬萊)에 이르렀고 지팡이를 짚고 묵오(墨俣)[87]에 미쳤으나, 도달할 수가 없었습니다. 돌아와 다시 병이 났습니다. 병으로 남은 생 그럭저럭 살아가고 있는데, 다시 공들의 수레가 서쪽을 향한다는 소식을 듣고 슬픔으로 망연자실하였습니다. 아아, 이렇게 멀어지다니, 기쁜 마음으로 서쪽 땅 사람을 그리워하고 있지만, 하소연할 바를 모르겠습니다. 무릇 벗으로 사귄다는 것은 마음으로 벗하는 것이지 어찌 대면하는 것으로 벗하겠습니까? 그러한즉 어찌 반드시 자리를 함께하면서 정담을 나누고 술잔을 돌리는 기쁨으로 해야만 하겠습니까? 공께서는 보잘것없는 시를 바친[88] 구구한 저의 마음을 거절하지 않으셨으면 합니다. 엎드려 바라건대, 거친 시에 화운시를 지어주심으로써 벗으로 사귀는 것은 마음으로 벗을 사귀는 뜻이라는 것을 밝혀주십시오.

---

85 굶주려 허기진 것처럼 허출하여[惄如調飢] : 『시경』「주남(周南)」〈여분(汝墳)〉에, "그대 얼굴 못 보니, 허전하기가 굶주린 것과 같다.[未見君子, 惄如調飢]"라는 구절이 있는데, 서로 몹시 그리워한다는 뜻이다.

86 옷소매를 떨치고 일어나[投袂而起] : 『좌전』「선공(宣公)」14년 조에, "옷소매를 떨치고 일어난다.[投袂而起]"라고 하였다.

87 묵오(墨俣, 스노마타) : 미농국(美濃國)에 속하고, 현재의 기부현(岐阜縣) 대원시(大垣市) 묵오정(墨俣町)이다. 묵고(墨股)·주고(洲股)·주오(洲俣)라고도 한다.

88 보잘것없는 시를 바친[獻芹] : 헌근(獻芹)은 미나리를 바치는 것이다. 성의만 있을 뿐 예물이 변변치 못하다는 겸사의 뜻으로 쓰는 말로 여기서는 자신이 지은 시를 겸손하게 표현한 말이다.

남추월께 드리다
呈南秋月

담주

사신은 한 시대의 풍류 재사여서	使者風流一代才
간모[89] 펄럭이며 대동을 열었다네	干旄子子大東開
시를 부치니 한 집안처럼 교분 좋고	寄詩交擬通家好
붓을 휘두르니 축지법으로 사람들 오네	揮筆人仍縮地來
오도[90]는 멀리 창해 밖에 떠있고	五嶋遙浮滄海外
삼한은 막혀 흰 구름 너머에 있네	三韓隔在白雲隈
지금 비단옷 만들었을 뿐만 아니라	卽今非獨衣爲錦
화려한 시문도 수놓아 재단할 만하네	麗藻兼看繡足裁

조선국 세 분 서기께 드리는 서신
呈朝鮮國三書記書

담주

시는 그만둘 수 없습니다. 그렇지 않습니까? 옛날에 천자는 5년마다 한 차례씩 순수(巡守)하면서 태사에게 명하여 시를 펴서 민풍(民風)을 살피라고[91] 하였습니다. 대개 시란 뜻이 가는 것[92]으로 시를 채집하는

---

89 간모(干旄) : 『시경』「용풍(鄘風)」의 편명인 동시에 그 시의 "펄럭이는 간모여! 준읍 교외에 있도다.[子子干旄, 在浚之郊]"에 나와 있다. 현군인 위(衛) 문공(文公)의 신하가 쇠꼬리로 장식한 간모를 수레에 꽂고서 현인의 훌륭한 말을 듣기 위해 만나러 가는 내용 이다.

90 오도(五嶋) : 발해(渤海)의 동쪽에 있는 신선이 산다는 섬, 곧 대여(岱輿)·원교(員 嶠)·방호(方壺)·영주(瀛洲)·봉래(蓬萊)를 가리킨다. (『열자(列子)』「탕문(湯問)」)

91 옛날에 천자는……민풍(民風)을 살피라고[天子五年一巡守, 命大師, 陳詩以觀民風] :

관리⁹³가 있는 것은 마땅합니다. 시는 그만둘 수 없습니다. 그렇지 않습니까? 맹자가 "지금의 음악은 옛날의 음악에서 유래하였다."⁹⁴라고 하였는데, 시 또한 그러합니다. 옛날은 아득하고 사람은 뼈와 함께 이미 다 썩었으므로,⁹⁵ 저기에 있지 않은 것이 여기에 있겠으며, 옛날에 있지 않은 것이 지금에 있겠습니까? 갑신년 봄 지금 제가 병으로 자리에 누워 있어 공들께서 말머리를 동쪽으로 돌리고 있는데도 나가 뵐 수 없게 되었습니다. 하늘이 저로 하여금 대국의 군자들과 단절하도록 하니 어쩌겠습니까? 근래 공들의 시를 얻어 읽다가 손바닥을 치면서 "이것이로구나!"라고 하였습니다. 옛날 연릉계자(延陵季子)가 노(魯)나라에 사신으로 가 주(周)나라 음악을 살펴보았고,⁹⁶ 제풍(齊風)을 노래함에 이르러서

『예기(禮記)』「왕제(王制)」에 "천자가 5년에 한 번씩 천하를 순수(巡守)할 적에, 태사(太史)에게 명하여 시를 채집하게 한 뒤에, 백성의 풍속을 관찰하는 자료로 삼았다."라는 기록이 있다.

92 시란 뜻이 가는 것[詩者, 志之所之也] :『시경』「모시서(毛詩序)」에 "'시란 뜻이 가는 것이다. 마음에 있으면 뜻이 되고 말로 표현하면 시가 된다[詩者, 志之所之, 在心爲志, 發言爲詩。]"라고 하였다.

93 시를 채집하는 관리[采詩之官] :『한서(漢書)』「예문지(藝文志)」에 "옛날에 시를 채집하는 관원을 두고서 왕자(王者)가 그 시들을 통해 풍속을 관찰하였다."라는 기록이 있다.

94 지금의 음악은 옛날의 음악에서 유래하였다[今之樂由古之樂也] : 제(齊)나라 왕이 자신은 선왕(先王)의 음악을 좋아하는 것이 아니라, 다만 세속의 음악을 좋아할 뿐이라고 하자, 맹자(孟子)가 "왕께서 음악을 아주 좋아하시면 제나라는 거의 다스려질 것입니다. 지금의 음악이 옛날의 음악에서 유래하였습니다.[王之好樂甚, 則齊其庶幾乎, 今之樂由古之樂也。]"라고 하였다. (『맹자(孟子)』「양혜왕(梁惠王)」장구(章句) 하(下))

95 『사기(史記)』「노자한비열전(老子韓非列傳)」에 "그대가 말하는 사람들은 이미 뼈가 다 썩어 없어지고 오직 그 말만 남아 있을 뿐이다.[子所言者, 其人與骨皆已朽矣, 獨其言在耳。]"라고 하였다.

96 연릉계자(延陵季子)가 …… 음악을 살펴보았고[延陵季子聘魯, 而觀周樂] : 춘추시대 오(吳)나라 왕 수몽(壽夢)의 넷째 아들 계찰(季札)이 연릉(延陵)에 봉(封)해졌기 때문에 연릉계자(延陵季子)로 일컬어졌다.『사기(史記)』(권31)「오태백세가(吳太伯世家)」에 "오나

는 "아름답도다! 웅대함이 대국의 기상이로다."[97]라고 하였지만, 옛날은 아득하고 사람은 뼈와 함께 이미 다 썩어버렸습니다. 저기에 있지 않은 것이 여기에 있겠으며 옛날에 있지 않은 것이 지금에 있겠습니까? 가령 연릉계자가 살아있다면 또한 마땅히 족하를 위해 말했을 것입니다. 시는 그만둘 수 없습니다. 그렇지 않습니까? 추자(鄒子)에게 "중국 밖에 적현(赤縣)·신주(神州)와 같은 곳이 아홉 개나 있다."[98]라는 말이 있습니다. 저는 그것을 귀하의 나라로 징험했고 또 우리나라로 징험했습니다. 뒤에 인재들이 대대로 나와 동해(東海)를 드러내었으니, 제가 비로소 그 말이 망령되지 않았음을 믿게 되었습니다. 이에 이와 같은 분들과 만나지 못하게 되니 더욱 슬픕니다. 『시경』에 "그대를 보지 못해, 근심 겹겹이 쌓이는구나."[99]라고 하였는데, 군자를 아직 뵙지 못하였으니 그리움이 그치질 않습니다. 보잘것없는 시를 바칩니다. 공들의 시를 한

라가 계찰을 노나라에 사신으로 파견했는데, 계찰이 주(周) 왕실의 음악을 청해 들었다. 노나라 악사(樂師)들이 그를 위해서 주남(周南)과 소남(召南)을 노래하자, 계찰이 듣고 말하기를 '아름답다. 기초를 다지기 시작했으나 아직 높은 경지에는 이르지 못했다. 그러나 백성들이 근면하면서 원망하지 않는구나.'라고 했다.[吳使季札聘於魯, 請觀周樂。爲歌周南召南曰, 美哉, 始基之矣, 猶未也, 然勤而不怨。]"고 하였다. 연릉계자는 노나라에 사신으로 갔을 때 주나라 음악을 들어보고는 열국(列國)의 치란과 흥망을 알았다고 한다.

97 아름답도다! 웅대함이 대국의 기상이로다[美哉! 泱泱乎大風也哉] : 『사기(史記)』(권31) 「오태백세가(吳太伯世家)」에 의거하면, 제(齊)나라 풍의 음악을 노래하자, "아름답도다! 웅대함이 대국의 기상이로다. 동해를 나타내니 태공이런가?[美哉, 泱泱乎大風也哉。表東海者, 其太公乎]"라고 하였다.

98 추자(鄒子)에게 …… 아홉 개나 있다[鄒子有言曰, 中國外如赤縣神州者九] : 추자(鄒子)는 전국시대 제(齊)나라 사상가 추연(鄒衍)을 말한다. 『사기(史記)』 「맹자순경열전(孟子荀卿列傳)」에 의거하면, 추연이 중원지방 곧 중국을 '적현신주(赤縣神州)'라 하고, 중국 밖에 적현신주와 같은 것이 아홉 개가 있다고 하였다.

99 그대를 보지 못해, 근심 겹겹이 쌓이는구나[未見君子, 憂心忡忡] : 『시경(詩經)』 「소아(小雅)」 〈녹명지십(鹿鳴之什)·출거(出車)〉

번도 접하지 못해 또한 오직 남은 용기를 낼 뿐입니다. 공들께서 만약 시를 지어주신다면 얼마나 좋겠습니까?

성용연께 드리다
呈成龍淵

담주

상국의 여러 현사들 재주 절로 호방한데	上國群賢才自豪
흔들흔들 사절의 깃발 파도를 건너네	搖搖旌節涉波濤
많은 배들 비바람에 자라의 몸[100]처럼 검고	千帆風雨鰲身黑
똑같은 모양의 누대는 신기루처럼 높네	一樣樓臺蜃氣高
관문 너머 길에서 처음 현자 올 줄 알고[101]	路隔關門初占紫
바위에 떠 있는 사신배에서 붓 휘두르네	槎浮磯石入揮毫
강산의 도움으로 시정이 풍부하니	詩情正有江山助
돌아가는 날 그대 반소[102]를 짓겠지	歸日知君著反騷

---

100 자라의 몸[鰲身] : 신산(神山)이 바다 물결에 떠밀려 다니자, 상제(上帝)가 거대한 자라들로 하여금 그 산들을 떠받치게 했다는 전설이 있다. (『열자(列子)』「탕문(湯問)」)
101 현자 올 줄 알고[占紫] : 노자(老子)가 서쪽으로 길을 떠나 함곡관(函谷關)에 거의 이르렀을 때, 관령(關令) 윤희(尹喜)가 누대에 올라 사방을 바라보다가, 붉은 기운[紫氣]이 관문 위로 떠 오는 것을 살펴보고는, 분명히 진인(眞人)이 올 것이라고 예측을 하였는데, 얼마 뒤에 과연 노자가 푸른 소를 타고 왔다는 이야기가 전한다. (『열선전(列仙傳)』)
102 반소(反騷) : 〈반이소(反離騷)〉. 〈이소(離騷)〉와 반대의 의미를 담은 시. 한나라 양웅(揚雄)이 〈반소(反騷)〉라는 작품을 지었다.

원현천께 드리다
呈元玄川

담주

강동의 재주와 명성[103] 고금에 중하니	江左才名重古今
서신 보내 금난지교 맺고 싶다오	投書却欲結蘭金
북해에서 연 술자리 흥취[104] 그리웠는데	偏懷北海開尊興
남주에서의 특별 예우[105] 차지하지 못했네	未卜南州下榻心
가랑비 소리 차가운데 봄빛 저물고	細雨聲寒春色暮
한화[106] 다 떨어지고 들 구름 깊네	閑花落盡野雲深
속세에 주현 소리 들려주지 말고	朱絃莫使人間聽
날 위해 고산유수곡 연주해주오[107]	爲我一彈山水音

---

103 강동의 재주와 명성[江左才名] : 강좌(江左)는 장강(長江) 하류 동남쪽 지역을 가리킨다. 동진(東晉) 때 이곳에서 노장(老莊)을 숭상하여 청담(淸談)이 유행하였고, 사령운(謝靈運)·심약(沈約)·도잠(陶潛)·왕희지(王羲之) 등 육조시대 대표적인 문인들이 많이 배출되었다.

104 북해에서 연 술자리 흥취[北海開尊興] : 후한 때 학자 공융(孔融)이 북해상(北海相)을 지냈다. 공융은 본래 선비를 좋아하고 후진들을 교도하기 좋아하여 빈객이 항상 그의 문에 가득했다. 일찍이 탄식하여 말하기를 "자리에는 빈객이 항상 가득하고, 동이에는 술이 항상 떨어지지만 않으면 나는 근심이 없겠다.[坐上客恒滿, 樽中酒不空, 吾無憂矣。]"라고 했던 고사가 있다. (『후한서』 「공융열전(孔融列傳)」)

105 남주에서의 특별 예우[南州下榻心] : 하탑(下榻)은 걸상을 내린다는 것으로 특별하게 빈객을 예우하는 것을 뜻한다. 후한(後漢)시대 남창태수(南昌太守) 진번(陳蕃)이 평소 손님을 접대하지 않다가도 그 고을에서 가난하게 지내는 서치(徐穉)라는 선비만 오면 특별히 걸상을 내려주고[下榻] 그가 가면 즉시 치워버렸다는 고사가 있다. (『후한서(後漢書)』 「고사전(高士傳)」)

106 한화(閑花) : 한화야초(閑花野草)에서 나온 말로 사람의 손길이 닿지 않는 곳에서 저절로 자라는 야생화를 말한다.

107 고산유수곡 연주해주오[一彈山水音] : 산수음(山水音)은 춘추시대 백아(伯牙)가 타고 그의 벗 종자기(鍾子期)가 들었다는 거문고 곡조인 〈고산유수곡(高山流水曲)〉을 염

김퇴석께 드리다
呈金退石

담주

계림의 사신 지나간다는 말 들리더니	聞道雞林使者過
창해에 비 흩어지고 비단 돛배 많구나	滄溟雨散錦帆多
높은 명성 본래 청운을 펼칠 그릇이었고	高名元屬青雲器
뛰어난 노래 백설가[108]와 함께 전하네	絶唱兼傳白雪歌
꽃 지는데 돌아갈 기약에 봄날 아득하고	花落歸期春縹緲
날은 찬데 나그네 꿈속에 달빛 춤추네	天寒旅夢月婆娑
서쪽으로 오는 길에 좋은 풍광 만나	西來行值風光好
새로운 시 지어 벽라[109] 물으셨겠지	試賦新詩問薛蘿

통자(通刺)

저의 성은 곡(谷), 이름은 옹중(顒仲), 자는 부선(孚先), 호는 웅강(雄江)[110]으로 이세주(伊勢州)[111] 조명현(朝明縣) 사람입니다. 상명(桑名) 대추

두에 둔 표현이다.

108 백설가(白雪歌) : 몹시 고상하여 따라 부르기 힘든 노래. 송옥(宋玉)의 「대초왕문(對楚王問)」에, 춘추시대 초(楚)나라의 대중가요인 〈하리(下里)〉와 〈파인(巴人)〉은 수천 명이 따라 부르나 고상한 〈백설(白雪)〉과 〈양춘(陽春)〉이라는 노래는 너무 어려워서 겨우 수십 명밖에 따라 부르지 못한다는 이야기가 나온다.

109 벽라(薛蘿) : 벽(薛)은 승검초이고 라(蘿)는 나무에 기생하는 덩굴식물인 여라(女蘿)인데 그 잎과 줄기로 만든 옷이라는 뜻으로, 흔히 은자(隱者)나 은둔처, 혹은 은자의 행색을 뜻한다.

110 웅강(雄江) : 곡웅강(谷雄江, 다니 유코, ?~?). 강호시대 중기의 한시인(漢詩人). 이름은 옹중(顒仲), 자는 부선(孚先), 호는 웅강(雄江). 이세국(伊勢國) 조명현(朝明縣)

(大湫) 남궁교경(南宮喬卿)의 문인으로 강학을 업으로 삼고 있습니다. 지금은 경도에 우거하고 있습니다만 예전에는 상명현에 있었습니다. 여러 공들께서 이르렀다는 말을 듣고 기뻐 잠도 이루지 못한 채 달려가 뵙고 싶었으나 그러지 못했습니다. 불행히 한기가 들어 보잘것없는 시를 친구 천주(天柱) 소옥자수(小屋子壽)¹¹²에게 부탁하여 추월 남공과 세 분 서기께 드리게 되었습니다. 지금 또한 공들께서 빙사(聘事)를 이미 마치시고 사신 깃발이 서쪽으로 돌아간다는 말을 듣고 특별히 와 뵈려고 하였는데, 관내에 뜻하지 않은 사건이 있어 한 번도 뵈올 수 없게 되었습니다. 그리하여 스스로 헤아리지 못한 채 보잘것없는 시를 감히 추월 남공과 세 분 서기께 바칩니다. 만약 화운시를 지어주신다면 숙원(夙願)을 이룰 수 있을 것입니다.

남추월께 드리다
呈南秋月

웅강

금성¹¹³의 한 조각 바다 끝 열리니　　　　　　　　　金城一片海頭開

사람. 대추(大湫) 남궁교경(南宮喬卿)의 문인으로 강학에 종사하였다.

111 이세주(伊勢州, 이세슈) : 현재의 삼중현(三重縣) 북중부 및 애지현(愛知縣) 미부시(彌富市)와 기부현(岐阜縣) 해진시(海津市) 일대. 이세국(伊勢國)·이세(伊勢)·세주(勢州)라고도 한다.

112 천주(天柱) 소옥자수(小屋子壽) : 소옥천주(小屋天柱, 고야 덴츄, 1746~?). 강호시대 중기의 한시인(漢詩人). 이름은 상령(常齡), 자는 자수(子壽), 호는 천주(天柱). 이세국(伊勢國) 구거인(久居人). 대추(大湫) 남궁교경(南宮喬卿)의 문인이다.

113 금성(金城) : 금성탕지(金城湯池)의 준말이다. 쇠로 쌓고 끓는 물이 흐르는, 방비가

이날 그대 생각하며 시 지을 만했네   此日思君好耐裁

어젯밤 동방에서 멀리 올려다보니   昨夜東方遙擧目

관문의 자줏빛 기운[114] 그대 좇아왔네   關門紫氣逐君來

성용연께 드리다
呈成龍淵

웅강

훌륭한 채색붓 본래 기이한 재주인데   翩翩彩筆本奇才

사명 받든 사신 좇아 이 땅에 오셨네   奉使追隨此地來

항해와 잔교 있는 험한 산 천만 리   航海棧山千萬里

먼 유람에 시 몇 편이나 지으셨는지   遠遊詩草幾篇裁

원현천께 드리다
呈元玄川

웅강

연꽃봉오리 같은 부사산 뭇산과 달라   芙蓉峰與衆山殊

구름 사이로 솟아난 백설 고고하네   捧出雲間白雪孤

매우 견고한 성지(城池)를 말한다. 『한서(漢書)』「괴통전(蒯通傳)」에 "반드시 성을 고수
하려고 한다면 모두 금성과 탕지로 만들어야 공격할 수 없을 것이다."라고 하였다.

114 자줏빛 기운[紫氣] : 노자(老子)가 서쪽으로 떠날 때, 함곡관(函谷關)을 지키던 윤희
(尹喜)는 평소 천문학에 조예가 깊어 관문 위에 자기(紫氣)가 서린 것을 보았는데, 그로
부터 얼마 뒤에 노자가 동쪽에서 푸른 소를 타고 왔다고 하며, 이때 윤희가 노자에게
부탁하여 『도덕경(道德經)』 오천언(五千言)을 받았다고 한다. (『열선전(列仙傳)』)

해 뜨는 동쪽나라 아름다운 곳이라　　　　正是日東佳景地
도착해 우러러보면 시 짓게 된다오　　　　到時仰見有詩無

김퇴석께 드리다
呈金退石

웅강

길가 봄 저물고 자규 처음 울어　　　　路傍春盡子規初
나그네 수심 어떠한지 물어보네　　　　借問客愁方若何
각지 산천을 붓 휘둘러 기록하니　　　　各地山川揮筆記
이때 어찌 우군 서체[115]만 못하랴　　　　此時那讓右軍書

아뢰다
稟

웅강

　저에게 중천구고(中川九皐)[116]라는 벗이 있는데 병이 들어 와 뵙지 못
하고 그가 지은 시를 저보고 드리라고 부탁하였습니다. 만약 화운시
를 지어주신다면 그 기쁨이 어떠하겠습니까? 저로 하여금 마음을 다

115　우군 서체[右軍書] : 우군장군(右軍將軍)을 지낸 진(晉)나라의 명필가 왕희지(王羲
　　之)의 글씨를 말한다. 자는 일소(逸少)이고 낭야(琅邪) 임기(臨沂) 출신이다. 한나라 때
　　싹이 튼 해서(楷書)·행서(行書)·초서(草書)의 실용적인 서체를 예술적인 서체로 승화시
　　켜 서성(書聖)으로 일컬어졌다.
116　중천구고(中川九皐, 나카가와 규코) : 중천성산(中川城山, 나카가와 조잔, ?~?). 강
　　호시대 중기의 한시인(漢詩人). 이름은 명학(鳴鶴), 자는 구고(九皐), 호는 성산(城山).
　　대추(大湫) 남궁교경(南宮喬卿)의 문인이다.

하지 않았다는 죄를 짓지 않도록 해주셨으면 합니다.

아뢰다
稟

웅강

일찍이 공들께서는 송나라 유학으로 근본을 삼는다고 들었습니다. 송나라의 심중고(沈仲固)[117]가 "도학이라는 이름은 원우(元祐)[118]에 일어나 순희(淳熙)[119]에 성하였다. 그 무리 가운데 글을 읽고 문장을 짓는 자들을 지목하여 완물상지(玩物喪志)라고 하였고, 정사(政事)에 마음을 둔 자들을 지목하여 속부(俗夫)라고 하였다. 읽는 것으로는 『사서(四書)』·『근사록(近思錄)』·『통서(通書)』·『태극도(太極圖)』·『동서명(東西銘)』·『어록(語錄)』 등의 종류에 그쳤다. 스스로 그 학문을 기만하여 정심(正心) 수신(修身) 제가(齊家) 치국(治國) 평천하(平天下)로 삼고 있지만, 그러나 행한 것을 살펴보면 말과 행동을 서로 돌아보지 않았다."[120]라고 하였습니다. 저는 고루하여 송나라 유학이 반드시 옳고 한나라 유학이 반드시 그른지에 대해 감히 알지 못합니다. 그러나 심씨(沈氏)의 설과 같다면 한나라 유학이라고 어찌 다 폐해야 하며 송나라 유학이라고 어찌 다 취해야 하겠느냐고 대추(大湫)께서 말씀하신 것을 들은 적이 있습니다.

---

117 심중고(沈仲固) : 오흥(吳興)의 유자(儒者)

118 원우(元祐) : 송나라 철종(哲宗) 조조(趙照)의 연호[1086~1094년]

119 순희(淳熙) : 순희(淳熙). 남송(南宋)의 연호[1174~1189년]

120 송(宋)나라 주밀(周密)이 편찬한 『계신잡지(癸辛雜識)』 속집(續集) 권하 「도학(道學)」에 나오는 내용이다.

조선으로 돌아가는 남추월을 전송하다
送南秋月還朝鮮

웅강

객사 앞 버드나무 푸릇푸릇	楊柳青青客舍前
위성[121] 한 곡조 처연하게 부르네	渭城一曲唱悽然
지금은 오히려 생이별 말하지만	即今猶說生離別
사신은 어느 해나 다시 오실지?	使節再遊知幾年

조선으로 돌아가는 성용연을 전송하다
送成龍淵還朝鮮

웅강

희미한 푸른 바다 아득히 바라보니	縹緲望迷滄海中
아, 그대는 이곳을 떠나 서풍으로 향하네	嗟君此去向西風
이별하면 피차 산과 바다로 막혀 있을 터	別來彼此山河隔
양쪽 지역의 서신 어느 곳에서 통하려나	兩地音書何處通

---

121 위성(渭城) : 위성은 당나라 때 대표적인 이별곡(離別曲)인 왕유(王維)의 〈송원이사
안서(送元二使安西)〉 시에 "위성의 아침비 가벼운 먼지 적시니, 객사는 푸릇푸릇 버들빛
새롭네[渭城朝雨浥輕塵, 客舍青青柳色新]"(『전당시(全唐詩)』권128)에서 유래하였고,
이 때문에 이 시를 〈위성곡(渭城曲)〉이라고도 한다.

조선으로 돌아가는 원현천을 전송하다
送元玄川還朝鮮

웅강

비단 돛배 부산 바닷가로 돌아가려는데	錦纜將歸釜海濱
아침에 와 전송하니 나그네 수심 새롭네	朝來相送客愁新
각자 하늘 천여 리나 떨어져 있으니	各天隔處千餘里
이별 후 언제 다시 만나 기뻐할거나	別後交歡更幾辰

조선으로 돌아가는 김퇴석을 전송하다
送金退石還朝鮮

웅강

머물지 못하고 돌아가야 하는 나그네	客有將歸不可留
이별연에서 흐르는 눈물 낭화에 흐르네	離筵淚落浪華流
연성의 백옥122을 그대 품고 떠나가는데	連城白璧君懷去
길에서 만난 사람에게 구슬 던지지123 않네	道路逢人無暗投

---

122 연성의 백옥[連城白璧] : 연성벽(連城璧). 전국시대 진(秦)나라 소왕(昭王)이 15성(城)과 바꾸자고 청했던 조(趙)나라의 화씨벽(和氏璧)을 말한다.

123 구슬 던지지[暗投] : 찬란한 빛을 발하는 구슬을 캄캄한 밤에 사람 발밑에 던진다는 뜻으로, 아무리 귀중한 것이라도 갑자기 사람 앞에 내어 놓으면 그 가치를 잘 모르고 괴상한 일로 생각한다는 명주암투(明珠暗投) 고사에서 나온 말이다. 여기서는 시를 지어 주는 것을 뜻한다.

통자(通刺)

저의 성은 중천(中川), 이름은 명학(鳴鶴), 자는 구고(九皐), 호는 성산(城山)입니다. 지금 상명현(桑名縣)의 남궁교경(南宮喬卿)에게 배우고 있습니다. 제공들께서 풍파에 탈없이 이곳에 건너와 사명을 마치셨으니 지극히 기쁩니다. 접때 공들께서 이르렀다는 말을 듣고 밤낮으로 갈망하면서 하루가 일 년처럼 여겨졌습니다. 나가 뵙고 싶었으나 불행히도 병고가 있어 풍채를 접하지 못해 한스러움 말할 수 없었습니다. 이 때문에 거친 시를 곡부선(谷孚先)에게 부탁하여 공들께 바칩니다. 다행히 화운시를 지어주신다면 저의 기쁨과 다행함은 뵙는 것보다 나을 것입니다.

제술관 남추월께 드리다
呈製述官南秋月

성산

신선 배 멀리 구주 하늘을 향하니	仙槎遙指九州天
한 시대 계림의 현인 생각나네	且憶雞林一世賢
만 리 풍파에 국서 전하는데	萬里風波傳國信
재기 절로 넉넉함을 함께 보네	共看才氣自優然

서기 성용연께 드리다
呈書記成龍淵

성산

해질 무렵 돌아가는 배 물안개 지나는데	落日歸帆過水雲

높은 명성 일찍부터 이미 대동에 날렸네	高名早已大東開
나라 다르고 이로써 언어도 다르지만	殊邦從是方言異
능통한 재주 그대에게 있다고들 말하네	皆道通才獨有君

서기 원현천께 드리다
呈書記元玄川

성산

비단 돛배 멀리 부상을 향하였는데	錦帆遙指扶桑中
시문이 사신 중 제일이라 추존하네	詞藻人推使者雄
한 송이 부용꽃 백설이 높으니[124]	一片芙蓉高白雪
훌륭한 영 땅 노래[125] 다 취했음이라	知君總取郢歌工

서기 김퇴석께 드리다
呈書記金退石

성산

| 풍파 속 사명 받들고 만리길 와 | 奉使風波萬里來 |
| 시인들 만나 시모임 개최하네 | 逢人詩藻席邊開 |

---

124 한 송이 부용꽃 백설이 높으니[一片芙蓉高白雪] : 부용(芙蓉)과 백설(白雪) 모두 부
　　사산(富士山)의 비유적 표현이다.

125 영 땅 노래[郢歌] : 초(楚)나라의 수도인 영(郢)에서 부른 노래이다. 옛날에 영에서
　　노래를 잘 부르는 어떤 사람이 당시 유행하고 있던 〈하리(下里)〉·〈파인(巴人)〉 곡을 불
　　렀더니 같이 합창하여 부르는 자가 수백 명에 이르렀는데, 〈양춘(陽春)〉·〈백설(白雪)〉
　　이라는 수준 높은 노래를 부를 적에는 따라 부르는 자가 거의 없었다고 한다.

용문[126]과 우혈[127] 물어 무엇하랴　　　　　龍門禹穴何須問

지금은 그대가 사마천의 재주인데　　　　　今代知君司馬才

추월 남학사께 드리다
呈秋月南學士

화양(華陽)[128]

사군[129]의 일천 기병 동방을 향하며　　　　使君千騎向東方

수레 부축하고 또 저작랑[130]을 받드네　　　托乘兼供著作郎

이 같은 먼 유람 시 지어볼 만하니　　　　　如此遠遊堪試賦

몇 군데나 주셨나 부상에 가득하네　　　　　投來幾處滿扶桑

---

126 용문(龍門) : 중국 산서성 하진현(河津縣)과 섬서성 한성현(韓城縣) 사이에 있다. 사마천은 용문에서 태어나 10여 세에 고문에 통달하였다. 또한 용문은 우(禹)가 9년 홍수를 다스릴 때 험한 산지를 개척하여 황하의 물을 통하게 한 곳이기도 하다. 『신씨삼진기(辛氏三秦記)』에, "하진(河津)은 일명 용문(龍門)인데, 큰 물고기 수천 마리가 용문 아래에 모여 올라가지 못하는데, 뛰어올라간 것은 용이 되고 올라가지 못한 것은 이마만 다치고 되돌아간다."라고 하였다. 이 때문에 용문은 사람이 영달한 것을 비유한다.

127 우혈(禹穴) : 회계산(會稽山) 위에 있는 동굴로, 우(禹)임금이 순수(巡狩)하기 위해 회계에 이르렀다가 이곳에서 사망하였는데 전하는 말에 의하면 우 임금이 이 굴로 들어갔다고 한다. 『사기(史記)』「태사공자서(太史公自序)」에 "나이 스물에 강회(江淮)에서 노닐고, 회계산(會稽山)에 올라가 우혈을 관람했다."라고 하였다. 태사공(太史公)은 우혈을 찾아보고 오호(五湖)를 바라보는 등 유람을 통해 문장이 드디어 독보적인 존재가 되었다고 한다.

128 화양(華陽) : 수야화양(狩野華陽, 가노 가요, ?~?). 강호시대 중기의 한시인(漢詩人). 이름은 미제(美濟), 자는 세백(世伯), 호는 화양(華陽). 미농국(美濃國) 묵고인(墨股人). 수미제(狩美濟)·수세백(狩世伯)이라고도 한다.

129 사군(使君) : 임금의 명(命)을 받든 사신(使臣)에 대한 경칭이다.

130 저작랑(著作郎) : 제술관 추월(秋月) 남옥(南玉)을 말한다.

수야화양의 시에 화답하다
和狩野華陽[131]

추월

해를 넘겨 갖옷과 베옷 이역에서 해지고 　　經年裘葛弊殊方
머리 희고 이름 부끄러운데 붓을 든 사내 　　頭白名慚載筆郎
봄 다 간 서주[132]에서 익은 보리 보니 　　春盡西疇看熟[133]麥
빗속 밭도랑 물로 시상[134]이 생각나네 　　雨中田水[135]憶柴桑

조선으로 돌아가는 남추월을 전송하다
送南秋月還朝鮮

화양

역 정자에서 손잡고 잠시 친해지며 　　郵亭握手暫相親
풍류 있는 대국의 손님 알게 되었네 　　也識風流大國賓
도착한 날 만조백관 뉘 부럽지 않으랴 　　到日滿朝誰不羨

131　남옥의『일관창수(日觀唱酬)』하(下) (국립중앙도서관, 청구기호 古3644-7)에는 화
양(華陽) 수야미제(狩野美濟)의 또 다른 시 〈和華陽〉(뒤에 수록)과 함께 〈次狩世伯美濟
号華陽〉 2수로 묶여 있다.

132　서주(西疇) : 농지나 전원(田園)을 뜻하는 시적 표현이다. 도연명(陶淵明)이 지은
〈귀거래사(歸去來辭)〉의 "농부가 알려 주는 봄철 농사 소식, 이젠 서쪽 밭을 갈아야겠
네.[農人告余以春及, 將有事於西疇.]"에서 유래하였다.

133　'熟'자가 남옥의『일관창수(日觀唱酬)』하(下) (국립중앙도서관, 청구기호 古3644-7)
에 수록된 같은 시 〈次狩世伯美濟号華陽〉에는 '燕'자로 되어 있다.

134　시상(柴桑) : 산 이름. 중국 강서성(江西省) 구강현(九江縣) 서남쪽에 있는데, 진(晉)
나라 도연명(陶淵明)이 일찍이 그 산에서 살았다.

135　'雨中田水'가 남옥의『일관창수(日觀唱酬)』하(下) (국립중앙도서관, 청구기호 古
3644-7)에 수록된 같은 시 〈次狩世伯美濟号華陽〉에는 '田中雨水'로 되어 있다.

고국의 봄날 비단옷 몹시 빛나리라　　　　　　　錦衣爭暎故園春

화양에게 화답하다
和華陽[136]

추월

필담 이어지면서 냉랭한 얼굴 친해졌는데　　　談毫脉脉冷顔親
하늘 끝 이별 구름으로 주인과 객 슬퍼하네　　天末離雲悵主賓
등라 뻗은 오래된 절에서 시를 지었으니　　　古寺藤蘿題句處
해마다 응당 이곳 누각의 봄 기억하겠지　　　每年應記此樓春

원현천을 전송하다
送元玄川

화양

서쪽 큰 바다 만 리 다 흘러가　　　　行盡西溟萬里流
비단 돛배 언제나 청구[137]에 이를까　　　錦帆何日到靑丘
봄날 바람결 몹시 다정도 하여　　　　多情最是春風色
마음대로 불어대며 객선을 전송하네　隨意吹催送客舟

136　남옥의『일관창수(日觀唱酬)』하(下) (국립중앙도서관, 청구기호 古3644-7)에는 화
　　양(華陽) 수야미제(狩野美濟)의 또 다른 시 〈和狩野華陽〉(앞에 수록)과 함께 〈次狩世伯
　　美濟号華陽〉 2수로 묶여 있다.
137　청구(靑丘) : 예전에 중국에서 우리나라를 이르던 말이다.

수야화양에게 화답하다
和狩野華陽

현천

부사산 앞에 금정이 흐르는데	富士山前金井流
비파호 위에 죽생 언덕 있네[138]	琵琶湖上竹生丘
이별가 모두 화양의 시에 있으니	離歌總入華陽什
원객은 머뭇거리나 배 북으로 가네	遠客夷猶北去舟

성용연께 드리다
呈成龍淵

화양

동쪽으로 부상을 향해 무성[139]에 들어가	東指扶桑入武城
시 지으니 멀고 먼 유람의 뜻 부럽다오	賦成堪羨遠遊情
아름다워도 내 땅 아니라[140] 말하지 말게	莫言洵美非吾土

---

138 비파호 위에 죽생 언덕 있네[琵琶湖上竹生丘] : 남옥 『일관기(日觀記)』 추(秋) 정월 29일 기록에 "정오에 대진(大津)에 도착했다. 진(津)은 비파호이다. 호수의 둘레가 400리인데 비파 모양으로 생겼기 때문에 호수 이름을 붙인 것이다. 가운데에 섬이 있으니 '죽생(竹生)'이라고 한다. 산의 기운이 밝고 빼어나며 호수의 빛이 맑고 푸르다."라고 하였고, 2월 1일 기록에는 "평평한 호수를 굽어보고 서 있는데 가히 100리쯤 되었다. 죽생도가 호수 가운데에 점 찍혀 있었다. 넓고 시원하고 맑아서 만 경(頃)이 온통 푸른데 바람 돛이 오고가고 갈매기가 오르락내리락했다."라고 하였다.

139 무성(武城) : 강호(江戶)의 이칭. 현재의 동경도(東京都) 천대전구(千代田區) 일대이다. 동도(東都)·동무(東武)·무주(武州)·강관(江關)·강릉(江陵)이라고도 한다.

140 아름다워도 내 땅 아니라[洵美非吾土] : 순미(洵美)는 『시경』「국풍(國風)·정풍(鄭風)」〈숙우전(叔于田)〉에 나오는 시구이다. 한(漢)나라 왕찬(王粲)이 난세를 만나서 고향을 떠나 형주(荊州)로 가서 유표(劉表)에게 의탁하고 있을 때에 누(樓)에 올라 부(賦)

이르는 집집마다 보내고 맞이하는 정 있다네　　　　到處家家有送迎

화답시가 없다.

성용연을 전송하다
送成龍淵

화양

저녁 구름 사이로 멀리 고국을 바라보며　　　　故園遙望暮雲間
객지에서 시 지어 작별하는 이 감동시키네　　　　客裡詩成動別顔
어두운 우혈을 찾는 용연이 아니라면　　　　　　不是龍淵探暗穴
쉬이 시 구슬 빼앗아 돌아갈 수 있을까　　　　　可能容易奪珠還

수야화양에게 화답하다
和狩野華陽

용연

집이 비파호와 부사산 사이에 있어　　　　　　家在琵湖富嶽間
흰 구름과 맑은 달빛 얼굴에 가득하네　　　　　白雲淸月滿疎顔
이별 정자 안 벚꽃 다 떨어졌는데　　　　　　　櫻花落盡離亭裡
시 지어 만리길 돌아가는 길손 전송하네　　　　詩送行人萬里還

를 짓기를 "실로 아름다워도 내 고향이 아니니 조금인들 머무르랴." 라고 한 구절이 있다.

김퇴석을 전송하다
送金退石

화양

관하에 봄 다하여 맑은 기운 희미한데	春盡關河淑氣微
그대 이 날 돌아가려고 시 짓는다 들었네	聞君此日賦將歸
왕래함에 문장의 광채 별 탈 없이	往來無恙文章色
유달리 절로 꽃 피워 비단옷[141] 비추네	別自成花照錦衣

수야화양에게 화답하다
和狩野華陽

퇴석

십리 긴 다리 보슬비 내리는데	長橋十里雨霏微
아득히 사신배 타고 먼 길손 돌아가네	槎節迢迢遠客歸
화양으로부터 나귀 타고 온 사람	人自華陽跨驢至
삼신도의 안개노을 옷이 반쯤 젖었네	三嶋烟霞半濕衣

남추월께 아뢰다
稟南秋月

금곡

지난날 다행스럽게도 공을 모시게 되었는데, 한 차례 뵙고 마음속으

---

141 비단옷[錦衣] : 비단옷을 입고 돌아온다는, 곧 부귀하게 되어 고향에 돌아온다는 금의
환향(錦衣還鄉)의 의미를 함축하고 있다.

로 느낀 바가 커서 급히 돌아가지 못하고 이곳에 머물면서 서쪽으로
돌아가실 공들을 기다리며 지금에 이르렀습니다. 공께서 산을 넘고 물
을 건너는 노정에 탈없이 동도에서의 성대한 의례를 마치시고 서쪽 섭
진(攝津)에 있는 빈관에 드셨다니 다행입니다. 제 경우 다시 몽당붓이나
마 들고 성대한 자리에서 모시고 싶었는데 뜻밖에도 관중(館中)에 변고
가 일어나 모실 수 없게 되었으니 유감스러움을 말로 다할 수 없습니다.
거친 시를 드리니 숙원을 이룰 수 있도록 해 주셨으면 합니다.

남추월께 드리다
贈南秋月

금곡

생각건대 어제 만나 자리 함께한 귀한 인연	憶昨相逢席上珍
이별 뒤 밤마다 꿈속에서도 믿기 어려웠다오	別來夜夜夢難眞
어찌 알았으랴! 오늘 서쪽으로 돌아가는 날	那圖今日西歸日
맑은 연석의 미인 한 분 뵐 수 없을 줄을	不見淸筵一美人

김퇴석께 아뢰다
稟金退石

금곡

저는 석천(石川)씨로 이름은 정(貞), 자는 태일(太一), 호는 금곡(金谷)입
니다. 지난날 남·성·원 세 분[142]과는 두루 필담을 나누었는데 유독 공께
서 병상에 계셔서 한 번도 뵐 수 없어 한스러웠습니다. 지금 대례(大禮)

를 마치고 서쪽으로 돌아가실 날이 가까워지고 있습니다. 제가 성대한
잔치에서 모시고 싶었는데, 관중(館中)에 뜻하지 않은 사건이 일어나
좋은 모임을 갖지 못하게 되었으니, 재앙이 연못의 죄 없는 물고기에
미쳤다[143]고 하겠습니다. 그래서 절구 한 수를 지어 바칩니다.

김퇴석께 드리다
贈金退石

금곡

풍류 고상한 선비, 나라 빛내는 일 맡아	高士風流屬國華
장대한 뜻 이루려고 멀리 가솔과 하직했었지	知酬壯志遠辭家
아득히 금 부절 지니고 다시 돌아가는 날	遙持金節還歸日
어찌 당시 박망후의 사신배[144]에 양보하랴	何讓當時博望槎

---

142 남·성·원 세 분 : 제술관 남옥과, 서기 성대중과 원중거 등 세 사람을 말한다.

143 재앙이 연못의 죄 없는 물고기에 미쳤다[殃及池魚] : 백성들이 아무 이유 없이 화를
당하게 된다는 말이다. 송(宋)나라 성문에 불이 났을 때, 그 옆에 있는 연못의 물을 퍼서
불을 끄는 바람에, 연못의 물이 고갈되어 물고기들이 모두 죽게 되었다는 '성문실화 앙급
지어(城門失火, 殃及池魚)'의 고사가 있다. (『태평광기(太平廣記)』)

144 박망후의 사신배[博望槎] : 박망(博望)은 박망후(博望侯). 한(漢)나라 무제(武帝) 때
장건(張騫)이 흉노를 친 공으로 박망후(博望侯)에 봉해졌다. 장건이 서역(西域)에 사신
으로 가면서 뗏목을 타고 간 고사가 있으므로 이렇게 말한 것이다

조선국으로 돌아가는 남학사와 세 분 서기를 전송하다
送南學士·三書記還朝鮮國

금곡

무슨 일 그리 급해 홀연 서로 어긋났는지	倉皇何事忽相違
마주하니 천 줄기 눈물 옷자락 적시네	對此千行淚濕衣
해를 넘긴 여정으로 갖옷과 베옷 바뀌고	閱歲行程裘葛換
고국 사람 그리운데 서신[145]은 드물구나	懷人鄕國鯉鴻稀
채익선은 현해탄을 가르며 건너는데	鶂凌玄海灘頭度
객은 단양 산마루 향해 돌아가는구나	客向丹陽岳頂歸
몇몇 풍광을 그대 기억할 테니	若箇風光君記取
나의 혼, 떠나가는 배 좇아 날아가리라	吾魂隨着去帆飛

남추월께 아뢰다
稟南秋月

금곡

청컨대, 귀하 나라의 언문을 중국어로 번역해주십시오. 문자는 있으나 음(音)이 없기 때문에 기록하지 않는다.

---

145 서신[鯉鴻] : 잉어[鯉]가 편지를 뜻하는 것은 중국의 고악부(古樂府)에 "나그네가 멀리서 와, 나에게 한 쌍의 잉어를 주고 갔네. 아이 불러 잉어를 삶게 했더니, 뱃속에 비단 편지가 있네[客從遠方來, 遺我雙鯉魚。呼童烹鯉魚, 中有尺素書。]"라고 한 데서 유래하였다. 한편 『한서(漢書)』「소무전(蘇武傳)」에 천자(天子)가 상림원(上林苑)에서 활을 쏘아 기러기를 잡았는데 그 발에 비단 편지가 달려 있었다는 고사가 전해오고 있으며 이로 인해 안서(雁書)가 서신의 뜻으로 쓰이게 되었다. 여기서의 홍(鴻) 또한 안(雁)과 같은 기러기이며 서신을 전해주는 새의 의미로 쓰였다.

원현천께 아뢰다
稟元玄川

금곡

이것은 귀국의 배가 장문(長門)[146] 항구에 떠 있을 때 싣고 온 글입니다. 귀국의 문자로 여겨지는데 저를 위해 번역해주셨으면 합니다. 음과 뜻 모두 알 수 없어서 지금 이곳에 기재하지 않는다.

남추월께 아뢰다
稟南秋月

금곡

저는 대추(大湫)께서 "호원서(胡元瑞)[147]의『갑을잉언(甲乙剩言)』에, '유원자(劉元子)[148]가 조선으로부터 돌아와서 말하기를 저들의 서집(書集) 가운데 중국에 없는 것이 많고 또 목판에 새긴 것이 정밀하고 훌륭하여 문민(文敏) 조맹부(趙孟頫)를 모방하지 않은 것이 한 자도 없다고 하면서 인하여 말하기를 내가 조선에서 무인을 시켜 훼손한 것은 실로 전적의

---

146 장문(長門) : 현재의 산구현(山口縣) 서부 지역이다. 장문국(長門國)·장문주(長門州)·장주(長州)라고도 한다.

147 호원서(胡元瑞) : 원서(元瑞)는 명대(明代) 문인 호응린(胡應麟, 1551~1602)의 자(字). 호는 소실산인(少室山人). 문재가 뛰어났고, 진사시에 계속 낙방하자 산중에 은거하고 학문에 전념하였다. 저서로는 시 이론서로 유명한『시수(詩藪)』와 문집『소실산방유고(少室山房類稿)』가 있다.

148 유원자(劉元子) : 유황상(劉黃裳, 1529~1595). 명대(明代) 광주인(光州人). 자는 현료(玄了). 1592년 임진왜란 때 병부원외랑(兵部員外郎)으로 찬획주사(贊劃主事)에 임명되어, 명나라 원군을 이끌고 조선에 온 적이 있다. 참고로 '劉元子'가『선조실록』이나『임하필기』및『해동역사』등에는 '劉玄子'로 되어 있는데, '元子'와 '玄子' 모두 그의 자 '玄了'의 오기가 아닌가 싶다.

액운 때문이었다.'라고 하였다."[149]라고 말한 것을 들었습니다. 그런데
귀국에는 고서가 많지 않습니다. 비록 세상에 간행된 서적일지라도 또
한 혹 그렇습니다. 이것으로 보면 무인들이 남은 서적을 훼손했기 때문
만은 아닙니다. 지난 무진년에 귀국이 빙례를 행하였을 때 우리 남궁대
추께서 박인칙(朴仁則)[150] 선생과 함께 이미 그것을 언급했습니다. 금년
에도 청나라에 바치고 있는 전적을 직접 보았습니다. 저는 일찍이 서쪽
으로 비전주(肥前州)의 장기(長崎)를 유람하면서 청나라 사람들과 만난
일이 수차례입니다. 대략 그 나라의 전적 속에 특히 우리나라에 있는
고서와 같은 것이 없다고 들었는데, 무엇 때문에 이 지경에 이르렀는지
알 수 없습니다. 공들께서는 학식이 풍부하고 식견이 밝으십니다. 비록

---

149 『해동역사(海東繹史)』 제42권 「예문지(藝文志)」1 경적(經籍)1 총론(總論)에 『갑을
  잉언(甲乙剩言)』의 "유현자(劉玄子)가 조선에서 돌아와 말하기를, '조선에 있는 서책은
  대부분 중국에 없는 책들이며, 또 각본(刻本)이 정밀해서 한 글자도 잘못된 것이 없다.
  조문민(趙文敏)이, 왜노(倭奴)들에게 훼손당하여 떠돌아다니는 동안에 왕왕 서책으로
  밑을 닦기까지 하는 것을 애석당하였으니, 역시 서적의 일대 액운(厄運)이다. 그러는 것
  을 차마 눈으로 볼 수 없어서 매번 군졸들에게 명해 서책을 모아 불살랐다.'라고 하였다.
  [劉玄子從朝鮮還言, 彼中書集, 多中國所無者, 且刻本精良, 無一字不做. 趙文敏惜爲
  倭奴殘毁, 至踐履之間, 往往以書幅拭穢, 亦典籍一大厄會也. 因目不忍見, 每命部卒,
  聚而焚之. 甲乙剩言]"라는 유사한 내용이 나온다. 『임하필기(林下筆記)』 제17권 「문헌
  지장편(文獻指掌編)」 '유현자(劉玄子)가 우리나라의 책자에 대하여 말하다[劉玄子說東
  國冊子]'에도 유사한 내용이 나온다.

150 박인칙(朴仁則) : 인칙(仁則)은 1748년 통신사행 때 제술관으로 사행에 참여하였던
  박경행(朴敬行, 1710~?)의 자(字). 호는 구헌(矩軒). 한양(漢陽)에 거주. 사행 중 하관(下
  關)과 상관(上關)에서 초장윤문(草場允文)과 주고받은 시문 『장문무진문사(長門戊辰
  問槎)』에 수록되어 있고, 실진(室津)에서 하구정재(河口靜齋)와 주고받은 시문 『평수
  초(萍水草)』에 수록되어 있다. 그밖에도 당시 필담창화집 『선린풍아(善隣風雅)』・『화한
  창화록(和韓唱和錄)』・『상한장갱록(桑韓鏘鏗錄)』・『임가한관증답(林家韓館贈答)』・『한
  관창화편(韓館唱和編)』・『양동필어(兩東筆語)』 등에 그의 시문과 필담 등이 수록되어
  있다.

그렇다고 해도 귀국의 서적이 부족한 점에 이르러서는 자못 괴로운 바가 있을 것입니다. 모르겠습니다만, 어떤 서적으로 고증을 하고 또 견문을 넓히시는지요?

성용연께 아뢰다
稟成龍淵

금곡

저희들이 공들과 함께 모여 시를 지었는데, 필어를 모아 두 권으로 만들어 『문사여향』이라고 하였습니다. 간행하여 집안에 간직하려고 합니다. 엎드려 바라건대, 공께서 서문 한 마디를 써주신다면 공의 힘을 빌려 위세를 더할 뿐만 아니라 저희들 또한 이로 인해 세상에서 명성과 칭찬을 얻을 수 있을 것입니다. 일월(日月)과 형광(螢光)이 함께 비추는 것은 공의 한 마디에 달려 있습니다. 감히 청합니다.

추월·용연·현천께 아뢰다
稟秋月·龍淵·玄川

금곡

우리나라는 문물이 날로 드러나고, 준걸들이 날로 일어나며, 또한 태평시대가 오래되어, 나라 안에 부유함이 넘쳐나고 있습니다. 비전주(肥前州)의 장기(長崎)에서 무역하는 당산(唐山)의 상인들이 헛된 세월을 보낸 적이 없습니다. 그리하여 진기한 서적이 이따금 우리나라에 전파되었습니다. 이 때문에 나라 사람들 또한 학식이 전 시대보다 월등

하게 나아졌다고 하겠습니다. 옛날 우리 선왕(先王) 시대에 어떤 사신이 배를 타고 건너와 이씨(李氏)인 당나라에 예제(禮制)를 묻고 희씨(姬氏)인 주나라에 관복을 견준 뒤로 풍속이 돈후해져 간편함을 따랐습니다. 그러나 귀하게 여긴 것은 문왕과 공자의 도였고, 근본으로 삼은 것은 효제의 가르침이었습니다. 위로는 조정의 공경대부로부터 아래로는 여항의 서민 대중에 이르기까지 한결같이 군자국이라고 칭한 것이 어찌 헛된 말이겠습니까? 이로써 유자(儒者)의 고아(古雅)함으로 목탁(木鐸)[151]을 겨눌 만한 자가 한때 헤아릴 수 없을 정도[152]로 많았습니다. 제가 들은 바로 말씀드린다면, 경도에는 이등동소(伊藤東所)[153]선생이 있어 가학을 이었고 용주(龍洲) 부자(父子)[154] · 무매룡(武梅龍)[155] · 개단구(芥丹丘)[156] ·

---

151 목탁(木鐸) : 목탁(木鐸)은 옛날 정교(政敎)를 베풀 때에 흔들어서 사람들을 경계시키던 도구인데, 전하여 세인(世人)을 가르쳐 인도할 만한 성인을 가리킨다. 춘추시대 의(儀) 땅의 봉인(封人)이 공자를 만나보고 나서는 "하늘이 장차 그 어른을 목탁으로 삼으실 것이다.[天將以夫子爲木鐸]"라고 말한 고사가 있다. (『논어』「팔일(八佾)」)

152 헤아릴 수 없을 정도[其麗不億] : 『시경』「대아(大雅)」〈문왕편(文王篇)〉에 "은나라 자손들은 그 수가 억이 아니건만[商之孫子, 其麗不億]"이라고 하였다.

153 이등동소(伊藤東所, 이토 도쇼, 1730~1804) : 강호시대 중기의 유학자. 이름은 선소(善韶), 자는 충장(忠藏), 호는 동소(東所), 별호는 시정당(施政堂), 시호는 수성선생(修成先生). 경도(京都) 출신. 경도에 가숙(家塾)인 홍도관(弘道館)을 열어 문인이 3,000명이 넘었다고 한다. 시문과 서화에도 뛰어났다.

154 용주(龍洲) 부자(父子) : 이등용주(伊藤龍洲, 이토 류슈, 1683~1755). 강호시대 전-중기의 유학자. 본성은 청전(淸田), 이름은 도기(道基) · 원기(元基), 자는 소숭(小崇), 호는 용주(龍洲) · 의재(宜齋), 통칭은 장사(莊司). 파마(播磨) 명석(明石) 출신. 경도(京都)로 가 이등탄암(伊藤坦庵)의 문하에 들어가 그의 양자이자 후계자가 되었다. 1719년 통신사행 때 대판에서 15세의 나이로 조선의 제술관 및 서기 등과 교유하였고, 이때 주고받은 시문이 『상한훈지(桑韓塤篪)』에 수록되어 있다. 이등용주에게는 이등금리(伊藤錦里, 1710~1772) · 강촌북해(江村北海, 1713~1788) · 청전담수(淸田儋叟, 1719~1785) 등 세 명의 아들이 있고, 이들 모두 이름난 유자(儒者)이다.

155 무매룡(武梅龍) : 무전매룡(武田梅龍, 다케다 바이류, 1716~1766). 강호시대 중기의

청북해(淸北海)[157]·낭래음(浪萊陰)[158]·개천기원(皆川淇園)[159]·임동명(林東
溟)[160] 등 여러 공들이 있고, 기타 모르는 자가 손가락으로 꼽을 수 없을

유학자. 이름은 유악(維岳)·량(亮)·흠요(欽繇), 자는 준경(峻卿)·사명(士明)·성모(聖
謨), 호는 매룡(梅龍), 별호는 남양(南陽)·난리(蘭籬). 미농(美濃) 출신. 경도(京都)에
서 이등동애(伊藤東涯)·굴남호(堀南湖)·우야명하(宇野明霞)에게 사사받았다. 1764년
통신사행 때 경도와 삼산(森山)에서 조선문사와 교유하였고, 관련 기록이『일관기(日觀
記)』에 남아 있다. 무예를 좋아하고 시에도 뛰어났다. 저서로『감유(感喩)』·『당시합해
(唐詩合解)』등이 있다.

156 개단구(芥丹丘) : 개천단구(芥川丹丘, 아쿠타가와 단큐, 1710~1785). 강호시대 중기
의 유학자. 이름은 환(煥), 자는 언장(彦章), 호는 단구(丹丘)·장미관(薔薇館), 속칭은
양헌(養軒). 경도(京都) 출신. 개환(芥煥)이라고도 한다. 이등동애(伊藤東崖) 문하에 들
어가 고의(古義)를 배웠고, 동시에 우야명하(宇野明霞)·복부남곽(服部南郭) 등과 교우
(交友)하였다. 경도에서 조래학(徂徠學) 유행에 일익을 담당했고, 뒤에 조래학을 떠나
주자학·양명학을 깊이 연구하였다. 1748년 통신사행 때 대판에서 조선문사와 교유하였
고, 1764년 사행 때 대판에서 통신사 일행의 관상을 보면서 나눈 필담을 기록한『한객인상
필화(韓客人相筆話)』의 서문을 지었다.『단구시화(丹邱詩話)』·『장미관집(薔薇館集)』
등이 있다.

157 청북해(淸北海) : 강촌북해(江村北海, 에무라 홋카이, 1713~1788). 강호시대 중기의
유자(儒者). 본성은 청전(淸田), 이름은 수(綬), 자는 군석(君錫), 호는 북해(北海), 통칭
은 전좌위문(傳左衛門). 이등용주(伊藤龍洲)의 차남. 성당 시풍을 추구하였고, 한시를
일본에 정착시킨 공적이 있다. 저서로『일본시사(日本詩史)』와『일본시선(日本詩選)』
등이 있다.

158 낭래음(浪萊陰) : 미상(未詳)

159 개천기원(皆川淇園, 미나가와 기엔, 1735~1807) : 강호시대 중-후기의 유학자. 이름
은 원(愿), 자는 백공(伯恭), 호는 기원(淇園)·탄해자(吞海子), 별호는 유비재(有斐齋),
통칭은 문장(文藏). 경도(京都) 출신. 경도에 가숙(家塾)인 홍도관(弘道館)을 열어 문인
이 3,000명이 넘었다고 한다. 1764년 통신사행 때 대판에서 조선의 제술관 남옥(南玉)
등과 시를 주고받은 기록이『일관기(日觀記)』에 남아 있다. 시문과 서화에도 뛰어났다.
저서로『명주(名疇)』·『기원시화(淇園詩話)』등이 있다.

160 임동명(林東溟, 하야시 도메이, 1708~1780) : 동명(東溟)은 임의경(林義卿)의 호.
이름은 의경(義卿), 자는 주보(周父)·주개(周介)·주조(周助). 장문(長門) 출신. 추번(萩
藩) 번교(藩校)인 명륜관(明倫館)에서 산현주남(山縣周南)에게 배웠다. 뒤에 경도·대판
에서 강학을 업으로 하였다. 조래학(徂徠學)을 고취시켰고, 만년에 강호(江戶)에 나가

정도입니다. 동무(東武: 江戶)에는 물조래(物徂徠)[161] · 복부남곽(服部南郭)[162]
두 선생이 있어 가학을 이었고 여웅이(餘熊耳)[163] · 송기소산(松崎篠山)[164] · 유

노장학을 하였다. 1764년 통신사행 때의 필담창화집『계단앵명(鷄壇嚶鳴)』의 서문을 지
었다. 저서로『제체시칙(諸體詩則)』 2권이 남아 있다.

161 물조래(物徂徠) : 적생조래(荻生徂徠, 오규 소라이, 1666~1728). 강호시대 전-중기
의 유학자 · 사상가 · 문헌학자. 본성은 물부(物部), 이름은 쌍송(雙松), 자는 무경(茂卿),
호는 조래(徂徠) · 훤원(蘐園). 물무경(物茂卿) 혹은 물쌍백(物雙栢)이라도 한다. 주자학
에 입각한 고전 해석을 비판하고 고대 중국의 고전독해 방법론으로 고문사학(古文辭學,
蘐園學)을 확립하였다. 모장정(茅場町)에 훤원숙(蘐園塾)을 열어 태재춘대(太宰春臺) ·
복부남곽(服部南郭) · 산현주남(山縣周南) · 안등동야(安藤東野) · 평야금화(平野金華)
등 뛰어난 인재를 배출했다. 1711년 통신사행 때의 필담창화집『문사기상(問槎畸賞)』과
1719년 통신사행 때의 필담창화집『항해창수(航海唱酬)』의 서문을 지었다. 저서로『역
문전제(譯文筌蹏)』 · 『논어징(論語徵)』 · 『변도(辨道)』 · 『변명(辨名)』 · 『의자율서(擬自律
書)』 · 『태평책(太平策)』 · 『정담(政談)』 · 『학칙(學則)』 등이 있다.

162 복부남곽(服部南郭), 핫토리 난카쿠, 1683~1759) : 강호시대 중기의 유학자. 이름은
원교(元喬), 자(字)는 자천(子遷), 호는 남곽(南郭), 별호는 부거관(芙蕖館), 통칭은 소
우위문(小右衛門). 경도(京都) 출신. 복남곽(服南郭) · 복원교(服元喬) · 복자천(服子遷)
이라고도 한다. 적생조래(荻生徂徠)에게 배웠고, 유학의 지배하에 있었던 한시를 문학으
로 해방시킨 공적이 있다. 이처럼 문학에 두각을 드러내 경세론(經世論)의 태재춘대(太
宰春台)와 조래 문하에서 쌍벽을 이루었다. 1711년 통신사행 때의 필담창화집『문사기상
(問槎畸賞)』의 발문을 지었다. 저서로는『대동세어(大東世語)』 · 『남곽선생문집(南郭先
生文集)』 등이 있다.

163 여웅이(餘熊耳) : 대내웅이(大內熊耳, 오우치 유지, 1697~1776). 강호시대 중기의
유학자. 성은 여(餘), 이름은 승유(承裕), 자는 자작(子綽), 통칭은 충태부(忠太夫). 육오
(陸奧) 전촌군(田村郡) 삼춘(三春) 출신. 웅판방(熊阪邦) · 여웅이(餘熊耳) · 여승유(餘承
裕)라고도 한다. 1764년 통신사행 때 삼하(三河)에서 조선의 제술관 남옥(南玉) 등과
시를 주고받은 기록이『일관기(日觀記)』에 남아 있고, 당시의 필담창화집『한관응수록(韓
館應酬錄)』의 서문과 함께 이 책에 수록된 시문에 대한 품평이 남아 있다. 문명(文名)이
높아 당시 문종(文宗)으로 추앙을 받았고, 서예가로도 알려져 있다. 저서로『백운관근체
시식(白雲館近體詩式)』 · 『가세유문(家世遺聞)』 · 『웅이문집(熊耳文集)』 등이 있다.

164 송기소산(松崎篠山) : 송기난곡(松崎蘭谷, 마쓰자키 란코쿠, 1674~1735). 강호시대
전-중기의 유학자 · 서예가. 이름은 우지(祐之), 자는 자경(子慶), 별호는 감백(甘白) · 매
처(梅處), 통칭은 다조(多助). 이등인재(伊藤仁齋)에게 배웠다. 단파(丹波) 소산번(篠山

용문(劉龍門)[165]·목봉래(木蓬萊)[166]·기평주(紀平洲)[167]·정태실(井太室)[168]

藩) 제4대 번주 송평신용(松平信庸)의 초빙으로 소산번에서 근무하며 문화 진흥에 힘썼다. 본초학(本草學)에 조예가 깊고, 초서(草書)·예서(隷書)를 잘 썼다. 저서로『감백잡록(甘白雜錄)』·『난곡집(蘭谷集)』, 편저로『사징(史徵)』등이 있다.

165 유용문(劉龍門) : 궁뢰용문(宮瀨龍門, 미야세 류몬, 1720~1771). 강호시대 중기의 한시인(漢詩人). 이름은 유한(維翰), 자는 문익(文翼), 호는 용문(龍門), 통칭은 삼우위문(三右衛門). 선조가 후한(後漢)·헌제(獻帝)의 손자 지하혈대촌왕(志賀穴大村王)으로부터 나왔다고 하여 유씨(劉氏)라고 칭하였다. 문장가로서 명성을 얻어 같은 고문사학파(古文辭學派)에 있으면서 복부남곽(服部南郭)의 문하와 다른 풍격을 구축하고 반(反) 조래학(徂徠學) 성향의 세력이 나오는데 물꼬를 트기도 했다. 1748년 통신사행 때의 필담창화집『연향사여(延享槎餘)』와『홍려경개집(鴻臚傾蓋集)』에 조선문사와 주고받은 시문이 남아 있고, 1764년 사행 때 강호에서 조선의 제술관 서기 및 화원 역관 등과 주고받은 필담과 시를 정리하여『동사여담(東槎餘談)』으로 편찬하기도 하였다. 저서로『용문선생문집(龍門先生文集)』이 있다.

166 목봉래(木蓬萊) : 목촌봉래(木村蓬萊, 기무라 호라이, 1716~1766). 강호시대 중기의 유학자. 성은 목촌(木村), 이름은 정관(貞貫), 자는 군서(君恕), 호는 봉래(蓬萊), 별호는 영남(嶺南). 미장(尾張) 출신. 목정관(木貞貫)·목봉래(木蓬萊)라고도 한다. 적생조래(荻生徂徠)에게 배웠고, 뒤에 대학두(大學頭) 임봉곡(林鳳谷)에게 배웠으며, 경도에서 강설(講說)을 업(業)으로 하였다. 1764년 통신사행 때 강호에서 조선문사와 주고받은 시가『한관창화(韓館唱和)』속집(續集)과 별집(別集)에 수록되어 있고, 또 다른 필담창화집인『경개집(傾蓋集)』의 서문을 짓기도 하였다. 저서로『옥호시선(玉壺詩選)』·『봉래시고(蓬萊詩稿)』등이 있다.

167 기평주(紀平洲) : 세정평주(細井平洲, 호소이 헤이슈, 1728~1801). 강호시대 중기의 절충학파 유학자. 본성은 기(紀), 이름은 덕민(德民), 자는 세형(世馨), 호는 평주(平洲)·여래산인(如來山人), 통칭은 심삼랑(甚三郎). 미장(尾張) 출신. 기덕민(紀德民)·기평주(紀平洲)라고도 한다. 장기(長崎)에 유학해서 중국어를 3년간 배웠다. 24세 때 명고옥(名古屋)에서 사숙(私塾) 앵명관(嚶鳴館)을 열어 인재를 육성하였고, 53세 때 미장 덕천가(德川家)의 시강(侍講)으로 초빙되었으며, 이어 번교(藩校)인 명륜관(明倫堂)의 학관총재(學館總裁)에 임명되었다. 1764년 통신사행 때의 필담창화집『강여독람(講餘獨覽)』과『가지조승(歌芝照乘)』의 발문을 지었다. 저서로『시경고전(詩經古傳)』·『앵명관시집(嚶鳴館詩集)』등이 있다.

168 정태실(井太室) : 삽정태실(澁井太室, 시부이 다이시쓰, 1720~1788). 강호시대 중기의 유학자. 본성은 삽정(澁井), 이름은 평(平)·효덕(孝德), 자는 자장(子章), 호는 태실(太室)·태정산인(太定山人), 통칭은 평좌위문(平左衛門). 삽정평(澁井平)·정태실(井太

등 여러 공들과 단연(丹鉛)[169]에 종사하는 자들에 이르기까지 또한 낱낱이 거론할 수 없을 정도입니다. 열국(列國)에 흩어져 있는 자로는 비후주(肥後州)[170]에 옥산(玉山) 추(秋)[171]선생이 있는데 이미 그 지방에서 모범이 되었고, 또 등봉래(藤鳳來)[172]가 있는데 이미 당진(唐津)에서 벼슬을 하였습니다. 우리 이세주(伊勢州)에 이르면, 제가 스승으로 섬기고 있는 남궁대추(南宮大湫)가 있고, 또 동진(洞津)에 오전난정(奧田蘭汀)[173]이 있어 이곳에서 벼슬살이를 하고 있습니다. 이들은 모두 지금 시대에 유학을 일으킨 자들로, 어떤 사람은 조정에 나가 벼슬살이를 하기도 하고, 어떤

室)이라고도 한다. 좌창번(佐倉藩) 출신. 쾌주 임신언(林信言)의 문인으로 좌창후(佐倉侯) 시독(侍讀)을 지냈다. 주자학을 중심으로 문교(文敎)에 힘을 쏟아 교육자로서 뛰어난 공적을 남겼다. 1748년 통신사행 때의 필담창화집『헌저고(獻紵藁)』를 편찬하였고, 1764년 통신사행 때의 필담창화집『가지조승(歌芝照乘)』과『품천일등(品川一燈)』등을 편찬하였다. 저서로『국사(國史)』와『좌국통의(左國通義)』등이 있다.

169 단연(丹鉛) : 단사(丹砂)와 연분(鉛粉)으로 선약을 지칭한다. 때로는 문장(文章) 속에서 잘못된 글자를 고치는 것을 뜻하기도 한다.

170 비후주(備後州, 빈고슈) : 현재의 광도현(廣島縣) 동부 지역. 비후국(備後國)・비후(備後)라고도 하고, 비전국(備前國)・비중국(備中國)과 합해서 비주(備州)라고도 한다.

171 옥산(玉山) 추(秋) : 추산옥산(秋山玉山), 아키야마 교쿠잔, 1702~1764). 강호시대 중기의 한학자(漢學者). 이름은 의(儀)・정정(定政), 자는 자우(子羽), 호는 옥산(玉山)・청가(青柯), 통칭은 의우위문(儀右衛門). 풍후(豊後) 학기(鶴崎) 출신. 강호(江戶)로 가 임봉강(林鳳岡)을 사사하였다. 그의 학문은 주자학을 중심으로 하면서 당시 성행한 조래학(徂徠學)을 적극적으로 받아들이는 등 자유로운 학풍을 이루었다.

172 등봉래(藤鳳來) : 미상(未詳)

173 오전난정(奧田蘭汀) : 오전삼각(奧田三角), 오쿠다 산카쿠, 1703~1783). 강호시대 중기의 유학자. 이름은 사형(士亨), 자는 가보(嘉甫), 호는 난정(蘭汀), 별호는 남산(南山), 통칭은 종사랑(宗四郎)・청십랑(清十郎). 이세(伊勢) 출신. 처음에는 시전빈주(柴田蘋州)에게 배웠고, 1721년에 경도(京都)에 가서 이등동애(伊藤東涯)에게 배웠다. 이세 진번(津藩)에 가서 50여년에 걸쳐 4대의 번주(藩主)를 모셨다. 저서로『삼각정집(三角亭集)』이 있다.

사람은 벼슬하지 않은 채 산림에 묻혀 살기도 하며, 어떤 사람은 제후의 스승이 되기도 하고, 어떤 사람은 공경(公卿)의 친구가 되기도 하여 한 시대에 이미 서로 어우러져 드러났으니 어찌 성대하지 않겠습니까? 나머지는 모두 공들께서 지나온 지역으로 나와 공들을 뵌 자들이니 말씀드릴 필요가 없고, 나와서 뵙지 않은 자들을 말한다면 어찌 천백뿐이겠습니까? 이는 오직 아는 자만 거론한 것입니다. 지금은 양국의 통신사 업무가 이미 끝났습니다. 제가 여러 공들을 만나고 싶었는데 뵐 수 없었습니다. 이에 우리나라가 정치와 교화가 융성하여 문물이 날로 드러나고 준걸들이 날로 일어나고 있음을 말씀드리니, 공들께서 서쪽으로 돌아가신 뒤에 사림의 이야깃거리로 삼으십시오.

위의 증시(贈詩)와 질문, 대추(大湫)의 서신 두 통, 친구 전담주(田淡州)의 서신 한 통, 곡웅강(谷雄江)의 서신 한 통을 단우(丹羽) 기실(記室) 편에 남·성·원·김 네 분께 각각 바칩니다. 만약 화운시와 답신을 써주신다면 단우 기실에게 맡겨주시기를 감히 청합니다. 기원합니다.

석천정(石川貞) 머리를 조아리며 절을 올립니다.

석천 금곡께 답하다
答石川金谷

질문하신 것을 보았습니다만 여러 조목에 대해 역시 답을 받들 수 없었습니다. 특히 과문한데도 물어주신 뜻을 저버리게 되어 더욱 겸연쩍고 한탄스럽습니다. 또한 존사(尊師)의 서신과 『성사여향(星槎餘響)』[174]의 서문에 대한 부탁을 받았고 또 족하의 부탁을 받았는데도 모두 다 받들지 못해 더러 탄식합니다. 원전한(源典翰)[175]을 번거롭게 하여 각각 전해드립니다.

남추월·성용연·원현천 머리를 조아리며 절을 올립니다.

멀리서 화답하여 이별의 회포를 펴 전승산께 부치다
遙和寄田勝山以敍別

금수 역참 길 빗소리 차가운데	今須驛路雨聲寒
남은 봄날 송별의 어려움 알겠네	更覺殘春送別難
내일이면 낭화 강가에서 바라보겠지	明日浪華江上望
흰 구름은 예전의 기쁨 기억하리라	白雲猶記舊時歡

갑신년 초여름 조선으로 돌아가는 길손 성용연이 옥수관(玉樹館)에서 지어 나파노당(那波魯堂)[176]에게 부탁하였다.

---

174 『성사여향(星槎餘響)』: 『문사여향(問槎餘響)』을 말한다.

175 원전한(源典翰): 원전한은 홍려관(鴻臚舘)의 전한(典翰) 원문호(源文虎, 미나모토 분코), 곧 앞에서 단우(丹羽) 기실(記室)이라고 한 단우소당(丹羽嘯堂)을 가리킨다.

176 나파노당(那波魯堂, 나바 로도, 1727~1789): 강호시대 중기의 유학자. 이름은 사증(師曾), 자는 효경(孝卿), 호는 노당(魯堂)·철연도인(鐵硯道人). 파마국(播磨國) 희로인(姬路人). 17세부터 5년간 경도(京都)의 유자(儒者) 강백구(岡白駒)에게 고문사학(古文辭學)을 배웠고, 그 후 성호원촌(聖護院村)에 초당을 지어 강설(講說)에 종사하였다. 만년에 아파덕도번(阿波德島藩)에서 벼슬하면서 주자학의 기초를 구축하였다. 대판에 들어와 있었던 이마(理馬) 장세문(張世文)에게 우리나라 말을 배우기도 했다. 1764년 통신사행 때 33세의 나이로 가번장로(加蕃長老)의 서기가 되어 강호로 가는 조선사행원을 수행하였고, 이때 조선사신들과 주고받은 시문을 모은 『동유편(東遊篇)』이 남아 있다. 이등유전(伊藤維典)이 편찬한 『문사여향(問槎餘響)』의 서문을 짓기도 하였다. 조선사신들로부터 널리 들어 아는 것이 많고 민첩하며 기이한 재주가 많다는 칭송을 받기도 했다.

『문사여향』 권하 마침[終]

명화(明和) 원년 갑신 9월

평안서림(平安書林)

문천당(文泉堂) 임권병위(林權兵衛)

동출점(同出店: 文泉堂) 임정개(林正介)

問槎餘響

問槎餘響序

　歲甲申有韓國聘使, 其製述官曰南氏時韞, 記室官曰成氏士執, 曰元氏子才, 曰金氏子安, 皆從焉。自西向東, 陸舟相移, 往還數千里。其間投刺通謁, 以筆爲舌, 詩文唱酬, 或三四人, 或十百人。每至驛館, 輒必迮進, 注之蟲魚, 程之衡石, 多多擾擾, 堆案相仍。自非才擅奪席之雄, 學兼撞鐘之富, 則殆將'凍解於西, 而氷堅於東; 霧釋於前, 而雲瀯於後'。試問其退者, 曷嘗不謂'虛而行, 實而歸', 我獨蒙其霑接? 要之, 諸學士眞汪翔靡所不有耳, 才學亦可知矣。其爲詩也, 黜窠換臼, 不勒不襲, 橫心所出, 筆受腕運, 變態觸發, 唯其所適。是故, 郵籤、輿夫, 皆足寄興, 不必《靜女》、《祈父》矣; 諧詞謔語, 皆足觀感, 不必擬漢模魏矣。時韞嘗謂余曰: "貴邦人競進不已, 不得不用行雲流水法, 中夜思之, 愧汗沾背", 士執亦曰: "草卒屬篇, 雖使李、杜當此, 未必能盡作《清平三疊》、《秋興八首》", 益知其所畜有淵源焉。嗚虖! 世方貴嘉隆之僞體, 乞墦嚇腐, 爛熟溢目。余所以特喜諸學士者, 以其新也。譬之膾炙, 黜古出新, 極烹芼之巧, 則爲珍美矣, 三朝三暮, 數進而不變, 臭味俱敗。猶以爲珍美也乎? 人之嗜膾炙, 不於新而於腐, 則世怪且笑之。獨至嗜詩, 則唯腐是嚼, 固獲無遺, 此亦不知類之甚也。蓋詩新者, 歲月之後, 第取而讀之, 其色鮮妍, 如旦晚脫稿, 墨斗而煙, 無論工不工, 卽使人思其笑語, 思其志意。

腐則纔離筆研, 卽已陳芛, 將從何處, 尋其生靈耶? 詩道貴新賤腐爲此
也。勢州人石川氏太一, 與其諸友, 同會于韓國四學士及醫官諸輩, 各
有唱和筆語。伊藤氏伯守, 金谷史徒也, 編錄爲卷, 題曰《問槎餘響》, 索
序。因序其由, 倂論詩道新腐之異。若夫金谷諸友, 錦心繡口, 各出機軸,
則其人具存, 欲知者, 就而問之, 可也。不復傒余言。

魯堂那波師曾 撰

崎陽平千里 書

問槎餘響　姓名

金谷【姓石川, 名貞, 字太一。】
　　　【勢州　菰野人。】

雄江【姓谷, 名顯仲, 字孚先。】
　　　【勢州　朝明人。】

龍山【姓伊東, 名懋, 字子惠。】
　　　【勢州　久居人。】

天柱【姓小屋, 名常齡, 字子壽。】
　　　【勢州　久居人。】

星河【姓大嶋, 名要, 字公樞。】
　　　【勢州　桑名人。】

淡州【姓田中, 名秩, 字君祐[1]。】
　　　【勢州　桑名人。】

1　원문에 '君祐'로 되어 있으나 '君祐'로 바로잡는다.

冠峰【姓伊藤, 名一元, 字吉甫。】

　　　　【勢州 菰野人。今住濃州 笠松。】

勝山【姓田, 名立松, 字士茂。】

　　　　【濃州 須賀人。】

東亭【姓星野, 名貞之, 字子元。】

　　　　【濃州 北縣人。】

華陽【姓狩野, 名美濟, 字世伯。】

　　　　【濃州 墨股人。】

韓客姓名

秋月【姓南, 名玉, 字時韞, 製述官。】

龍淵【姓成, 名大中, 字士執, 正使書記。】

玄川【姓元, 名重擧[2], 字子才, 副使書記。】

退石【姓金, 名仁謙[3], 字子安, 從事書記。】

慕菴【姓李, 名佐國, 字聖甫, 良醫。】

丹崖【姓南, 名斗旻, 字天章, 醫員。】

尙菴【姓成, 名灝, 字大深, 醫員。】

《問槎餘響》 姓名【終】

----

2 원문에 '仲擧'로 되어 있으나 '重擧'로 바로잡는다.
3 원문에 '仁嫌'으로 되어 있으나 '仁謙'으로 바로잡는다.

《問槎餘響 卷上》

伊藤維典伯守 輯

寶曆甲申春正月二十五日，余同諸君，會朝鮮製述官、三書記於大坂賓館。

通刺

僕石川氏，名貞，字太一，號金谷。伊勢州菰野山下產，其先河內人也。大湫南宮喬卿門人，今也從師。居同郡桑名縣，以講授爲業。方今之時，箕封大東，升平百年，四民安業。因尋舊盟，三大使官修善隣之好，諸君子從使節，遙涉此土。吾儕小人適得接下風而晤語一堂，歡喜何極！幸辱不却許下交，實終身之大幸。因賦野詩，謹呈秋月南君、成、元二君各案下，若賜高和，則十襲以爲珍已。

呈朝鮮製述官南秋月   金谷
一出箕邦涉海來，先聲早已日東開。彩毫行紀名山去，何讓浮湘太史才！

和石川太一【秋月初書余名，余寫曰："名之與字之，固無益損于余，然人將謂'公待士之太簡也'，乃改寫之。"】   秋月

日日書樓抱簡來, 筆牀强半倦時開。諸君却有遷鸎志, 老子本非吐
鳳才。

呈朝鮮國正使書記成龍淵　　　　　　　　　　　　　金谷
翩翩書記度東洋, 囊裡明珠盡夜光。不惜興餘暗投去, 清瑩他日照
寒鄉。
　和石金谷　　　　　　　　　　　　　　　　　　　龍淵
河源一轍始窮洋, 南極文星燦燦光。剩得殊方風雅盛, 小楳春色散
江鄉。

呈朝鮮國副使書記元玄川　　　　　　　　　　　　　金谷
使節當年王事勞, 雞林文史盡賢豪。不愁相傍方言異, 清興熟時揮
彩毫。

　和石金谷　　　　　　　　　　　　　　　　　　　玄川
閱歲浮沈烟水勞, 水窮山出見群豪。相逢不語還心識, 賓席悠然自
把毫。

【金谷稟】:"異日聞旌旆之至, 騁望日夜, 得登龍門, 喜出望外。僕固海
濱之寄漁, 未聞君子之高論。寡聞淺見, 不堪赧[1]愧。有嘗畜疑者一二
事, 非犯國禁, 請賜餘敎。"
【龍淵答】:"敬諾。請奉敎。"
【金谷問】:"嘗聞貴國之人讀書, 有回還之讀, 願以貴國之讀法讀之。"

---

1 원문에는 '敕'로 되어 있으나 '赧'으로 바로잡는다.

【龍淵答】: "民間有此讀, 士林不貴之。"

【金谷問】: "公有令嗣乎?"

【龍淵答】曰: "有。"

【金谷問】: "令郎年紀多少?"

【龍淵答】: "五歲。"

【金谷問】: "貴府是那里?"

【龍淵答】: "糸畿道²抱川縣³。"

【金谷問】: "貴字什麼?"

【龍淵答】: "士執。"

【金谷問】: "公所載名何?"

【龍淵答】: "鬃巾。"

【金谷問】: "南、元兩位, 亦同乎?"

【龍淵答】: "毛冠。"

【金谷稟】: "聞貴國之諺文, 自世宗莊憲王始。今記諺文者, 字樣扁畵, 恐當有誤寫。敢請改正之。"

【龍淵問】: "何人書之?"

【金谷答】: "大湫所書, 卽僕師也。旣■■啓文, 南宮喬卿, 大湫其號也。"

【龍淵把筆, 大■■■, 其時諸子贈■■■相仍, 遂不卒業。】

【金谷問】: "僕所呈詩, 高和已成未乎?"

【玄川答】: "和詩■■數首, 請姑徐徐。"

【金谷稟】: 余以贈詩示曰: "願以貴國音, 大大讀一讀。"【龍淵以韓音高吟一

---

2 원문에는 '糸畿道'로 되어 있으나 '京畿道'로 바로잡는다.

3 『연경재전집(研經齋全集)』권10 「先府君行狀」에 '遯于抱川王方山而卒'이라고 하였으니, 이에 의거하여 '扤川'을 '抱川'으로 바로잡는다.

遍了。余以夏音讀過高唱, 學士、二書記寫曰: "難得難得!"】

【金谷稟】: "今日, 日之夕矣。且將告別。明日公等應發, 不堪綢繆之至, 西歸之日, 再會於此津, 餘寒不可久。長途自愛。【三公頷之。】前途有濃州今須驛、尾州於越驛。 彼驛而有待各位之東遊者, 伊藤冠峯、田勝山、星東亭、伊東龍山、小屋天柱、大嶋星河。冠峯大湫友人, 與僕同鄉人也, 餘是僕之友人也。至則見之。【三公頷之。】" 余作禮而去。

寶曆甲申春二月朔日, 韓使憇于濃州今須驛, 余輩出會製述官、三書記者。

通刺

僕姓伊東, 名懋, 字子惠, 號龍山。久居侯醫官也, 方今來學同國桑名南宮喬卿者也。今公等無恙涉此土, 欣幸何限! 僕性駑鈍, 不足出謁, 但一二友人所驅, 自忘其固陋, 呈蕪詩製述官南公及書記成、元、金三公案下。伏乞賜高和, 韞匵以爲我家珍耳。

【秋月問】: "君等皆大湫弟子乎?"

【龍山答】曰: "然。"

【秋月問】: "大湫何如?"

【龍山答】: "大湫隱居不仕, 無他嗜好, 唯詩書自娛。游藝之餘, 妨小舸, 事垂釣耳。"

【秋月問】: "別號大湫乎?"

【龍山答】曰: "然。"

【秋月問】: "大湫書中, 無贈物之言。"

【龍山答】:"大湫書中, 當具列, 再照。"

【秋月問】:"大湫所遺乎?"

【龍山答】:"托余呈之。"

【秋月答】曰:"辭之。"

【龍山又答】:"是倭之所製扇子, 何妨受乎?"

【秋月復答】:"雖然固辭。如公等所贈者一切辭之。"

【秋月又】:"所和大湫, 詩成托誰?"

【龍山答】:"請托我。"

【龍淵問】:"公之鄉里, 去此幾里程?"

【龍山答】:"以我邦里數, 殆三十二里。"

【龍淵問】:"公來學大湫者乎?"

【龍山答】曰:"然。"

【龍淵再答】:"篤志可愛。"

【龍山問】:"浪華不見石川太一乎?"

【退石答】:"病臥不見。"

【龍山問】:"公衣冠名何?"

【退石答】:"冠幅巾, 衣道袍, 乃古聖賢所着。"

【龍山再答】:"服先王之法服, 行先王之德行, 可羨可羨。唯不知君之所言, 先王之法言乎。"

【龍山問】:"良醫未來乎?"

【慕菴答】:"我也。"

【龍山再答】:"僕有詩, 呈足下, 敢請賜高和。"

【慕菴又答】：“無一面之雅，而遠來相訪，荷荷盛作。頓拂塵眸，令人欽歎。而芝眉之清秀，可謂日東詞宗矣。僕是以良醫爲名，則詩之唱和，不但所掌。日迫西山，行路甚急，未由奉別，以待西歸之日，如何？不得談話而別，別懷悵悵。”

【龍山答】：“今日陰雨滂沱 且事出急迫，不能賜高和，恨多多。若前途幸有意，必使人致桑名南宮喬卿者萬祈。”

【慕菴又答】：“萬里同技，萍水相逢，幸幸所示，謹不忘失。”

呈朝鮮製述官南秋月

萬里揚帆指日東，由來麗藻一時雄。我今堪結金蘭契，此日新知箕國風。

次伊東子惠　　　　　　　　　　　　　　　　　　　秋月

針嶺孤樓琶渚東，洞庭春水欲爭雄。幽篁細雨濃山館[4]，珍墨清詩見士風。

呈記書成龍淵　　　　　　　　　　　　　　　　　　龍山

翩翩書記日邊來，異客襟懷對酒開。聞道山東豪桀士，知君今代子雲才。

次伊東龍山　　　　　　　　　　　　　　　　　　　龍淵

龍山秀色隔雲來，客館花毫帶雨開。弱羽奇草新朵炫，片時揮洒信天才。

---

4 ‘館’자가 원문에는 ‘報’로 되어 있으나 남옥의 『일관창수(日觀唱酬)』 중(中) (국립중앙도서관, 청구기호 古3644-7)에 수록된 같은 시 〈次伊東子惠名懋号龍山医人〉에 의거하여 ‘館’자로 바로잡는다.

呈書記元玄川　　　　　　　　　　　　　　　　　　　　龍山

使臣持節出都城，自是高才第一名。多少山川勞跋涉，西風可起故
園情。

次伊東龍山　　　　　　　　　　　　　　　　　　　　　　玄川

琵琶湖上彦根城，摺針嶺邊金次名。踈樹暮雲行不盡，煩君來問倦
遊情。

呈書記金退石　　　　　　　　　　　　　　　　　　　　龍山

奉使千帆海上懸，西風忽送日東天。若推敏捷高名客，君是當時李
謫仙。

次龍山見贈韻　　　　　　　　　　　　　　　　　　　　退石

玄羊八月一帆懸，經歲纔窮析木[5]天。三島風烟知遠近，春風欲訪羨
門仙。

呈慕菴、尙菴、丹崖　　　　　　　　　　　　　　　　　龍山

萍水相逢談笑開，一時交會氣豪哉。那須今日稱醫國，妙術君元扁
鵲才。

通刺　常齡

僕姓小屋，名常齡，字子壽，號天柱。方今來學南宮喬卿者。聞文旆
之東，敢冒高明，以呈鄙詩南學士，成、元、金三書記及良醫、醫員。

5　원문에는 '折木'으로 되어 있으나 '析木'으로 바로잡는다.

小生固不足取, 若一賜電覽, 且賜高和, 幸甚。

【秋月問】: "貴庚幾何?"

【常齡答】: "以丙寅生, 今十九歲。"

【秋月答】: "夙成可愛。"

【常齡問】: "浪華不見石太一乎?"

【龍淵答】: "石金谷乎?"

【常齡答】曰: "然。"

【秋月問】: "君名何?"

【常齡答】: "旣具名刺。名常齡, 字子壽。"

【常齡稟】: "小生友人, 有谷顥仲, 字孚先者。今玆遊平安, 尋將謁諸公, 不幸有采薪之憂, 乃托其詩於小生以奉呈。故賜高和乎?"

【秋月問】: "托誰人?"

【常齡答】: "高和托我。"

【常齡稟】: "余友人谷孚先者, 詩托余, 故請賜高和。"

【龍淵答】: "行忙未暇, 容俟他日。"

【常齡答】: "西歸時, 谷孚先應於浪華出謁, 謹勿過忘。"

【龍淵答】: "謹諾。"

【常齡問】: "同官二人何在? 未來乎?"

【慕菴答】: "在於上判事房。"

呈南秋月　　　　　　　　　　　　　　　　　　　　　　　天柱

錦帆無恙御風來，邂逅相逢一會開。借問滿堂誰得似，翩翩本自不群才。

次小屋天柱　　　　　　　　　　　　　　　　　　　　　　秋月

筍[6]輿春與雨聲來，未訪[7]寒暄筆硯開。梧竹淸姿鸞鵠喚[8]，越中還有陸郎才。

呈成龍淵　　　　　　　　　　　　　　　　　　　　　　　天柱

使星遙動蜻州天，誰識群賢聚此筵？爲請新詩如報我，正驚輝煥日生邊。

次小屋天柱　　　　　　　　　　　　　　　　　　　　　　龍淵

休言形跡各分天，半日文緣在儐筵。別恨忽忽那可道！前期猶在百花邊。

呈元玄川　　　　　　　　　　　　　　　　　　　　　　　天柱

玉節新開西極邊，錦帆眞向武州天。東行自此君援筆，一片芙蓉在目前。

---

6 '筍'자가 원문에는 '筍'으로 되어 있으나 남옥의 『일관창수(日觀唱酬)』중(中) (국립중앙도서관, 청구기호 古3644-7)에 수록된 같은 시 〈次小屋子壽名常齡号天柱〉에 의거하여 '筍'자로 바로잡는다.

7 '訪'자가 남옥의 『일관창수(日觀唱酬)』중(中) (국립중앙도서관, 청구기호 古3644-7)에 수록된 같은 시 〈次小屋子壽名常齡号天柱〉에는 '討'로 되어 있다.

8 '喚'자가 남옥의 『일관창수(日觀唱酬)』중(中) (국립중앙도서관, 청구기호 古3644-7)에 수록된 같은 시 〈次小屋子壽名常齡号天柱〉에는 '質'로 되어 있다.

次小屋天柱　　　　　　　　　　　　　　　　　　玄川

湖上孤雲摺針邊, 雨中疎樹美濃天。逢君不及知君學, 只記英華照
席前。

呈金退石　　　　　　　　　　　　　　　　　　　天柱

翩翩書記本高才, 此日遙從使者來。佳遇良筵眞罕得, 何妨容我暫
徘徊。

次天柱　　　　　　　　　　　　　　　　　　　　退石

白頭韓客本無才, 偶逐仙槎萬里來。聞說三山靈草在, 携君將欲一
徘徊。

呈慕菴、尙菴　　　　　　　　　　　　　　　　　天柱

奉伎遙來日本天, 鄕關回首白雲懸。莫言大藥求無路, 試問蓬萊不
死仙。

次天柱　　　　　　　　　　　　　　　　　　　　尙菴

人生人死本由天, 豈待靑囊肘後懸。困來着睡飢來飯, 只此脩行便
是仙。

通刺　　　　星河

僕姓大島, 名要, 字公樞, 號星河, 勢州人。方今學南宮大湫者。客歲
聞諸公使至吾邦, 企望日夜, 天幸不奪小子之願, 始接大賢之下風。恭
喜不可言。謹賦野詩, 呈南君秋月及三書記, 幸賜和十襲不啻, 伏乞雌
黃外, 文房之具爲贄。

呈南秋月　　　　　　　　　　　　　　　　　　　　星河

縹渺祥雲一片開，併看紫氣日東來。即今非待青牛度，爭見當年柱下才。

次大島公樞　　　　　　　　　　　　　　　　　　　秋月

筆床茗椀一般開，邨秀州醫帶雨來。朝上望湖知有士，山川合是孕奇才。

呈成龍淵　　　　　　　　　　　　　　　　　　　　星河

極識風流儒雅賢，如今彩筆本翩翩。從來此會稱難繼，應惜相逢卽別筵。

次大島星河　　　　　　　　　　　　　　　　　　　龍然

風雅離亭集數賢，九皐仙翮對翩翩。琵湖烟水醒泉石，剩許詩聲落繡筵。

呈元玄川　　　　　　　　　　　　　　　　　　　　星河

風波無恙自西來，萬里蒼茫海色開。今日堂中相值客，推君藝苑有奇才。

【星河問】："公和詩不成乎?"

【玄川答】："未成。事出急迫，恐未得和。可恨可恨。君幸以此意致大湫，更竢他日。"

【星河稟】："然則至東武，托大湫友人乎?"

【玄川答】："謹領。"

呈金退石 　　　　　　　　　　　　　　　　　星河

錦帆萬里馭長風, 文旆悠悠向海東。此地風光君到後, 使星遙動白
雲中。

次大嶋星河 　　　　　　　　　　　　　　　　　退石

萬里泠泠列子風, 今帆直到廣桑東。令君倘識同胞義, 幸得文盟一
榻中。

通刺

僕姓谷, 名顥仲, 字孚先, 號雄江, 伊勢州朝明縣人也。大湫南宮喬
卿門人, 以講授爲業。聞公等至, 喜而不寐, 欲往不能有采薪之憂也。
故托鄙詩於友人天柱小屋子壽者, 呈公等案下。若賜高和, 足以償夙
願已。

呈製述官南秋月 　　　　　　　　　　　　　　　　雄江

客路江山萬里程, 錦帆縹緲賦《東征》。由來經術君家事, 不羨當年董
氏情。

和谷孚先 　　　　　　　　　　　　　　　　　　秋月

百里松篁擁客程, 孤雲遠鳥與同征。谷中蘭秀難常見, 春日停車空
復情。

呈書記成龍淵 　　　　　　　　　　　　　　　　雄江

四方俱仰使子賢, 況復文章漢 馬遷。也識名山佳麗地, 行吟更作《遠
遊篇》。

呈谷雄江　　　　　　　　　　　　　　　　　　　　　　　　龍淵

南州遙識楚良賢，喬木幽禽幾箇遷！細雨離亭違一會，孤懷空和《白駒篇》。

呈書記元玄川　　　　　　　　　　　　　　　　　　　　　　雄江

客中風色動春烟，遙向扶桑日出邊。多少名山經歷裡，知君拂筆供雄篇。【玄川無和。】

呈書記金退石　　　　　　　　　　　　　　　　　　　　　　雄江

日東春至向東過，路上山川景勝多。中有芙蓉稱白雪，憶君還賦郢人歌。

次谷雄江見贈韻　　　　　　　　　　　　　　　　　　　　　退石

千里青山和睡過，醒泉風雨客愁多。旅窓竟失同文會，只和《峨洋》一曲歌。

寶曆甲申二月二日，韓客憩于尾張於越驛，余輩會學士、三書記及良醫等于賓館中。

呈製述典籍南秋月啓　　　　　　　　　　　　　　　　　伊藤冠峯

仰望龍節度海東，俯慶星使膺河淸。惟秋月南君，筆鼓風雷，胸吞雲夢，江山爲助。跋涉以安，敬賀敬賀。僕姓伊藤，名一元，字吉甫，伊勢州冠峯下逸民也。久懷慕藺，玆接淸儀，洵千歲奇遇也。不勝欣躍，謹賦詩一章，以呈左右。冀垂昭亮，曷勝幸荷?

呈南秋月　　　　　　　　　　　　　　　　　　　　　　　冠峯

彩鷁翱翔破浪來，東溟萬里壯遊哉。龍門禹穴君家事，何讓漢朝太史才?

和伊藤冠峯　　　　　　　　　　　　　　　　　　　　　　　秋月

千艘艫舳駕梁來, 拾翠春遊望渺哉。不識冠峯何處在, 態態光怪産
奇才。

呈三書記啓　　　　　　　　　　　　　　　　　　　　　　　　冠峯

玉節錦帆, 飜風暎日。伏以諸賢鸞鳳之奇毛; 人龍之英氣, 儀表出塵,
雅懷絶俗。此行也經秋度春, 洋溟山嶽, 探勝觀風, 援筆擅賦, 動履萬
福, 恭喜可知。僕輩久聞風彩, 幸獲今日之邂逅, 景仰之思頓慰。於茲
乎, 綴巴歌, 以攄俚懷, 冀淵涵, 幸賜監諒。

呈正使書記成龍淵　　　　　　　　　　　　　　　　　　　　　冠峯

仰見朝鮮使節通, 彬彬文質周流風。帶來白玉金剛雪, 散作新詩落
日東。

和伊藤冠峯　　　　　　　　　　　　　　　　　　　　　　　龍淵

靈襟不待語言通, 松塵泠泠見古風。莫學君家《童子問》, 白茅黃葦誤
天東。【僕姓伊藤, 故以《童子問》毁斥余。筆語中, 亦有斥仁齋先生, 而言'陸、王餘派,
實非聖人之道', 是復以姓誤耳。或指左道, 或指陸、王餘派, 要不知何所謂也。固非僕所
業, 未必論辨。】

呈副使書記元玄川　　　　　　　　　　　　　　　　　　　　　冠峯

文旆悠悠道路長, 舟車無恙入東方。海風山月春秋色, 細化珠璣滿
錦囊。

和伊藤冠峯　　　　　　　　　　　　　　　　　　　　　　　玄川

朝日蒼蒼瑞靄長, 天書玉節啓東方。逢人脩竹長烟下, 濃紙猩毫和

繡囊。

呈從事書記金退石　　　　　　　　　　　　冠峯
清秋辭國賦觀濤，筑紫連山白雪高。此日陽春東海道，芙蓉神秀對
君曹。
和伊藤冠峯　　　　　　　　　　　　　　　　退石
病骨東過萬里濤，馬前遙出富山高。誰知蝶域萍蓬客，日下春風見
爾曹。

呈良醫慕菴　　　　　　　　　　　　　　　　冠峯
《肘後》仙方囊自青，長傳古聖《玉函經》。東華聞說餘神草，悵羨人淺
有異靈。【無和。】

寶曆甲申春二月朔日，韓使憩于濃州今須驛，余輩出會製述官、三書
記者。

通刺

僕姓田，名立松，字士茂，號勝山。特來于館下，執謁於左右，幸賜容
接，感戴何言？

呈製述官南秋月
驂鸞探勝度崔嵬，大國風流太史才。無限名山神秀氣，相鍾更暎彩
毫來。

　　和田勝山　　　　　　　　　　　　　　　　　　　秋月

細雨鳴輿下嶺嵬, 望湖題詠愧非才。江、濃伯仲佳山水, 好事人多問
字來。

　　呈正使書記成龍淵　　　　　　　　　　　　　　　勝山

萬里長江月欲流, 春風吹送木蘭舟。明朝試向蓬萊望, 五色雲垂十二
樓。【尾州熱田相傳稱蓬萊。】

　　和田勝山　　　　　　　　　　　　　　　　　　　龍淵

江城一路水雲流, 春色蘭洲繫彩舟。細雨幽軒聊暫倚, 野村烟氣濕
虛樓。

　　呈副使書記元玄川　　　　　　　　　　　　　　　勝山

知君家學自風流, 載筆追隨仙使舟。五色雲中行不盡, 錦帆何日入
瀛州。

　　和田勝山　　　　　　　　　　　　　　　　　　　玄川

蕭蕭春雨潤添流, 暗入懸輿蕩似舟。山店忽逢佳子語, 風標認得秀
濃州。

　　呈從事書記金退石　　　　　　　　　　　　　　　勝山

驛上垂楊拂彩霞, 遠遊詞客此留車。携來郹國絃中雪, 忽入春風飛
作花。

【退石稟】: "此亦江州耶?"

【勝山答】: "此濃州也。"

【退石稟】: "此驛名何?"

【勝山答】:"呼做今須。"

【退石稟】:"此地山川有奇勝耶?"

【勝山答】:"山有雞籠, 水有藤川。"

【退石稟】:"此館名何?"

【勝山答】:"名藤舖館。"

和田勝山 退石

春風路入赤城霞, 藤舖館前駐使車。借問君家何處在, 祇應仙圃饒琪花。

呈良醫李慕菴 勝山

曙色關門淑景分, 青牛欲度蹅春雲。望來鬱勃眞人氣, 忽作猶龍五彩文。

【慕菴稟】:"盛作頓開塵眸, 令人欽歎, 切欲奉和, 而不堪才荒劣路憊甚, 而且臨行, 不得奉酬。當於西歸之時奉和耳。"

【勝山稟】:"賓客中, 有以獸皮作巾着之人, 此巾名何?"

【龍淵答】:"賓客中, 無獸皮作冠者。尊必誤見矣。"

【勝山稟】:"此行, 諸賓客不飲酒, 何也?"

【龍淵答】:"弊邦酒禁甚嚴。故宴禮亦不用耳。"

【勝山稟】:"弊邦鯛魚, 貴邦亦有之邪? 若有之, 則名之爲何?"

【龍淵答】:"弊邦亦有。稱道味魚。"

【勝山稟】:"貴邦人未冠前, 頭髮飾法如何?"

【龍淵答】:"未冠前, 頭髮飾法, 視彼小童。"

【勝山稟】:"貴邦婦人飾髮, 其形狀如何?"

【龍淵答】:"婦人飾髮, 與貴邦大異。用髻用冠, 冠法從所好, 樣甚多。"

【勝山稟】: "賓客中, 善書法人, 其姓字如何?"

【龍淵答】: "善書法者, 趙聖賓、洪聖源、李彦佑。"

【勝山稟】: "貴邦諺文未審字禮。幸見示。"

【龍淵答】: "諺文未暇書示。字多故耳。僕輩今當發行。不得穩討, 可恨。"

【退石稟】: "君業儒耶? 業醫耶?"

【勝山答】: "僕業醫。"

【退石稟】: "賤疾甚苦。願煩君一診。"

【勝山問】: "其所苦如何?"

【退石答】: "滿悶不能飲食。"

【余乃切脈診腹。】寫曰: "切脈, 左右弦而數, 診腹, 心下痞鞕, 肌熱翕翕。蓋經歷萬里山海, 爲風霜, 所傷累日踰月, 爲鬱熱之所致也。路入駿州, 飽觀富山雪色, 則煥然氷釋耳。"

【退石答】: "厚意繾眷, 多謝。"

【退石稟】: "君眸彩可愛。"

【勝山問】: "先生善相耶?"

【退石答】: "僕不善相。唯可愛故云。"

【勝山答】: "謬承美譽, 喜愧兼臻。"

【退石稟】: "今當發行。不能盡區區, 爲恨。"

【勝山答】: "明日, 當奉送駕于尾州於越驛。會面在近, 可喜。"

二月三日韓使, 憩于尾州於越驛, 僕追駕至此, 再會於賓館。

【龍淵稟】: "此去今須不邇, 而君枉駕到此, 盛意可感。"

【勝山答】: "一違顔範, 不勝眷戀。今復來面審旅況淸嘉, 欣慰。"

再呈成龍淵　　　　　　　　　　　　　　　　　　　勝山
佳人桂棹度春風, 仙袂飄颻彩霧中。誰道河源難可到? 神遊偏見使
臣雄。

再和田勝山　　　　　　　　　　　　　　　　　　　龍淵
肩輿徐度萬松風, 芝宇重逢古驛中。薩劒濃餞光采幷, 日南元自富
材雄。

再呈秋月　　　　　　　　　　　　　　　　　　　　勝山
曾督書生白鹿城, 翩翩經術一家名。乘槎遙泛東方地, 更使斯文照
兩京。

再和勝山　　　　　　　　　　　　　　　　　　　　秋月
筍輿春暖過江城, 松竹陰中問地名。喜子同來輕莽蒼, 可能隨我向
東京。

再呈元玄川　　　　　　　　　　　　　　　　　　　勝山
天上星文照夜闌, 果然仙使自三韓。請看東海多奇絶, 中有勝山紫
氣寒。

再和田勝山　　　　　　　　　　　　　　　　　　　玄川
今須一面續餘闌, 識得荊[9]州有一韓。佳麗非山人自勝, 華筵相對玉
壺寒。

---

9 원문에는 '前'자로 되어 있으나 문맥과 임문익(林文翼)이 편찬한 『수복동조집(殊服同調
集)』에 의거하여 '荊'자로 바로잡는다.

再呈金退石　　　　　　　　　　　　　　　　　　勝山

驛亭追駕暫成歡, 拂袂垂楊風不寒。縱有西歸再遊約, 黃鸝頻囀別
離難。

力病和田勝山　　　　　　　　　　　　　　　　　　退石

和、韓相會一床歡, 憐我江風病感寒。惆悵與君相別後, 夢魂飛到美
濃難。

【退石稟】: "初見君已有相愛之心, 又此做一席文朋, 何幸如之? 但別恨
恨惘。他日願勿相忘也。"

【勝山答】: "君力尊恙, 而賜瓊報, 感謝。春寒尙烈, 幸加保護。只待旋
斾之期耳。

松在別席, 與良醫李慕菴筆語。【龍淵令尾張某生傳語曰: "速來於學士之座",
余乃入面。】

【龍淵稟】: "君何去?"

【勝山答】: "僕在良醫之座, 討論醫理耳。"

【龍淵起, 把余袂卽坐, 分飯及羹, 加箸于其上, 以置余前】曰: "餘殘之食, 以進君。"

【余食訖】曰: "旨酒欣欣, 燔炙芬芬, 敬受大人之賜, 謝。"

【龍淵答】: "何謝之有?"

別田勝山　　　　　　　　　　　　　　　　　　　龍淵

玉雪誰家子? 春風一水涯。西歸留好約, 相待驛亭花。

走次成龍淵　　　　　　　　　　　　　　　　　　勝山

古驛烟霞路, 送君到水涯。春風吹笛起, 一曲落梅花。

【龍淵握余手曰】: "心乎愛矣, 何日忘之?"
【勝山答】: "我有嘉賓, 中心貺之。"

【秋月稟】: "吾欲作別君詩, 好紙覓出?"
【余乃呈一紙, 秋月令尾張某生伸紙, 直寫其詩。】

別田勝山   秋月
田郎相送到沙頭, 野竹青青管別愁。州股村前清淺水, 夕陽橋外各
分流。

走次南秋月韻   勝山
雨餘春色水東頭, 野竹休題動客愁。五十三亭行載筆, 如今此別亦
風流。

寶曆甲申二月二日, 會朝鮮製述官及書記、良醫於濃州[10]於越驛。
呈朝鮮製述官秋月南公
僕姓星野, 名貞之, 字子元, 號東亭。北美野人[11], 業醫者也。聞大纛
之東, 心旌搖搖, 有日也, 天賜良緣, 得攀龍門, 何幸加焉。謹裁巴調一
篇, 敢呈左右。得賜高和, 長以爲珍。

彩鷁長風破浪深, 相逢更復動離心。雄姿仰見葱葱鬱, 眞是朝鮮翰
墨林。

---

10 '濃州'는 곧 '美濃州'인데, 여기서는 '尾州'나 '尾張州'의 오기로 여겨진다.
11 원문에 '比美野人'으로 되어 있으나 임문익(林文翼)이 편찬한 『수복동조(殊服同調)
集)』에 의거하여 '北美野人'으로 바로잡는다.

次星野東亭見贈韻　　　　　　　　　　　　　　秋月

山水東南蜿蟺深，高人畣解范公心。青囊不是英雄事，可惜梗楠委棘林。

再和原韻謝秋月辱賜高和　　　　　　　　　　　　東亭

傾蓋相逢情更深，因知瓊貌復知心。若非奉命隣交日，爭得輒攀君子林。

呈書記成龍淵　　　　　　　　　　　　　　　　東亭

鶂舟截海，星軺乘春，涉險冒寒。一路平安，旣達此土，可賀可賀。僕北美野人也。幸叩舘門，見貴國風儀。玆呈鄙詩一首，得賜高和，望外之榮。

行盡關河若木陰，壯遊堪報四方心。何須此日勞重譯，彩筆先傳正始音。

和星野東亭　　　　　　　　　　　　　　　　　龍淵

長橋遠水漲春陰，到處江山悅客心。自是周冠通粤路，一林啼鳥總懷音。

再和原韻謝成龍淵見和　　　　　　　　　　　　東亭

少日留歡水驛陰，莫聞歸雁動歸心。却欣因賣巴人調，買得《陽春》、《白雪》音。

呈書記元玄川　　　　　　　　　　　　　　　　東亭

海陸千萬里，寒燠七八月，不憚險不辭勞，遙隨三大使，實遂大丈夫四方志者，足下之謂乎? 僕野人也，雖不可入君子室，景注之不可止，來執謁下風。敢呈巴調，願得高和比連城寶。

喜見星軺殊域通，大夫詩賦自應工。憐君萬里來修好，恰似公孫觀國風。

和星野東亭　　　　　　　　　　　　　　　　　　　　　玄川

歷落長橋曉靄通，蒹篷竹舫走篙工。君家定在榕木下，野外春浮細細風。

再和前韻謝元玄川見和　　　　　　　　　　　　　　　　東亭

舟車到處信音通，奉使仙才賦亦工。萍水縱慊言語異，欲酬花鳥與春風。

呈書記金退石　　　　　　　　　　　　　　　　　　　　東亭

禹穴、江淮遊四方，發諸文辭者，太史公之業也，足下此行庶幾哉。僕以野人來執謁，蒹葭玉樹，實慚形穢。茲呈拙詩一首，莫惜高和，榮幸萬萬。

弁冠劍佩映朝陽，吹送春風大國香。到處若論遷史業，遠遊賦就見飛揚。

和星野東亭　　　　　　　　　　　　　　　　　　　　　退石

春日遲遲已載陽，東風路挾橘柑香。見君詩律清如許，應得高名海外揚。

再和原韻謝金退石見和　　　　　　　　　　　　　　　　東亭

書劍飄飄入尾陽，文雄嘗唱日東香。仙才元有神明助，不怪詩名擅異鄉。

呈良醫李慕菴　　　　　　　　　　　　　　　　　　　　東亭

君子至此，我未嘗不獲見。但以館門誰何甚嚴，不可輒進，是以千方百計始來謁。聞足下以醫來。僕姓星野，名貞之，字子元，號東亭，亦業醫者也。幸以高論垂示，何榮加之？鄙詩一章，謹表嚮往之情。乃得高和, 珍藏以遺諸子孫。

聲名爭比越人賢, 正見優遊起虢年。爲是貴邦出蓂草, 禁方下得似神仙。

慕菴曰: "遠來相訪, 荷荷。不佞以醫來此, 則詩之唱和, 不但所掌, 行事甚迫, 當俟西歸之日。而尊是日東名醫, 則與之論醫理, 可也。【於此乎有醫論數番, 非有甚奇事, 故略于此。】

《問槎餘響 卷下》

伊藤維典伯守 輯

三月晦日, 再呈學士、三記室啓　　　　　　　　　　　　冠峯

龍節西向, 再憩於越驛, 諸賢起居, 淸勝恭賀。嚮者, 文旆之東也, 僕
在此賓館中, 辱一面識, 爾來十數日, 渴想風彩, 殆入夢寐。不幸適有
采薪之憂, 不能陪祖席, 遺憾不可言。聊因禿筆, 以敘別, 幸無惜高和,
以爲他日顏色而已。伏惟歸程稍已向暑, 山海萬里爲道, 自玉惟祈。

送南秋月還朝鮮國　　　　　　　　　　　　　　　　　　冠峯

周冠不改自巍峩, 博物驚君賦咏多。玉笥紅霞流染筆, 靑蓮白雪散爲
歌。觀風已盡東方地, 探勝將歸北海波。別後相思唯有夢, 各天明月奈
情何。

和冠峯　　　　　　　　　　　　　　　　　　　　　　　秋月

琶水洋洋蓉嶽峩, 我琴無事海山多。仙鄉沆瀣生衣履, 澤國風雲入歙
歌。了盡乾端旋蟻磨, 收來芥裡傲鯨波。東人漫惜塵間別, 淸淺麻姑問
幾何。

送成龍淵　　　　　　　　　　　　　　　　　　　　　　冠峯

蓬萊雲五色, 菡萏雪千秋。作賦歸鄉國, 乘槎犯斗牛。圖傳辰、弁、
馬, 禮貴夏、殷、周。近望佳賓幕, 離情幾日休。

和冠峯　　　　　　　　　　　　　　　　　　　　　　　龍淵

客路春仍復，鄉愁日抵秋。斷橋浮白霍，歸舶下黃牛。水驛人相待，
星槎月幾周。題詩情黯黯，離別此生休。

送元玄川　　　　　　　　　　　　　　　　　　　　　　冠峯
《登樓賦》就返東華，望盡江山錦爲霞。信美春光君記取，歸驕日本白
櫻花。

送金退石　　　　　　　　　　　　　　　　　　　　　　冠峯
故國三千里，佳人衣錦歸。春風二三月，花傍錦衣飛。
和冠峯　　　　　　　　　　　　　　　　　　　　　　　退石
夜宿花林下，詩朋不遇歸。思君惆悵意，征馬去如飛。

重別秋月賦得《梅花落》　　　　　　　　　　　　　　　冠峯
飄然畫錦使臣衣，直向金剛萬丈歸。落盡春風笛中恨，梅花曲裡逐
君飛。
重和冠峯　　　　　　　　　　　　　　　　　　　　　　秋月
松雨微霑白袷衣，隔年遊子度春歸。獨憐幽谷嚶鳴鳥，碧海仙鵬未
共飛。

重別三記室　　　　　　　　　　　　　　　　　　　　　冠峯
動是人生心事違，天涯一望思依依。離情却似萍浮水，萬里風烟送
客歸。

重和冠峯　　　　　　　　　　　　　　　　　　　　　　玄川
春盡芳盟此地違，三韓客子更依依。子規啼過江亭晚，雲外聲聲揮

淚歸。

三月廿九日，歸輿再憩于尾州於越驛，僕時在今須驛，寄詩於於越
賓館。

寄南秋月於尾州於越驛　　　　　　　　　　　　　　　　勝山
　使節東關外，江山道路賒。玄黃歸客馬，紅白驛亭花。囊底詩裁錦，
毫端字簇霞。會顏知不遠，回首望雲車。
和田勝山寄示韻　　　　　　　　　　　　　　　　　　　秋月
　記得橋頭送，梅天晚眺賒。詩傳江寺雨，春盡野村花。客路愁黃瘴，
仙舟問紫霞。濃州曾宿處，應復喜迎車。

寄成龍淵于尾州於越驛　　　　　　　　　　　　　　　　勝山
　河梁分手後，滿目白雲重。留得琅玕贈，杳然冰雪容。遠遊憐艸色，
新曲挹芙蓉。相待龍淵劍，精光照美濃。
和田勝山寄示韻　　　　　　　　　　　　　　　　　　　龍淵
　梅花相送處，歸路綠陰重。忽見傳來札，如逢別後容。雨旌迷浪泊，
風馭背芙蓉。明日今亭會，深林鳥語濃。

寄金退石于尾州於越驛　　　　　　　　　　　　　　　　勝山
　冠冕致華美，翩翩奉使榮。曾傳鄒、魯道，更結和、韓盟。文斾拂雲
返，客星照夜明。望君情轉切，屈指數行程。

和田勝山寄示韻　　　　　　　　　　　　　　　　　　　退石
　羸瘁兼衰病，風霜損衛榮。名區纔了債，隣國遠修盟。雁札傳心遠，

驪珠刮眼明。多情田氏子, 計日候前程。

三月卄九日, 再寄詩於大垣賓館。

寄南秋月于大垣　　　　　　　　　　　　　　　　　　　勝山
今夜輜車何處停, 盈盈一水浸空靑。管絃遙徹春雲外, 小子欣然待
驛亭。

再和田勝山寄來韻　　　　　　　　　　　　　　　　　　秋月
舊客還歸舊寺停, 夜鐘聲濕佛燈靑。君家知在淸江北, 詩寄長亭與
短亭。
【勝山先寄詩于尾州, 復寄于大垣故云。】

寄成龍淵于大垣　　　　　　　　　　　　　　　　　　　勝山
垣城當夜客星寒, 咫尺相思握手難。再會良緣天不厭, 明朝邀作一
場歡。

再和田勝山寄來韻　　　　　　　　　　　　　　　　　　龍淵
勝山何處白雲寒, 惟恨人間縮地難。竝札寄來情不淺, 共期明日摻
袍歡。

寄金退石于大垣　　　　　　　　　　　　　　　　　　　勝山
咫尺風光千里遙, 佳人何處駐歸輺。相思試向垣城望, 龍氣蒼茫當
夜驕。

再和田勝山寄來韻　　　　　　　　　　　　　　　　　　退石
藤館春雲百里遙, 情朋佇立待星輺。逢君欲和《峨洋曲》, 惟恨征驂去
如飛。【未韻】

三月晦日, 韓使再憩于濃州今須驛, 僕在賓館中逢迎。

【秋月稟】:"解鞍之際, 欲見君, 幸已來訪。多謝。"

【勝山答】:"再得握手於一堂上, 豈不歡然乎?"

【秋月稟】:"驛亭辱竝札, 敬承厚意。所寄示盛作二首已和訖, 今持來以贈, 幸還擲。"【時出前所錄○和章二篇。】

【勝山答】:"奏巴曲, 謬賜高和, 幸固出望外, 敬謝。"

席上重呈南秋月　　　　　　　　　　　　　　　　　　勝山

秋月先生標格高, 殊方奉使氣何豪? 霓旌雲拂扶桑曉, 桂棹春浮渤海濤。天上彩星隨發軔, 人間白雪在揮毫。盛功明日酬明主, 雨露偏應滿錦袍。

三和田勝山　　　　　　　　　　　　　　　　　　　　秋月

翠竹千竿鷺跱高, 妙年詞藻亦雄豪。春山遠別虹橋柳, 雲帆長思鰐水濤。躑躅花前清客榻, 藤蘿寺裡寄詩毫。此樓一散成終古, 莫怪臨岐更摻袍。

送南秋月還朝鮮　　　　　　　　　　　　　　　　　　勝山

楊花渡北是君家, 奉使遙還海上槎。別後相思千里夢, 應隨明月到天涯。

和田勝山送別韻　　　　　　　　　　　　　　　　　　秋月

分袂今須驛上家, 輕風小雨送仙槎。別來看月應相憶, 我在城東漢水涯。

【秋月稟】:"珍儀多品, 實出心貺, 攢謝無已。印楮一卷敬呈, 笑留爲望。"

【勝山答】:"寶牋盛貺, 粉花溢目, 長收於文房, 以爲終身之榮也。時際春夏, 伏乞爲道自愛。"

【秋月答】: "臨岐, 唯有滿袖之淚痕耳。"

【龍淵稟】: "吾輩東州, 談無日不道勝山。況道中再書殷勤之托盛意, 至今感戴。"

【勝山答】: "分袂以來, 渴想風彩, 殆入夢寐, 何料君於稠人中, 特枉眷顧? 可謂千載之奇遇也。昨所奉寄二詩, 忽辱高和, 感荷。"

席上呈成龍淵　　　　　　　　　　　　　　　　　　勝山

何意蒹葭對玉人, 高筵密坐更堪親。彫蟲混俗空餘技, 相馬逢君始有眞。冠佩長傳周代美, 櫻花偏媚日東春。歡中莫使離歌起, 黃鳥聲聲呼友頻。

【龍淵稟】: "今日冒雨來, 病憊不堪, 盛作甚多, 而勢難奉和, 如何?"

【勝山答】: "瓜投豈敢望瓊報? 勿敢煩想。"

【龍淵稟】: "富山絶句欲書贈, 如何?"

【勝山答】: "幸見示。"

合詠金剛、富山　　　　　　　　　　　　　　　　　　龍淵

眞精分作二奇巒, 一落蜻州一在韓。不必相爭吳楚長, 只宜均占雁台觀。

成龍淵合詠富山、金剛見示, 席上和呈　　　　　　　　勝山

八葉蓮花雪作巒, 高含海表壓三韓。君看日本鐘零地, 孰似金剛供大觀。

送成龍淵還朝鮮【此詩題于扇面以贈，副以書刀二柄。】　　　　　　　勝山
花謝水流日月徂，誰憐此別隔江湖。愁心偏有飛雲似，片片送君君
識無？

【龍淵稟】："盛貺敬領厚意。此行誓不受人惠物。雖然於勝山何托辭乎？
所題於便面，盛作卓有餘情，感佩。若路中有暇和成，則到大坂城，當
托石金谷。"

【龍淵稟】："松墨三箇，便面一握，【題曰：'溫溫恭人，維德之基。'小華、龍淵爲
勝山書。】聊以表感篆之忱。"
【勝山答】："珍藏以爲別後顏色耳。"
【龍淵稟】："再會無期，黯然銷魂，勝山珍重自愛，以副區區之誠。"

席上重呈元玄川　　　　　　　　　　　　　　　　　　　　　　　勝山
大國詞人才氣驕，仙舟相送望高標。三山海上移龍旆，五色雲中奏鸞
簫。香閣春風花片片，昔丘烟霧路迢迢。詩篇已識懸珠玉，光動西歸使
者軺。

【玄川稟】："今日冒雨來，服巾爲泥見汚，僕自濯之，故未暇奉和。慙負
慙負。到浪華後，當托石金谷和呈耳。貴貺多品感領，欲奉報盛意，旅
裝紛紛，路中所詠《富山》一律書贈，以代薄儀。

詠富山　　　　　　　　　　　　　　　　　　　　　　　　　　　玄川
不自爲高衆所宗，頂分沆瀣腹蛟龍。霞標獨占三千界，雪色因逃十二
封。平地尋常看岵嶁，中天縹渺擢芙蓉。各敎北客留題品，雲霧終開半

日容。

　　卒次元玄川《詠富山》韻　　　　　　　　　　　　　　　　勝山

　大嶽崚嶒所仰宗, 勢跨三國蟄神龍。非徒呼吸通閶坐, 誰得文章擬岱封。雪氣春開銀世界, 雲光日曬玉芙蓉。留題獨有雞林客, 暗使名山讓婉容。

【玄川有謝語。】

　　席上重呈金退石　　　　　　　　　　　　　　　　　　　勝山

　江山探勝路悠悠, 君自周南大史遊。一代風流傳郢曲, 千年神物映吳鉤。天分菡萏峯頭雪, 花滿琵琶湖上樓。相遇忽生離別恨, 靑靑柳色送歸舟。

【退石稟】: "僕宿病更發, 不能做詩, 乞諒察。便面盛貺, 復出望外, 拜謝。客橐是罄, 聊呈一小筆, 略表微誠, 笑領。"
【勝山答】: "僕非靑蓮, 不意得公之生花筆, 勝盛作者萬萬。"

【慕菴稟】: "向拜草草, 切耿悵。昨於大垣旅館, 承惠書, 以審起居安勝, 欣慰欣慰, 而今又相逢可喜。昨所承疑問八條, 今此奉答, 高明幸察。"
【勝山答】: "重承餘論, 感佩有餘, 不獨僕幸, 同學者受其賜耳。"【醫論筆語詳于回書秘圖, 故不贅于此。】

　寶曆甲申春三月, 二豎爲祟, 偶聞韓使已西, 乃因石川金谷, 寄書于製述官、三書記于大坂賓館, 時館中有變事也, 故無和答。事詳于南秋月、金退石、成龍淵所報吾大湫先生書及丹羽記室書。

呈朝鮮國製述官典籍南秋月書　　　　　　　　　　　　　　田淡州

友豈以面焉乎? 昔夫子以貌失之子羽。聖且然, 況下焉乎! 友豈以面
焉乎? 余讀《孟子》書, 至"一鄕善士, 斯友一鄕之善士, 於國及天下亦然。
然爲未足, 又尙論古之人。頌其詩, 讀其書, 不知其人, 可乎? 是以論其
世也, 是尙友也", 未嘗不癈書而歎也曰: "嗚呼! 友豈以面焉乎?" 僕始聞
公等將東, 怒如調飢, 尋及之東, 僕病而不能執鞭而從也。恨可知也?
適見浪華吟及今須驛所唱酬友人之詩, 霍然病已。乃投袂而起, 蹻及于
蓬萊, 笻及于墨俁, 而不能及也。歸則復病, 病逾奇時, 復聞公等轅西,
悵然自失。嗟呼, 噫嘻逖矣, 西土之人, 卽忻慕焉, 不知所愬之。夫友也
者, 友心也, 友豈以面焉乎? 然則, 何必晤言一堂之上, 接盃酒之歡乎?
公幸無拒僕獻芹區區之心, 野詩伏冀賜高和, 以明友也者友心之意已。

呈南秋月　　　　　　　　　　　　　　　　　　　　　　　淡州

使者風流一代才, 干旄子子大東開。寄詩交擬通家好, 揮筆人仍縮地
來。五嶋遙浮滄海外, 三韓隔在白雲隈。卽今非獨衣爲錦, 麗藻兼看繡
足裁。

呈朝鮮國三書記書　　　　　　　　　　　　　　　　　　淡州

詩不可以已。不其然乎? 古之時, 天子五年一巡守, 命大師, 陳詩以
觀民風云。蓋詩者, 志之所之也, 宜乎其有朵詩之官。詩不可以已, 不
其然乎? 孟子曰: "今之樂由古之樂也", 詩亦然。古邈矣, 人與骨皆朽[12]
矣, 不在彼, 其在此乎; 不在古, 其在今乎? 今玆甲申之春, 余病在牀蓐,
當公等馬首東也, 不能出而謁焉。天之使余絶大國君子何如哉? 近得公

---

12 원문에는 '朽'로 되어 있으나 '朽'로 바로잡는다.

等之詩而讀, 抵掌曰: "有是乎!" 昔延陵季子聘魯, 而觀周樂, 至歌齊風, 曰: "美哉! 泱泱乎大風也哉." 古邈矣, 人與骨皆已朽[13]矣, 不在彼, 其在此乎; 不在古, 其在今乎? 假令延陵氏而在, 又當爲足下道已. 詩不可以已, 不其然乎? 鄒子有言曰: "中國外如赤縣、神州者九", 吾徵之貴邦, 又徵之吾邦, 而後人才代出, 表其東海乎, 吾始信其非妄也. 於是, 益悲其絶若人焉.《詩》云: "未見君子, 憂心忡忡", 其未見君子也, 懷之不已. 鄙詩奉上左右. 非能一鼓公等之詩, 亦唯買餘勇也. 公等若有賜, 何幸加焉?

呈成龍淵　　　　　　　　　　　　　　　　　　淡州

上國群賢才自豪, 搖搖旌節涉波濤. 千帆風雨鰲身黑, 一樣樓臺蜃氣高. 路隔關門初占紫, 槎浮磯石入揮毫. 詩情正有江山助, 歸日知君著《反騷》.

呈元玄川　　　　　　　　　　　　　　　　　　淡州

江左才名重古今, 投書却欲結蘭金. 偏懷北海開尊興, 未卜南州下榻心. 細雨聲寒春色暮, 閑花落盡野雲深. 朱絃莫使人間聽, 爲我一彈山水音.

呈金退石　　　　　　　　　　　　　　　　　　淡州

聞道雞林使者過, 滄溟雨散錦帆多. 高名元屬靑雲器, 絶唱兼傳《白雪歌》. 花落歸期春縹緲, 天寒旅夢月婆娑. 西來行値風光好, 試賦新詩問薛蘿.

---

13 원문에는 '朽'로 되어 있으나 '朽'로 바로잡는다.

通刺

僕姓谷, 名顯仲, 字孚先, 號雄江, 伊勢州朝明縣人也。桑名大湫南宮喬卿門人, 以講授爲業。今也寓於平安, 往者在桑名縣也。聞諸公之至, 喜而不寐, 欲走謁不能。不幸有寒疾, 故托鄙詩於友人天柱小屋子壽者, 呈秋月南公及三書記各案下。今又公等聘事旣終, 聞文旆西歸, 特來將謁, 館內有變事, 不能一面。因不自量敢呈鄙詩秋月南公及三書記各案下。若賜高和, 足以償夙願已。

呈南秋月　　　　　　　　　　　　　　　　　　　　雄江

金城一片澒頭開, 此日思君好耐裁。昨夜東方遙擧目, 關門紫氣逐君來。

呈成龍淵　　　　　　　　　　　　　　　　　　　　雄江

翩翩彩筆本奇才, 奉使追隨此地來。航海棧山千萬里, 遠遊詩草幾篇裁。

呈元玄川　　　　　　　　　　　　　　　　　　　　雄江

芙蓉峰與衆山殊, 捧出雲間白雪孤。正是日東佳景地, 到時仰見有詩無。

呈金退石　　　　　　　　　　　　　　　　　　　　雄江

路傍春盡子規初, 借問客愁方若何。各地山川揮筆記, 此時那讓右軍書。

稟　　　　　　　　　　　　　　　　　　　　　　　雄江

僕友人有中川九皐者, 有疾不能來謁, 故托其詩於僕奉呈。若賜高和, 其喜如何? 莫使僕帶不致心之罪。

稟　　　　　　　　　　　　　　　　　　　　　　　雄江

嘗聞公等以宋儒爲祖。宋沉仲固[14]云, "道學之名, 起於元祐, 盛於淳熙。其徒讀書作文者, 則目爲玩物喪志; 留心政事者, 則目爲俗夫。其所讀

者, 止《四書》、《近思錄》、《通書》、《大極圖》、《東西銘》、《語錄》之類,
自詭其學, 爲正心修身齊家治國平天下, 然考其所行, 則言行不相顧。
云云." 僕固陋未敢知所以宋儒必是、漢儒必非。然至如沈氏之說者, 漢
儒豈悉廢之乎, 宋儒豈悉取之乎? 我聞之大湫云。

送南秋月還朝鮮　　　　　　　　　　　　　　　　　　　　雄江

楊柳靑靑客舍前,《渭城》一曲唱悽然。卽今猶說生離別, 使節再遊知
幾年?

送成龍淵還朝鮮　　　　　　　　　　　　　　　　　　　　雄江

縹緲望迷滄海中, 嗟君此去向西風。別來彼此山河隔, 兩地音書何
處通?

送元玄川還朝鮮　　　　　　　　　　　　　　　　　　　　雄江

錦纜將歸釜海濱, 朝來相送客愁新。各天隔處千餘里, 別後交歡更
幾辰?

送金退石還朝鮮　　　　　　　　　　　　　　　　　　　　雄江

客有將歸不可留, 離筵淚落浪華流。連城白璧君懷去, 道路逢人無
暗投。

通刺

僕姓中川, 名鳴鶴, 字九皐, 號城山。方今來學桑名縣南宮喬卿者。諸
公風波無恙, 涉此土, 而終使命, 至喜可知。疇日聞諸公之至也, 日夜渴
望, 日以爲歲。欲出謁, 而不幸有負薪之憂, 不得接下風, 恨不可言已。
因托蕉詩谷孚先, 以呈諸公。若幸賜高和, 小子欣幸, 勝奉謁者耳。

---

14 원문에는 '沈仲回'로 되어 있으나 '沈仲固'로 바로잡는다.

呈製述官南秋月　　　　　　　　　　　　　　　　城山

仙槎遙指九州天，且憶雞林一世賢。萬里風波傳國信，共看才氣自
優然。

呈書記成龍淵　　　　　　　　　　　　　　　　　城山

落日歸帆過水雲，高名早已大東開。殊邦從是方言異，皆道通才獨
有君。

呈書記元玄川　　　　　　　　　　　　　　　　　城山

錦帆遙指扶桑中，詞藻人推使者雄。一片芙蓉高白雪，知君總取郢
歌工。

呈書記金退石　　　　　　　　　　　　　　　　　城山

奉使風波萬里來，逢人詩藻席邊開。龍門、禹穴何須問，今代知君司
馬才。

呈秋月南學士　　　　　　　　　　　　　　　　　華陽

使君千騎向東方，托乘兼供著作郎。如此遠遊堪試賦，投來幾處滿
扶桑。

和狩野華陽　　　　　　　　　　　　　　　　　　秋月

經年裘葛弊殊方，頭白名慚載筆郎。春盡西疇看熟麥，雨中田水憶
柴桑。

送南秋月還朝鮮　　　　　　　　　　　　　　　　華陽

郵亭握手暫相親，也識風流大國賓。到日滿朝誰不羨，錦衣爭暎故
園春。

和華陽　　　　　　　　　　　　　　　　　秋月

談毫脉脉冷顏親，天末離雲悵主賓。古寺藤蘿題句處，每年應記此
樓春。

送元玄川　　　　　　　　　　　　　　　　華陽

行盡西溟萬里流，錦帆何日到靑丘。多情最是春風色，隨意吹催送
客舟。

和狩野華陽　　　　　　　　　　　　　　　玄川

富士山前金井流，琵琶湖上竹生丘。離歌總入華陽什，遠客夷猶北
去舟。

呈成龍淵　　　　　　　　　　　　　　　　華陽

東指扶桑入武城，賦成堪羨遠遊情。莫言洵美非吾土，到處家家有送
迎。無和。

送成龍淵　　　　　　　　　　　　　　　　華陽

故園遙望暮雲間，客裡詩成動別顏。不是龍淵探暗穴，可能容易奪
珠還。

和狩野華陽　　　　　　　　　　　　　　　龍淵

家在琵湖、富嶽間，白雲淸月滿疎顏。櫻花落盡離亭裡，詩送行人萬
里還。

送金退石　　　　　　　　　　　　　　　　華陽

春盡關河淑氣微，聞君此日賦將歸。往來無恙文章色，別自成花照
錦衣。

和狩野華陽　　　　　　　　　　　　　　　　　　退石

長橋十里雨霏微, 槎節迢迢遠客歸。人自華陽跨驢至, 三嶋烟霞半濕衣。

稟南秋月　　　　　　　　　　　　　　　　　　　金谷

往日幸侍左右, 一面心醉, 不得遽歸, 留此地, 待諸公之西, 至于今矣。公幸跋涉無恙, 竣東武之盛禮, 入西攝之賓館。如僕願欲再把禿筆, 陪盛筵, 不圖館中有變事, 而不得陪侍, 遺憾不可言。呈野詩, 以聊酬夙志云。

贈南秋月　　　　　　　　　　　　　　　　　　　金谷

憶昨相逢席上珍, 別來夜夜夢難眞。那圖今日西歸日, 不見清筵一美人。

稟金退石　　　　　　　　　　　　　　　　　　　金谷

僕石川氏, 名貞, 字太一, 號金谷。往者, 與南、成、元三公, 周旋筆語, 公獨病在牀蓐, 不得一面, 是爲恨耳。今也大禮已畢, 西歸期近。如僕庶幾, 亦陪盛宴, 望顏色, 館中變事, 有妨良會, 可謂及池魚[15]。因賦一絶, 呈左右。

贈金退石　　　　　　　　　　　　　　　　　　　金谷

高士風流屬國華, 知酬壯志遠辭家。遙持金節還歸日, 何讓當時博望槎。

---

15 '及池魚'는 '城門失火, 殃及池魚'에서 나온 말로 '殃'자가 빠진 것으로 여겨진다.

送南學士、三書記還朝鮮國　　　　　　　　　　　　　　金谷

倉皇何事忽相違, 對此千行淚濕衣[16]。閱歲行程裘葛換, 懷人鄕國鯉
鴻稀。鶴凌玄海灘頭度, 客向丹陽[17]岳頂歸。若箇風光君記取, 吾魂隨
着去帆飛。

稟南秋月　　　　　　　　　　　　　　　　　　　　　　金谷

請貴邦諺文, 以中華文字, 譯之。【有字無音, 故不載錄。】

稟元玄川　　　　　　　　　　　　　　　　　　　　　　金谷

此是貴邦之船漂着長門港口之時中所載來書也。想當貴國之字, 爲
我譯之。【音義共不可知, 故今不載於此。】

稟南秋月　　　　　　　　　　　　　　　　　　　　　　金谷

僕聞大湫云"胡元瑞《甲乙剩言》載: '劉元子從朝鮮還言, 彼中書集,
多中國所無者, 且刻本精良, 無一字不做, 趙文敏因言, 我朝鮮之役武
人殘毀之, 由實所謂典籍一大厄會也。'" 然貴邦古書不多有。雖世所行
之書, 亦或然。以是觀之, 不啻武人殘毀之故而已。往年戊辰貴邦修聘
之時, 我南宮大湫與朴仁則先生, 旣言之矣。方今歲貢大淸典籍所親見
也。僕嘗西遊肥長崎, 與淸人相會者數, 略聞其國之典籍中, 如我邦所
存古書殊無之, 不知何以至此乎。公等學富識明。雖然至貴邦書乏, 頗
有所苦。不知何書資考證且爲廣聞見乎。

稟成龍淵　　　　　　　　　　　　　　　　　　　　　　金谷

僕輩與公等, 相會之詩, 若筆語輯爲二卷, 名《問槎餘響》。刊將藏之

---

16 원문에는 '裳'으로 되어 있으나 운자가 맞지 않아 '衣'로 바로잡는다.
17 글자가 분명치 않은데 '丹陽'으로 추정된다.

家。伏乞公弁之一言，不啻借重，僕輩亦藉是，得聲稱於世。日月螢光竝照者，在公之一言耳。敢請。

稟秋月、龍淵、玄川　　　　　　　　　　　　　　　　　　金谷

吾邦文物日闢，俊傑日起，且太平日久，海內富溢也。唐山賈人貿易肥長崎者，無虛歲矣。以故，珍奇之書，往往傳播吾邦，是以吾邦之人，亦學識大踰越乎前代云。昔在我先王有航海之使，問禮制李唐，擬冠服姬周，爾後風俗敦厚，率從簡便。然其所貴者，姬、孔之道；其所本者，孝弟之敎。凡上自朝廷公卿大夫，下至閭巷衆庶，壹是其稱君子國者，豈虛語乎？是以儒雅，競以木鐸，一時其麗不億。以僕所聞言之，平安有伊藤東所先生[18]，嗣家學，龍洲父子、武梅龍、芥丹丘、淸北海、浪萊陰、皆川淇園、林東溟諸公，其他未知者，不可僂指。東武有物、服二先生，嗣家學，餘熊耳、松崎篠山、劉龍門、木蓬萊、紀平洲、井太室，諸至其從事乎丹鉛者，又不可枚擧也。其散在列國者，肥後有玉山秋先生，旣矜式其國，又有藤鳳來，已仕唐津。至如我伊勢國，有僕所師事南宮大湫，又洞津有奧田蘭汀，仕其國。是皆今世以儒學起者，或出或處，或爲諸侯之師，或爲公卿之友，而旣掩映乎一時，豈不盛乎？除之皆公等所經歷之國，悉出謁者，不必言，至其不出謁者，何啻仟佰？是唯擧其所知耳。方今兩國通信使事旣畢，僕願接諸公，不可得也。於是謂吾邦治化之盛，文物日闢，俊傑日起也，公等西歸之後，聊以爲詞林談柄耳。

右贈詩質問，大湫書二封，友人田淡州書一封，谷雄江書一封，因丹羽記室，奉呈南、成、元、金四君各案下。若賜高和尊答，敢請托丹羽記室。維祈。

石川貞頓首拜

答石川金谷

見問諸條, 亦未能奉對。殊負問寡之意, 尤爲歉歎。亦奉尊師之盛敎
《星槎餘響》序文之托, 且承足下俯托, 竝不得仰報, 種種可歎。煩源典
翰, 各傳致。

南秋月、成龍淵、元玄川頓首拜

遙和寄田勝山以叙別

今須驛路雨聲寒, 更覺殘春送別難。明日浪華江上望, 白雲猶記舊
時歡。

甲申孟夏, 小華歸客成龍淵題于玉樹館中, 托那波魯堂。

《問槎餘響》卷下　終

明和元年甲申九月

文泉堂

林權兵衛

平安書林

同出店

林正介

問槎餘響

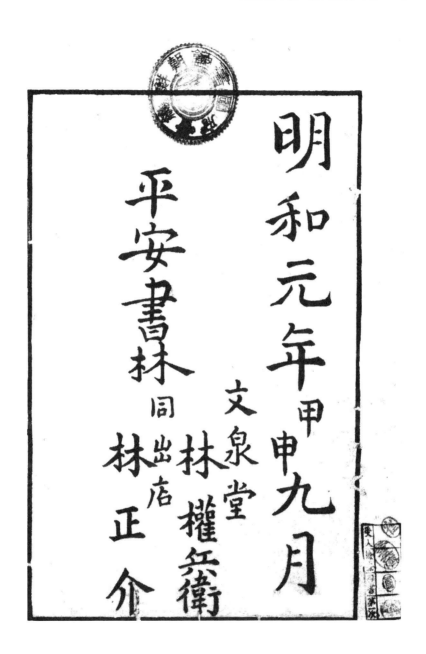

明和元年甲申九月

平安書林

文泉堂　林權兵衛

同出店　林正介

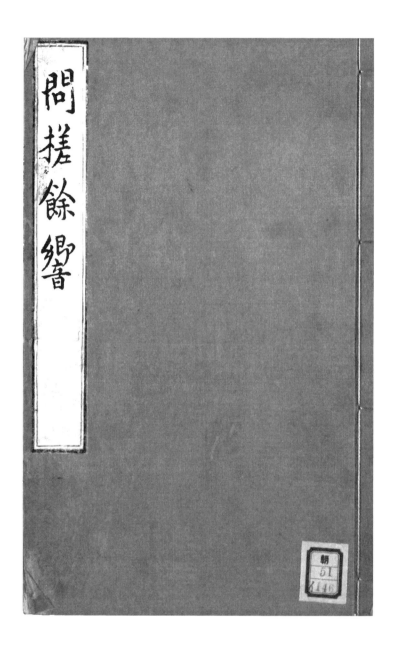

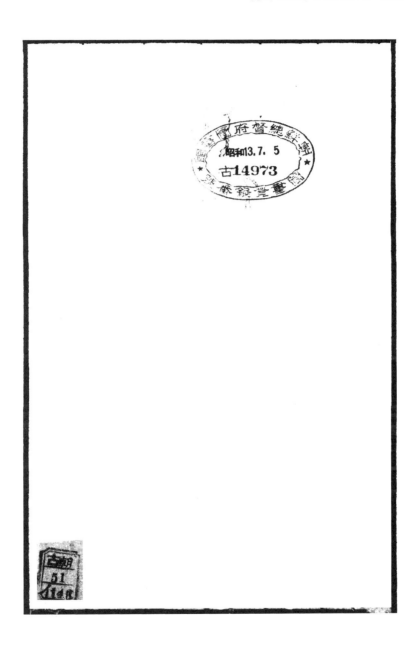

朝鮮總督府圖書
昭和13. 7. 5
古14973

問槎餘響序

歲甲申有韓國聘使，其製述官曰南氏，時
轀記室官曰成氏，士執曰元氏，子才曰金、
氏子安皆從焉，自西向東，陸舟相移往還
數千里，其間投剌通謁，以筆為舌，詩文唱
酬或三四人，或十百人，每至驛館，輒必並

進注之蟲魚。程之衡石。多多擾擾。堆案相
仍。自非才擅奪席之雄。學無撞鐘之富。則
殆將凍解於西而氷堅於東。霧釋於前而
雲滃於後。試問其退者昂昂。不謂虛而行。
實而歸。我獨蒙其霑接。要之諸學士真汪
翔靡所不有耳才學亦可知矣。其為詩也。

飜窠換臼，不勦不襲，橫心所出，筆受腕運。

變態觸發唯其所適，是故郵籤與夫皆足

奇與不必靜女祈父矣，諧詞謔語皆足觀

感。不必擬漢摸魏矣。時韞嘗謂余曰。貴邦

人競進不已。不得不用。行雲流水法中夜

思之愧汗沾背。士執亦曰。草卒屬篇。雖使

問槎餘響〔亨〕

－5－

李杜當此味必能盡作清平三疊秋興八

首益知其所畜有淵源焉鳴虖世方貴嘉

隆之僞體乞墦嚇腐爛熟溢目余所以特

喜諸學士者以其新也譬之膾炙翻古出

新極烹苞之巧則為珍美矣三朝三暮數

進而不變臭味俱敗猶以為珍美也乎人

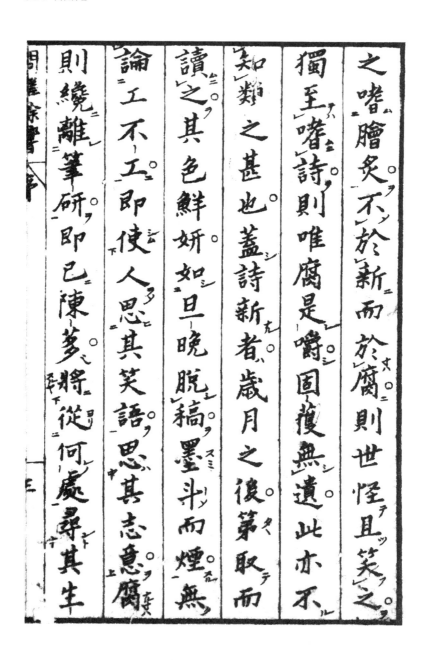

之嗜膾炙，不於新而於腐，則世怪且笑之，
獨至嗜詩，則唯腐是嚼，固復無遺，此亦不
知類之甚也。蓋詩新者歲月之後第取而
讀之，其色鮮妍。如旦晚脫稿，墨斗而煙無
論工不工即使人思其笑語，思其志意，腐
則繞離筆研，即已陳蔓，將從何處尋其生

靈耶。詩道貴新賤腐。為此也。勢州人石川

氏太一。與其諸友同會于韓國四學士及

醫官諸輩。各有唱和筆語。伊藤氏伯守金

谷此徒也。編錄為卷。題曰問槎餘響。素序。

因序其由。併論詩道新腐之異。若夫金谷

諸友錦心繡口。各出機軸。則其人具存。欲

知者就而問之可也不復樸余言

曾堂那波師曾　撰

崎陽平千里書

問槎餘響姓名

金谷 勢州菰野人 石川名貞字太一

雄江 勢州谷名顯字仲字芋先

龍山 勢州伊東名懇字子惠

天柱 勢州小屋名常齡字子壽

星河 勢州大嵩名要字公柁

淡州 勢州田中名軼字君祐

冠峰 姓伊藤名一元字吉甫 勢州人今住濃州笠埜人 勢州

勝山 濃州須賀人 姓田名立杰字士炗

問槎餘響　卷一

韓客姓名

東亭　姓星野　名貞之　字子元　濃州北縣人

華陽　濃州壘殷人　姓狩野　名美濟　字世伯

秋月　姓南　名玉　字時韞　製述官

龍淵　姓成　名大中　字士執　正使書記

玄川　姓元　名重擧　字子才　副使書記

退石　姓金　名仁謙　字士安　從事書記

慕菴　字聖甫　名佐國　姓李　醫員

丹崖　姓南　名斗旻　字天章　醫員

尚菴　姓成　名大深　字灝　醫員

問槎餘響姓名　終

問槎餘響卷上

　　　　　　　　　　　　　　　　伊藤維典伯守　輯

寶曆甲申春正月二十五日余同諸君會朝鮮

製述官三書記於大坂寶館

　通刺

僕石川氏名貞字太一號金谷伊勢州蒲野山下

産其先河內人也　大湫南宮喬卿門人今也從

師居同郡桑名縣以講授為業方今之時奧封

大東外平百年四民安業困尋舊盟三大使官修

問槎餘響　卷一

善隣ノ好ヲ諸君子從ニ使シテ鄲ニ遠ク此ノ土ニ渉リ吾儕小人通

得テ下風ニ接シ而シテ晤語一堂ニ歡喜何ソ極マラン幸ヒ不ニ新タニ識ル下

交リ終身之大幸因テ賦シ野詩ヲ謹デ呈ス秋月南君ニ　成武

二君各薫下ニ若シ賜ヒ高和則チ十襲以テ珍ト爲サン已

呈朝鮮製述官南秋月　　　　　　　金谷

一出箕邦ヲ渉海来先声早已ニ　　日東開彩毫行紀名

山去何讓浮湘太史才

和石川太一　秋月初ノ書ニ余ヲ名ク余ノ固ニ無シ筆ヲ揮テ于余然シテ人將ニ理公ニ從
　　　　　　士ヲ之太ク簡ナリ也乃チ吹テ寫ス之

　　　　　　　　　　　　秋月

日ヲ日書樓ニ抱簡來筆妹強半倦時開諸君郤テ有遷賜

志老于木非吐鳳才

呈朝鮮國正使書記成龍淵　金谷

翩翩書記慶東洋囊裡明珠晝夜光不惜興餘暗投

去清瑩他日照寒鄉　龍淵

和石金谷　龍淵

河源一轍始窮洋南極文星燦燦光剩得殊方風雅

盛小楳春色散江鄉　龍淵

呈朝鮮國副使書記元玄川　金谷

使節當年王事勞難林文史畫賢豪不愁相伴方言

異清興熱時撝彩毫

和石金谷

玄川

闋歳浮沉烟水勞水窮山出見舉豪相逢不語還心

識實席悠然自把毫

金谷

異曰聞旌旆之至騁望日夜得登龍門喜出

望外僕固海濱之寄漁未聞君子之高論襄開淺

見不堪赦愧有當畜疑者一二事非犯國禁請賜

餘教籠淵敬諾請奉教閒

金谷掌聞貴國之人讀書

問槎餘響

有四還之讀願ハ以テ貴國之讀法ヲ讀之ヲ　答龍淵　民間ニ有

此ヲ讀ム士林ハ不貴之　問金谷　公有令嗣子乎　答龍淵曰有金谷

問令郎年紀多少　答龍淵　五歲問金谷　貴府是那里子龍淵

答糸幾道扨川縣　金谷問　貴堂什麼　答龍淵　士執問金谷

公所載名何　答龍淵　縣巾問金谷　南元兩位亦同子龍

答毛冠稟金谷　聞貴國之諺文自世宗莊憲王始今

記諺文者字樣扁畫恐當有誤教請政正之龍

問何人書之　答金谷　大湫所書即僕師也

文　南宮喬卿　大湫其號也　龍淵把筆大其時諸子贈

一三

－ 17 －

相仍遂ニ不卒業

金谷僕所呈詩高和已成未乎　答玄川和詩　數

問

首請姑徐徐金谷余以贈詩示曰願以貴國音大

大讀一讀龍淵以韓音高吟一遍了余以夏音讀

學士二書記寫曰難得難得

金谷今日之夕矣且將告別明日公等應發不

綢繆之至西歸之日再會於此津餘寒不可入

長途自愛ニ三公領之前途有濃州今須驛尾州於

越驛彼驛而有待各位之東遊者伊藤冠峯田勝

山星東尊伊東龍山小屋天柱大鳶星河冠峯

大湫ノ友人ト僕ト同郷ノ人也餘ハ是レ僕ノ友人也至レバ則

見ルレ之ヲ三公額ス之ヲ　余作リ禮ヲ而去ル

寶曆甲申春二月朔日　韓使憇ニ子濃州今須驛

余輩出ヅ會製述官三書記者

通刺

僕姓ハ伊東名ハ戀字ハ子惠號ハ龍山久シク居リ彼ノ醫官也方

今來リ學ブ同國ノ桑名　南宮喬卿者也今公等無ク恙

涉ルレ此ノ土欣幸何ンゾ限ラン僕性鴐鈍不レ足ラ出謁限ルレ一二

友人所ニ驅ル自ラ忘ル其ノ固陋呈シ蕪詩ヲ製述官南公及ビ書

問槎餘響 卷一

記成元金三公棠下伏乞賜高和韜匣以□我家

珍耳

問秋月 君等皆大湫弟子乎 答龍山曰然問秋月大湫何

如答龍山大湫隱居不仕無它嗜好唯詩書自娛游

執之餘放小舸垂釣耳 問秋月別號大湫乎龍山答

曰然問秋月大湫書中無贈物之言答龍山大湫書中

當具列再照問秋月大湫所遺乎龍山托余呈之秋月

答曰辭之又答是倭之所製扇子何妨受乎秋月復答

雖然固辭如公等所贈者一切辭之問秋月所和

大漱詩成、托誰答、龍山、請托我問龍淵公之郷里太此、

幾里程答、少、我郲里數殆三十二里問龍淵公派、

學、大漱者予答龍山曰然問龍淵篤志可変問龍山派、

華不見石川太一予答退后病臥不見問龍山公衣冠

名何答退后冠幅巾衣道袍乃古聖賢所著再答龍山服

先王之法服行先王之徳行可羨可羨唯不知君

之所言先王之法言乎問龍山良醫未来乎答我

也再答僕有詩呈足下敢請賜高和又答無一面

之雅而遠来相訪荷荷盛作頓掃塵眸令人欽歎

問槎餘響　卷上

而芝眉之清秀可謂　日東詞宗矣僕是以良醫

爲名則詩之唱和不徂所掌日迫西山行路甚急

未由奉別以待西歸之日如何不得談話而別別

懷悵悵答龍山　今日陰雨滂沱且事出急迫不能賜

高和恨多多若前途幸有意必便人致梁名　南

宮喬卿者萬祈慕菴又答萬里同枝薜水相逢幸二所

呈謹不忘失

呈朝鮮製述官南秋月

萬里揚帆指　日東由來麗藻一時雄我今堪結金

蘭契、此日新知箕國風

次伊東子惠

　　　　　　　　　　　秋月

針嶺孤樓琵渚東洞庭春水欲爭雄幽篁納雨濃山

報珍墨清詩見士風

呈記書成龍淵

　　　　　　　　　　龍山

翩々書記　日邊來異客襟懷對酒開閒道山東豪

桀士知君今代子雲才

次伊東龍山

　　　　　　　　　　龍淵

龍山秀色隔雲來客館花毫帶雨開弱羽可尊新來

問槎餘響　卷上

炫片時揮洒信天才

呈書記元玄川　　　　　　　　　龍山

使臣持節出都城自是高才第一名多少山川勞跋
涉西風可起故園情

次伊東龍山　　　　　　　　　　玄川

琵琶湖上彦根城摺針嶺邊金次名躋攀慕雲行不
盡煩君來問倦遊情

呈書記金退石　　　　　　　　　龍山

奉使千帆海上懸西風忽送日東天若推敏捷高

名客君是當時李謫仙

次龍山見贈韻

退石

玄年八月一帆懸經歲纔窺折木天三島風烟知遠

呈慕菴尚菴丹崖

龍山

近春風欲訪義門仙

萍水相逢談笑開一時交會氣豪哉那須今日攝醫

國妙術君元扁鵲才

通刺

常齡

僕姓小屋名常齡字子壽號天柱方今來學南

問槎餘響　卷一

宮喬卿者聞文師之東敢冒高明以呈鄙詩南學

士成元金三書記及良醫醫員小生固不足取若

一賜電覽且賜高和幸甚

問　秋月　貴庚幾何　答　常齡　以丙寅生今十九歲　秋月　鳳

成可愛問常齡浪華不見后太一乎　答　龍淵　石金谷乎

答常齡曰然問秋月君名何答常齡既具名刺名常齡宗

子壽東常齡小生友人有谷顯仲宇字先者今兹遊

平安尋將謁諸公不幸有采薪之憂乃托其詩於

小生以奉呈故賜高和乎　問秋月　托誰人　答常齡　高和

托我常齡　余友人谷羊先者　詩托余　故請賜高和

答龍淵　行忙未暇容　俟他日　答常齡西歸時　谷羊先應

於浪華出詣謹勿過忘　答龍淵　謹諾　常齡同官二人

何在未来乎　答慕養　在於上判事房

呈南秋月　天柱

錦帆無恙御風来　避迎相逢一會開　借問滿堂誰得

似翩翩本自不群才

次小屋天柱　秋月

荀興春與雨聲来　未訪寒暄筆硯間　梧竹清姿鸞鵠

問槎餘響 卷上

嘆越中還有陸郎才

呈成龍淵　　　　　　　　天柱

使星遠勒靖州天誰識舉賢聚此筵爲請新詩如報

我正驚輝煥日生邊

次小屋天柱　　　　　　　　龍淵

道前期猶在百花邊

休言形跡各分天半日文緣在償違別恨怱怱那可

呈元玄川　　　　　　　　天柱

落節新聞西極邊錦帆真向武州天束行自此君援

筆"一片"芙容在"目前"

次小屋天柱

玄川

湖上孤雲摺針邊雨中踈樹美濃天遙君不及知君

學只記英華助席前

呈金退后

天柱

翩々書記木高才此日遠從使者来佳遇良逢真罕

得何妨容我暫徘徊

次天柱

退后

白頭韓客奧才偶逐仙槎萬里來聞說三山靈草

在携君將欲一徘個

呈署卷尚蕃　　　　　天柱

李伎遙來　日本天鄉關回首白雲懸莫言大藥求

無路試問蓬菜不死仙

次天柱　　　　　　　尚卷

人生人死本由天堂待青囊肘後懸因来黃瞳飢来

飯只此偹行便是仙

通刺　　　　　星河

僕姓太島名要字公坥號星河勢州人方今學

南宮大湫者客歲閒諸公使至吾邦企望日夜天

幸不棄小子之願始接大賢之下風恭喜不可言

謹賦野詩呈南君秋月及三書記幸賜和十襲不

曾伏乞雌黃外文房之具爲贄

呈南秋月

星河

縹渺祥雲一片開併看紫氣　日東来即今非待春

牛慶爭見當年拄下才

次大島公栢　秋月

筆床茗捥一般開邱秀州醫帶雨来朝上望湖知有

問槎餘響　卷一

士山川合是孕奇才

星成龍淵　　　　　　　　　星河

極識風流儒雅賢如今彩筆本翩翩從來此會挮難

繼應惜相逢即別筵

次大島星河　　　　　　　　龍淵

風雅離亭集數賢九皐仙翮對翩翩琵湖畑水醒泉

臣刻許詩聲落補筵

星元玄川　　　　　　　　　星河

鯨波無恙自西來萬里蒼茫海色開今日堂中相値

客推君藝苑有奇才

問　星河　公和詩不成子　答文川　未成事出急迫恐未得

和可恨可恨君幸以此意致　大湫更誤他日星河星

果然則至東武托　大湫友人子　答文川謹領

呈金退石　星河

錦帆萬里駛長風文旆悠三向海東此地風光君到

後使星遙動白雲中

次大嵩星河　退石

萬里泠泠列子風令帆直到廣桑東令君備識同肥

義幸得文盟一橋中

通刺

僕姓谷名顯仲宇字先號雄江伊勢州朝明縣人

也大湫南宮喬卿門人以講授為業開公等至喜

而不森欲徃不能有釆薪之憂也故托鄙詩於友

人天柱小屋子壽者呈公等案下若賜高和足以

償風願已

呈製述官南秋月　　　　　雄江

客路江山萬軍程錦帆縹緲賦東征由來經術君家

事不羨當年董氏情

和谷孚先

　　　　　　　秋月

百里松筐擁客程孤雲遠鳥與同征谷中蘭秀難常

見春日停車空復情

呈書記成龍淵

　　　　　雄江

四方俱仰使子賢況復文章漢馬遷也識名山佳麗

地行吟更作遠遊篇

呈谷雄江

　　　　龍淵

南州遙識楚良賢喬木幽禽幾箇遷細雨離亭違一

問槎餘響　卷上

會孤濃空和白駒篇

呈書記元玄川　　　　　雄江

客中風色動春烟　遙向扶桑日出邊　多少名山拜晤

裡知君拂筆供雄篇　玄川無和

呈書記金退石　　　　　雄江

日東春至向東過　路上山川景勝多　中有芙蓉擅白

雪憶君還賦郢人歌

次谷雄江見贈韻　　　　　退石

千里青山和瞠過　醒泉風雨客愁多　旅窓竟失同文

會只和歌詳一曲之歌

寶曆甲申二月二日韓客愬于尾張於越驛余

輩會學士三書記及良醫等于賓館中

呈製述典籍南秋月啓

伊藤冠峯

御望龍節慶海東術慶星使龐河清惟秋月南君

筆鼓風雷賀吞雲夢江山為勤跂涉以安敬賀敬

賀僕姓伊藤名一元字吉甫伊勢州冠峯下逮瓦

也久懷慕藺茲接清儀洵千歲奇遇也不勝欣躍

謹賦詩一章以呈左右冀垂昭亮昌勝幸荷

問槎餘響　卷二

呈南秋月　　　　　　冠峯

彩鷁翔翔破浪來東溟萬里壯遊哉龍門禹穴君家

事何讓漢朝太史才

和伊藤冠峯

　　　　　　　　　　秋月

千艘艫舳駕梁來拾翠春遊望渺哉不識冠峯何處

在熊二光怪産奇才

呈三書記啓　　　　　冠峯

玉節錦帆翻風映日伏以諸賢鸞鳳之奇毛人龍

之英氣儀表出塵難懷絶俗此行也經秋度春洋

溪山嶮探勝觀風援筆擅賦動履萬福恭喜可知

僕筆久閣風彩幸獲今日之邂逅景御之思頻慰

於茲乎綴巴歌以攄俚懷冀淵海幸賜監諒

呈正使書記成龍淵　　　冠峯

御見朝鮮使節通彬之文質周流風帶來白玉金剛

雪散作新詩落　日東

和伊藤冠峯　　　龍淵

靄祿不待語言通杏塵冷々見古風莫爭君家童子

問白苧黃華誤沃東　僕進伊藤坟以童子問毀忻余

筆語中亦有於仁齋先生而言

問槎餘響（卷一）

陸、王ノ餘ハ汎ク寶ニ非ズ、聖人ノ也道ハ是レ攪ヲ以テ姓ヲ誤ヤ或
或指ス陸、王ヲ餘ハ汎ク要ニ不知ノ所何ノ謂ニ也間ニ非ズ僕ノ所業ヲ未々

論解

呈副使書記元玄川　　　　　　　　冠峯

文旆悠ニシテ道路長シ舟車輿ニ憲イ入東方海風山月春秋

色細化珠璣滿錦囊

和伊藤冠峯　　　　　　　　玄川

朝日蒼、瑞露長天書玉卽啓東方達人俯竹長烔

下濃紙猩毫和補囊

呈從事書記金退石　　　　　　冠峯

清秋辭國賦觀濤，筆紫連山白雪高，此日陽春東海

道笑蓉神秀對君曹

和伊藤冠峯

病骨東過萬里濤馬前遙出富山高誰知蝶域萩蓬

客日下春風見爾曹

呈良醫慕卷

退石

冠峯

時後僂方囊自青長傳古聖王函經東韋開說餘神

草愽美人沒有㸦無和

寶曆甲申春二月朔日韓使憩于濃州今須驛

問槎餘響　卷七

十五

余輩出テ會メ製述官三書記者ニ

通刺

僕姓ハ田、名ハ立杢、字ハ士茂、號ハ勝山、特來リ于館下ニ執謁ス

於左右ニ幸ニ賜容接ヲ感戴何ノ言ヲ

呈製述官南秋月

駿驚探勝度崔嵬大國風流大史才無限名山神奇

氣相鍾更膕彩毫來ル

和田勝山

秋月

細雨鳴奐下嶺嵬望湖題詠愧非才江濃伯仲俚山

水好事々多問字來

呈正使書記戌龍淵　　　勝山

萬里長江月欲流春風吹送木蘭舟明朝試向蓬萊

望五色雲垂十二樓（尾州ノ熱田ト想 搦二蓬萊ト）

和田勝山　　　　　　　龍淵

江城一路水雲流春色蘭洲繫彩舟細雨幽軒聊暫

徛野村烟氣濕盡擾

呈副使書記近玄川　　　勝山

知君家學自風流載筆追隨仙使舟五色雲中行不

問槎餘響〔卷〕

畫錦帆何日入二濃州一

和田勝山

玄川

蕭三春雨澗添流暗入二懸輿一蕩似レ舟山店忽逢二佳子一

語二風標一認得秀濃州

呈二從事書記金退石一

勝山

驛上垂楊拂二彩霞一遠遊詞客峽留レ車擕來鄢國絃中

雪忽入二春風一飛作レ花

退石　峽亦江州耶　勝山答　此濃州也退石此驛名八何。

勝山答　嶠儌今須退石此地ノ山川有二奇勝一耶答勝山

有難籠水有藤川退石 此館名何答勝山 名藤

和田勝山　　　　　　　　　退石

呈良醫李慕菴　　　　　　　勝山

曙色關門淑景分青牛欲度蹐春雲望來鬱勃眞人

氣忽作猶龍五彩文

慕菴盛作頓開寬眸令人欽歎切欲奉和而不堪

稟才荒劣路僣甚而且臨行不得奉酬當於西歸之

春風路入赤城霞藤舖舘前駐使車借問君家何處

在祗應懷圖鏡琪花

問槎餘響　卷一

時奉挹耳

稟　勝山　賓客中有以獸皮作巾着之人此巾名何也　龍淵

答　賓客中無獸皮作冠者尊必誤見矣　勝山此行

稟　賓客不飲酒何也　答　龍淵　弊邦酒禁甚嚴故宴禮亦不用耳

稟　勝山　弊邦鯛魚貴邦亦有之邪若有之則名之為何　答　龍淵　弊邦亦有稱道味魚

稟　勝山　貴邦人未冠前頭髮飾汰如何　答　龍淵　未冠前頭髮飾本視彼小童

稟　勝山　貴邦婦人飾髮其形状如何　答　龍淵　婦人飾髮與貴邦大異用髢用冠冠汰從所好樣

甚多シ勝山實容中善ク書法ニ人其姓学如何ト答ニ龍淵善ク

書法ヲ者趙ニ聖賓洪ニ聖源李彦佑ニ稟勝山貴邦ノ諱文未ダ

審ニ字體幸ニ見シ示ス答ニ龍淵諱文未ダ暇ラ書キ示ス字多キ故ニ耳僕ラ

輩今當ニ發行ス不ル得ニ穩ニ討ヲ可キ恨ム

退后君業ハ儒耶業ハ醫耶答ニ勝山僕業醫ニ稟后賤ニ疾甚シ

稟后君業ハ儒耶業ハ醫耶答ニ勝山僕業醫ニ稟后賤ニ疾甚シ

苦ニ願ニ煩ハス君ニ一ニ診セ問フ勝山其ノ所ヲ苦如何ト答ニ退テ而滿ニ問フ不ル能ハ

飲食ト余乃チ切ニ診シ職ヲ寫曰ク切スル脉ヲ左右弦而數ニ診ス腰心下痞ニ

鞕シ肌熱ニ翁々ト蓋ニ經ニ歷ス萬里ニ山海ヲ為ニ風ニ霜ノ所ニ傷ラ累日ニ

踰ニ月為リニ鬱熱之所ニ致ス也ニ路ニ入リニ駿州ニ飽ニ觀ニ冨山ニ雪色ニ

問槎餘響 卷一

則煥然氷釋耳答退石厚意繾綣多謝

退石君斐彩可愛問勝山先生善相耶答退石僕不善

相唯可愛故云答勝山謬承美譽喜愧兼臻稟退石今

當發行不能盡區々爲恨答勝山明日當奉送駕于

尾州於越驛會面在近可喜

二月三日韓使憇于尾州於越驛僕追駕至此

再會於賓館

龍淵此太今須不遍而君枉駕到此盛意可感山勝

答一違顔範不勝眷戀今復来面審旅況清勝欣

慰

再呈成龍淵　　　　　勝山

佳人桂棹度春風、仙袂飄飆彩霧中、誰道河源難可
到、神遊偏見使臣雄

再和田勝山　　　　　龍淵

肩興徐度萬杉風、芝宇重逢古驛中、薩劍濃懷光

並日南元郎冨村雄

再呈秋月　　　　　　勝山

曾督書生白鹿城、翻之経術一家名、来槎逢迂東方

地更使斯文暖兩京

　再和勝山

　　　　　秋月

筍輿春暖過江城松竹陰中問地名喜子同來輕蓋

蒼可能隨我向東京

　再呈元玄川

　　　　　勝山

天上星文照夜闌果然仙使自三韓讀首東海多奇

絶中有勝山紫氣寒

　再和田勝山

　　　　　玄川

今須一面續餘闌識得前州有一韓佳處非山人自

勝葦莚拒對，玉壺寒

再呈金退石　　　　勝山

驛亭追駕暫成歡，拂袂牽揚風不寒，縱有西歸再進

約黃鸝頻囀別離難

力病和田勝山　　　退石

和韓相會一床歡，憐我江風病感寒，惆悵與君相別

後夢魂飛到美濃難

退石　初見君已有相愛之心，又此做一席丈明，何

幸如之，俱別恨惆悵他日，顧勿相忘也　答勝山　君力

問槎餘響 卷上

尊慈而賜二瓊報一感謝春寒尚烈幸加ニ保護一只待二旅

旆之期耳

杢在別席與二良醫李慕菴一筆語（龍淵、令、尾張、某生、傳語曰、連來於學）

士之塵余乃入面

稟
龍淵
君何杢答勝山 僕在良醫之座討論醫理耳譚

起把余袂即坐分飯及箕曰餘殘之食以進君食

託曰肯酒飲燔炙芳敬受大人業賜謝龍淵

何謝之有

別田勝山　　　　龍淵

走次成龍淵

王雪誰家子、春風一水涯、西歸留好約相待、驛路花

　　　　　　　　　　　　勝山

百驛烟霞路、送君到水涯、春風吹笛起、一曲落梅花

龍淵握心千愛兵、何日忠之、答勝山

余子曰、心千愛兵、何日忠之、答、我有嘉賓中心

既之。

秋月

稟、吾欲作別君詩、好紙覓出、余乃美三一紙秋日

其詩、直寫、張某生伸義

別田勝山

　　　　　　　　　　　　秋月

田郎相送到沙頭、野竹青、管別慈州股邸前清渡

問槎餘響卷二

水夕陽橋外各分流

走次南秋月韻　　　　勝山

雨餘春色水東頭野竹休題勧客愁五十三亭行載

筆如今此別亦風流

寶曆甲申二月二日會朝鮮製述官及書記良

醫於濃州於越驛

呈朝鮮國製述官秋月南公

僕姓星野名貞北字子元號東亭比美野人紫醫

者也聞大纛之東心雄搖々有日也天賜良禄得

攀龍門何幸加焉謹裁巴調一篇敢呈左右得賜

高和長以爲珍

彩鷁長風破浪深相逢更復動離心雄姿仰見藝

聲真是朝鮮翰墨林

次星野東亭見贈韻

　　　　　　　　　　　　　　秋月

山水東南蜿蜒深高人邂逅范公心青囊不是英

事可惜摭拾委棘林

　再和頂韻謝秋月辱賜高和

　　　　　　　　　　　　　　東亭

頎蓋相逢情更深因知瓊貌復知心若悲奉命鄰交

問槎餘響〔卷上〕

日、辱、得、報、攀、君子林、

呈書記、成龍淵、

東亭

鷗舟截海星軺、樂春渉險、冒寒一路平安既達此

土、可賀、可賀、僕北、羨野人也率叩館門、見貴國、

儀茲呈鄙詩一首、得賜高和、望外之榮、

行畫關河若木陰、壯遊堪報四方心、何須此日勞重

譯、彩筆先傳正始音

和星野東亭

龍淵

長橋遠水漲春陰、到處江山悅客心、自是周冠通與

路一林啼鳥總懷音

再和原韻謝成龍淵見和　　　　　東亭

少日留歡水驛陰莫聞歸鴈動歸心却飲因賣巳人

調買得陽春白雪音

呈書記元玄川　　　　　　　　　　東亭

海陸千萬里寒燠七八月不憚險不辭勞遂巡隨子

大使實遂大丈夫四方志者足下之謂乎僕野人

也雖不打入君子室景注之不可止來執謁下風

敢呈巳調願得高和比連城寶

問槎餘響／卷上

喜見星軺殊域通 大夫詩賦自應工 憐君萬里來修

好恰似公孫觀國風

和星野東亭

　　　　　　　　　　玄川

歷落長橋曉靄通 藜篷竹舫走蠻土 君家定在榕

下野外春浮細細風

再和前韻謝元玄川見和

　　　　　　　　　　東亭

舟車到處信音通 奉使仙才賦亦工 萍水縱慵書語

異欲酬花鳥與春風

呈書記金退石

　　　　　　　　　　東亭

禹穴江淮遊四方發諸文辭者太史公之業也足
下此行廣幾哉僕以野人來執謁蓋設玉樹寶循
形檥茲呈拙詩一首莫惜高和榮幸萬三

峩冠斂佩映朝陽吹送春風大國香到處若論遷史
業遠遊賦就見飛揚

和星野東亭

春日遲遲已載陽東風路挾橘棋香見君詩律清如
許應得高名海外揚

　　　　　　　　退石

再和原韻謝金退石見和

　　　　　　　　東亭

書斂颯ㇾㇳ入尾陽支雄嘗唱 日東香仙才元有神

明助不怪詩名擅異郷

呈良醫李慕菴 東亭

君子至此我未嘗不獲見但以館門誰何甚嚴下

可報進是以千方百計始來謁聞足下以醫來僕

姓星野名貞丈字子元號東亭亦業醫者也幸以

高論車示何榮加之鄙詩一章謹表響往之情乃

得高和珍藏以遺諸子孫

聲名筆比越人賢正見優遊起號年爲是貴邦出後

草林ヲ方下キ得ル似ル神仙

慕養ロ遠ク來リ相訪フ荷ニ不倭ニ以テ醫ヲ來ル峡ハ則詩ヲ唱

和ス不倶所掌行事甚迫ル當リ候西ニ歸ル之日而導ル是ル

日東ノ名醫則與ス之論シ醫理ヲ可シ也　於テ峡ニ子有リ醫論數

峡二于　　　醫業ニ有リ甚ダ奇ノ事故

問槎餘響卷下

伊藤維典伯守　輯

三月晦日再呈學士三記室啓　　冠峯

龍節西向再憩於越驛諸賢起居清勝荼賀饗者
丈旆之東也僕在此賓館中屢一面識爾來十數
日渴想風彩殆入夢寐不幸適有采薪之憂不能
倍祖席遺憾不可言聊因禿筆以叙別幸無惜高
和以為他日顏色而已伏惟歸程稍已向暑山海
萬里為道自玉惟祈

送南秋月還朝鮮國　　　　冠峯

周冠不跋自巍峩博物驚君賦咏多玉筍紅霞流深
筆青蓮白雪散為歌觀風已盡東方地探勝將歸北

海波別後相思唯有夢各天明月奈情何

和冠峯　　　　　　　　　　　　　秋月

琵水洋洋蓉嶽我我琴無事海山多仙鄉流澄生生衣

履澤國風雲入歡歌了盡乾端旋蟻磨收來茫裡傲

鯨波東人漫惜塵間別清淺麻姑問幾何

送成龍淵　　　　　　　　　　　　冠峯

蓬萊雲五色　蓋笮雪千秋　作賦歸鄉國　乘槎犯斗牛

圖傳辰弁馬禮貴夏殷周　遅望佳賓幕　離情幾日休

和冠峯　　　　　　　　　　　　　龍淵

容路春仍復鄉愁日抵秋　斷橋浮白霮歸舶下黃牛

水驛人相待　星槎月幾周　題詩情黯黯　離別此生休

送元玄川　　　　　　　　　　　　冠峯

登樓賦就返東華望畫江山錦為霞信美春光君記

取歸驕　日本白櫻花　　　　　　　冠峯

送金退居　　　　　　　　　　　　冠峯

問槎餘響　卷下　　　　　三

故國三千里佳人衣錦歸春風二三月花傍錦衣飛

和冠峯　　　　退石

夜宿花林下詩朋不遇歸思君惆悵意征馬太如飛

重別秋月賦得梅花落　　冠峯

飄然畫錦使臣衣直向金剛萬丈歸落畫春風笛中

恨梅花曲裡逐君飛

重和冠峯　　　秋月

松雨微霑白袷衣隔年逰子度春歸獨憐幽谷鶯鳴

鳥碧海仙鵬未夕共飛

重別三記室

冠峯

動是人生心事違天涯一望思依依離情却似薜蘿

水萬里風烟送客歸

重和冠峯

玄川

春盡芳盟此地違三韓客子更依依子規啼過江亭

晚雲外聲聲揮淚歸

三月廿九日歸與再慸于尾州扵越驛僕時在

今須驛寄詩扵越賓館

寄南秋月扵尾州扵越驛　　勝山

使節朶關外江山道路賒玄黃歸客馬紅白驛亭花

囊底詩裁鏽毫端字簇霞會顏知不遠回首望雲車

和田勝山寄示韻

記得橋頭送梅夫晚眺賒詩傳江寺兩春晝野村花

客路愁黃瘴仙舟問紫霞濃州曾宿處應復喜迎車

寄成龍淵于尾州於越驛　　　　　　　勝山

河梁分手後滿目白雲重留得琅玕贈杳然水雪容

和田勝山寄示韻

遠遊憐艸色新曲把芙蓉相待龍淵劔精光暎美濃

和田勝山寄示韻　　　　　　　　　　　龍淵

梅花相送慶歸路綠陰重忩見傳來札如逢別後容

雨旌迷浪泊風馭背芙蓉明日今亭會深林鳥語濃

寄金退石于尾州於越驛　　　　勝山

冠晃致華美翩三奉使榮曾傳鄭魯道更結和韓盟

文旌拂雲返客星照夜明望君情轉切風指數行程

和田勝山寄示韻　　　　退石

嬴瘵寒衰病風霜損衛榮名區緫了債隣國遠修盟

雁札傳心遠驪珠刮眼明多情田氏子計日候前程

三月廿九日再寄詩於大垣賓館

寄南秋月于大垣　　　　　　　　勝山

今夜輶車何處停，盈盈一水浸空青，管絃遙徹春雲
外，小子欣然待驛亭。

再和田勝山寄來韻　　　　　　　　秋月

舊客還歸舊寺停，夜鐘聲濕佛燈青，君家恰在清江
北，詩寄長亭與短亭。　勝山先寄詩于尾州，復寄于大垣，故云。

寄成龍淵于大垣　　　　　　　　勝山

垣城當夜客星寒，咫尺相思握手難，再會良緣天不
厭，明朝邀作一場歡，

再和田勝山寄來韻　　龍淵

勝山何處白雲裏惟恨人間縮地難並札寄來情不
淺共期明日挽袍歡

寄金退后于大垣　　勝山

咫尺風光千里遙佳人何處駐歸軺相思試向垣城
望龍氣蒼茫當夜驕

再和田勝山寄來韻　　退后

藤舘春雲百里遙情朋佇立待星軺逢君歡和峨洋
曲惟恨征驂去如飛灰韻

三月晦日、韓使、泛慰于濃州今須驛、僕在賓館

中逢迎ス

秋月、解鞍之際欲見君、幸已來訪、多謝勝山、再得

稟ス、於一堂上、豈不歡然乎、稟秋月、驛亭厚並札、敬

握手、於一堂上、豈不歡然乎、稟秋月、驛亭厚並札、敬

兼厚意所寄示盛作二首已和訖、今持來以贈、幸

還擲時出前所錄〇勝山、奏巴曲、謬賜高和、幸甚

答勝山、奏巴曲、謬賜高和、幸甚圖

出望外敬謝

席上重呈南秋月

勝山

秋月先生標格高殊方奉使氣何豪覽旌雲拂扶桑

曉挂棹春浮、渤海濤天上、彩星隨發軺、人間白雪在、

揮毫盛功明日酬明主、雨露偏應滿錦袍、

三和田勝山　　秋月

翠竹千竿驚時高妙年詞藻亦雄豪春山遠別虹橋

柳雲帆長思鰐水濤躑躅花前讀客榻藤蘿寺裡寄

詩毫此樓一散成終古莫怪臨岐更掺袍

送南秋月還朝鮮　　勝山

楊花渡北是君家奉使迢還海上搓別後相思千里

夢應隨明月到天涯

和田勝山送別詩

秋月

憶我於城東漢水涯

分袂今須驛上裳輕風小雨送仙搓別來看月應相

棄秋月珍儀多品實出心睨攢謝興已卯楮一卷敬

呈笑留為望答勝山寶賤盛睨粉花溢目長收於矢

房以為終身之榮也時際春夏伏乞為道自愛當秋

答臨岐唯有滿袖之淚痕耳

棄龍淵吾輩東州談無日不道勝山況道中再書般

勒之托盛意至今感戴答勝山分袂以來渴想風彩

始入夢寐何料君於稠人中特枉眷顧可謂千載
之奇遇也昨所奉寄二詩忽辱高和感荷

席上呈成龍淵　　　　　勝山

何意蘘菔對玉人高筵密坐更堪親彫蟲混俗空餘
技相馬逢君始有眞冠佩長傳周代美櫻花偏媚

　龍淵
日東春歡中莫使離歌起黃鳥聲　呼友頻

　亭　龍淵
和如何答　今日冒雨來病憊不堪盛作甚多而勢難奉

和如何答　勝山　瓜投豈敢望瓊報勿敢煩想

　龍淵　富山絶句欲以奇贈如何　勝山　幸見示

問槎餘響　卷一　　二十

合詠金剛冨山　　　　龍淵

真精今作二奇巤一落蜻州二在韓不必相筆吳楚

長尺短均占雁台觀上

成龍淵合詠冨山金剛見示席上和呈　　勝山

八葉蓮花雪作巘高含海表壓三韓君看　日本鍾

零地執似金剛供大觀

送成龍淵還朝鮮贈副以書刀二柄　　勝山

題于扇面以

花謝水流日月但誰憐此別隔江湖愁心偏有飛雲

似片々送君君識哉

稟 龍淵 盛貺敬領厚意此行誓不受人惠物雖然扵

勝山 何托辭子所題扵便面盛作卓有餘情感佩

若路中有暇和成則到大坂城當托石金谷

龍淵 稟 杢墨三箇便面一握基小華龍淵為勝山書　題曰溫々恭人維德之

聊以表感篆之忱答　勝山珍藏以為別後顔色耳

稟 龍淵 再會無期黯然銷魂勝山珍重自愛以副區

區之誠

席上重呈元玄川　　　勝山

問槎餘響　卷下　八

大國詞人才氣驕仙，分相送望高標，三山海上移龍

斾，五色雲中袞鷫篇．香閣春風花片片，青丘烟霧路

逅，詩篇已識懸珠玉，光動西歸使者軺

玄川　今日冒雨來服巾為泥見汚償自濯之故未

禀

眼奉和懃貞懃貞到，浪華後當托后金谷和呈耳

貴贐多品感領，欲奉報盛意旅裝紛紜路中所詠

冨山一律書贈以代薄儀

詠冨山　　　　玄川

不自為高衆所宗頂分流瀁腹蛟龍霞標獨占三千

界雪色因逃十二封平地聲常看嶋嶸中天縹渺揺

芙蓉各教北容留題品雲霧總開半日容

卒次元玄川詠冨山韻　　　　勝山

大嶽嶒嶒所仰宗執跨三國執神龍非徒呼吸通閶

坐誰得文章擬俙封雪氣春開銀世界雲光日曬玉

芙蓉留題獨有雜林容暗使名山讓妮容

玄川有對語

席上重呈金退石　　　　　　勝山

江山探勝路修々君自周南大史逃一代風流傳郢

－ 17 －

問槎館藁　卷一

曲二千年神物缺呉鈎天分萬箇峯頭雪花滿琵琶湖

上樓相遇忽生慘別恨青青柳色送歸舟

稟石　僕宿病更發不能做詩乞諫案便面盛眠矣

出望外辛謝客藁是馨聊呈一小筆略表微誠笑

領答勝山　僕非青蓮不意得公之生花笔勝盧作者

萬々

慕卷　向辛草々切耿恨昨於大垣旅館承惠書以

審起居安勝欣慰欣慰而今又相逢可喜昨所承

疑問八条今此奉答高明幸察答勝山　重希餘論感

佩有餘不獨僕幸同學者受其賜耳醫論筆讚詳
于回青秘圓

故不贅
于此

寶曆甲申春三月二賢爲崇偶開韓使已西乃

因石川金谷寄書于製述官三書記于大坂實

館時館中有懷事也故與和答事詳于南秋月

金退石成龍淵所報吾大湫先生書及丹羽

記室書

呈朝鮮國筵述官典籍南秋月書

田淡州

－19－

問槎館響　卷下

友豈以面、爲乎昔夫予以㒵失之子羽、聖且然況下

爲乎友豈以面爲乎余讀孟子書至一鄉善士斯友

一鄉之善士、於國及天下、亦然然爲沫旦、又尚論古

之人、頌其詩、讀其書、不知其人、可乎是以論其世也

是尚友也、未嘗不癈書而歎也、曰嗚呼友豈以面爲

乎僕始聞公等將東、怒如調飢、尋及之、東僕病而不

能執鞭而從也、恨可知也、適見浪藥吟、及今須驛所

唱酬友人之詩、霍然病已、乃投袂而起、蹻及于蓬茅

筇及于墨俣、而不能及也、歸則復病、病逾意時復聞

公等輾西悵然自失嗟呼噫嘻逝矣西土之人即恃

慕焉不知所想之夫友也者友心也友豈以面爲乎

然則何必晤言一堂之上接盃酒之歡乎公幸無拒

僕献芹區々之心野詩伏箕賜高和以明友也者友

心之意已

呈南秋月   淡州

使乎風流一代才千旄孑々   大東閑寄詩交擬通

家好揮筆人似縮地来五嶌遥浮滄海外三韓隔在

白雲限即今非獨衣爲錦麗藻戔者繡足裁

呈朝鮮國三書記書　　　淡州

詩不可以已不其然乎古之時天子五年一巡守命

大師陳詩以觀民風云蓋詩者志之所之也冥子其

有采詩之官詩不可以已不其然乎孟子曰今之樂

迪古之樂也詩亦然古邈矣人與骨皆朽矣不在彼

其在此乎不在古其在今乎今茲甲申之春余病在

牀擧當公等馬首東也不能出而謁焉天之使余艴

大國君子何如哉迩得公等之詩而讀抵掌曰有是

子昔延陵李子聘魯而觀周樂至歌齊風曰美哉泱

浹乎大風也哉古邈矣人與骨皆已朽矣不在彼其

在此乎不在古其在今乎假令延陵氏而在又當為

足下道已詩不可以已不其然乎鄒子有言曰中國

外如赤縣神州者九吾徵之貴邦又徵之 吾邦而

後人才代出表其東海乎吾始信其非妄也於是益

悲其絕若人為詩云未見君子憂心忡忡其未見君

子也憬之不已鄙詩奉上左右非能一鼓公等之詩

亦唯買餘勇也公等若有賜何幸加為

呈成龍淵

淞州

問槎餘響卷下

上國群賢才子自豪揮、旌節凌波濤、千帆風雨驚身

黑一樣樓臺蜃氣高路隘關門、物占紫橙浮磯石入

揮毫評情正有江山勒、歸日知君著反駿

　　呈元玄川　　　　　淡州

江左才名重古今投書却欲結蘭金偏懷北海尊

興未上南州下榻心細雨聲寒春色蔦開花落晝野

　　呈金退石　　　　　滦州

雲深朱絃莫使人間聽為我一彈山水音

聞道雞林使者過滄溟兩散錦帆多高名元屬青雲

器絶唱簫傳白雪歌花落婦期春縹緲天寒旅夢月
婆娑西來行佳風光好試賦新詩問辭難

通刺

僕姓谷名顯仲字学先號雄江伊勢州朝明縣人
也柔名　大湫南宮喬卿門人以講授為業今
也柔名

寓於平安往者在柔名縣也聞諸公之至喜而不
篠欲走謁不能不奉有寒疾故托鄙詩於友人天

柱小屋子壽者呈秋月南公及三書記各家下今
又公等聘事既終聞支筛西歸特來將謁館內有

問槎餘響　卷下　十三

變事不能一面悶、不自量、敢呈鄙詩、秋月南公及

三書記各案下若賜高和、足以償風願已

呈南秋月　　　　　　雄江

金城一片港頭開、此日思君好耐裁、昨夜東方逢舉

目關門紫氣逐君來

呈成龍淵　　　　　　雄江

翩三彩筆本奇才、奉使追隨此地來、航海棧山千萬

里遠遊詩草幾篇裁

呈元玄川　　　　　　雄江

芙蓉峰與衆山殊捧出雲間白雪孤正是日東佳

景地到時仰見有詩興

　呈金退石　　　　　　　　　　　　雄江

路傍春盡子規初借問客愁方若何各地山川揮彩

記此時那讓右軍書

　　稟　　　　　　　　　　　　　　雄江

僕友人百中川九臯者有疾不能來謁故托其詩於

僕奉呈若賜高和其喜如何莫使僕帶不致心之罪

　　稟　　　　　　　　　　　　　　雄江

－ 27 －

問槎餘響／卷下 十四

當聞公等以宋儒為祖宋沈仲固云道學之名起於
元祐盛於淳熙懇其徒讀書作文者則目為玩物喪志
留心政事者則目為俗夫其所讀者止四書近思録
通書大極圖東西銘語録之類自説其學為正心修
身齊家治國平天下然考其所行則言行下相顧云
云僕固陋未敢知所以宋儒必是漢儒必非然至妖
沈氏之說者漢儒豈盡癈之乎宋儒豈盡取之乎我
聞之 大湫云

送南秋月還朝鮮

雄江

揚柳青々容舍前渭城丁曲唱悽然即今猶說生離

別使即再進知幾年

送成龍淵還朝鮮　　　雄江

縹緲望迷滄海中嗟君此去向西風別來彼此山河

隔兩地音書何處通

送元玄川還朝鮮　　　雄江

錦纜牙歸釜海濱朝来相送客愁新各天隔凄凄千餘

里別後交歡更幾辰

送金退石還朝鮮　　　雄江

問槎餘響　卷下

客有將歸不可留離鑑波落浪華流連城白璧君懷

太道路逢人無暗投

　通刺

僕姓中川名鳴鶴字九皋隴城山方今來學舜宕

縣　南宮喬鄉者諸公風波無恙涉此土而終使

命至喜可知疇日聞諸公之至也日夜渴望日以

為歲欲出謁而不幸有負薪之憂不得接下風恨

不可言已因托蕪詩谷子先以呈諸公若辱賜高

和小子欣幸勝奉謁者乎

呈製述官南秋月

　　　　　　　　　　　　　城山

仙槎遠指九州天旦憶雞林一世賢萬里風波傳一國

信共省才氣郎優然

　　呈書記成龍淵

　　　　　　　　　　城山

落白歸帆過水雲高名早已大東開殊邦從是方

　　呈書記元玄川

　　　　　　　　城山

言異皆道通才獨有君

錦帆遠指扶桑中詞藻人推使者雄一片芙蓉高自

雪知君總取郢歌工

呈書記金退后　　　　城山

奉使風波萬里來　逢人詩藻席邊開　龍門禹穴何曾授

問令代知君司馬才

呈秋月南學士　　　　華陽

賦投來幾慶滿扶桑

使君千騎向東方　托乘興供著作即如此遠遊堪試

和狩野華陽　　　　秋月

經生裘葛歎珠方　頭白名慚戴筆即春盡雨晴春熱

麥雨中田水憶紫桑

送南秋月還朝鮮　　　華陽

鄴亭攬手暫相親也識風流大國賓到日滿朝誰不

美錦衣裳映故園春

和華陽　　　秋月

談毫脉々爺顏親天末離雲悵主賓古寺藤蘿題句

處每年應記此樓春

送元玄川　　　華陽

行盡西溟萬里流錦帆何日到青丘多情最是

色隨意吹催送客舟

問槎餘響　卷下

和狩野華陽

　　　　玄川

富士山ノ前金井流、琵琶湖ノ上竹生丘、離歌總...

什遠客夷猶北太舟

呈成龍淵
　　　　華陽

東指扶桑入武城、賦成堪羨遠遊情、莫言洵美非吾...

土到慶家ミ有送迎　無和

送成龍淵
　　　　華陽

故園遙望暮雲間、客裡詩成動別顏、不是龍淵探暗...

穴可能容易奪珠還

和狩野蕐陽　　　　龍淵

家在琵湖冨嶽間　白雲清月滿踈顏　櫻花落盡雖其

裡詩、送行人萬里還

送金退石　　　　　蕐陽

春盡關河淑氣微　聞君此日賦將歸　性來無恙欠章

色別自成花照錦衣

和狩野蕐陽　　　　退石

長橋十里雨霏微　樣節迢々遠客歸　人自蕐陽

至三嵓烱霞半濕衣

問槎餘響　卷下　　　　　　　十八

稟南秋月　　　　　　　　　　金谷

往日幸侍左右一面心醉不得遽歸留此地侍貴公
之回至于今矣公幸跋涉無恙竣東武之盛禮入西
攝之賓館如僕願欲再把禿筆陪盛筵不圖館中有
變事而不得陪侍遺憾不可言呈野詩以聊酬風志
云

贈南秋月　　　　　　　　　　金谷

憶昨相逢席上珍別來夜夜夢難真那圖今日西歸
日不見清筵一美人

稟金退石　　金谷

僕石川氏名貞字太一號、金谷従者與南成元三公
周旋筆語公獨病在牀褥不得一面是為恨耳今也
大禮已畢西歸期近如僕庶幾亦陪盛宴望顔色館
中變事有妨良會可謂及池魚因賦一絶呈左右

贈金退石　　金谷

高士風流屬國華知酬壯志遠辭家遙持金節還歸
日何讓當時博望槎

送南學士三書記還朝鮮國　　金谷

倉皇何事忽相違對此千行涙濕裳閱歲行程衰草

換懷人鄉國鯉鴻稀鷗渡玄海灘頭度客向

頂歸若簡風光君記取吾魂隨著太航飛

禀南秋月　　　　　　　　金谷

禀元玄川　　　　　　　　金谷

請貴邦諺文以中華文字譯之真字無音
義故不載錄

禀南秋月　　　　　　　　金谷

此是貴邦之船漂著長門港口之時中所載來書也

想當貴國之字為我譯之音義共不可知
故今不載于此

禀南秋月　　　　　　　　金谷

僕聞ク 大湫云ク胡元瑞甲乙剩言ニ載ス劉元子從テ朝鮮

還テ言フ彼ノ中書集多中國所無者且ツ刻本精良無二一字

謂フ典籍一大厄會也然レ貴邦古書不多有テ雖世所行

不倣趙支敏因テ言フ我朝鮮之役武人殘毀之由實ニ所

之書亦或然リ以テ是ヲ観之ヲ不啻武人殘毀之故而已往

年戊辰貴邦修聘之時我ガ南宮大湫與朴仁則先

生既言之矣方今歳貢大清典籍所親見也僕嘗西

遊肥長﨑與清人相會者數略聞其國之典籍云

我邦所存古書殊無シ不知何以汪此乎

問槎餘響　卷下

識明雖然至貴邦書之須有所苦不知何書資乃證

且爲廣聞見乎

　　稟成龍淵　　　　　　　　　　金谷

僕輩與公等相會之詩若筆語輯爲二卷名問槎餘
響刊將藏之家伏乞公弁之一言不當借重僕輩亦
藉是得聲稱於世日月螢光並照者在公之一言耳
敢請

　　稟秋月龍淵玄川　　　　　　金谷

吾邦文物日聞俊傑且起且太平日久海内冨溢也

唐山賈人貿易肥長崎者無慮歲矣以故珍奇之書

往往傳播 吾邦是以 吾邦之人亦學識大瑜趙

子前代云昔在我

先王有航海之使閑禮制李唐擬冠服姬周爾後於

俗敦厚率從簡便然其所貴者姬孔之道其所本者

孝弟之教凡上自朝廷公卿太夫下至閭巷報廣於

曼其稱君子國者豈虛語乎是以儒雅競以木鐸一

時其驪不德以僕所聞言之亞安有伊藤東府也

嗣家學龍洲父子武梅龍芥舟位清北海之虜湿比

川淇園林東溟諸公其他未知者不可僂指東武有
物服二先生嗣家學餘熊耳松崎篠山劉龍門杖達
某紀平洲井大室諸至其從事于丹鉛者又不可枚
舉也其散在列國者肥後有至山秋先生既殁矜式北
國又有藤鳳來已仕唐津至如我伊勢國有僕所師
事兄南宮大湫又洞津有奧田蘭汀仕其國是皆令
世以儒學起者或出或處或為諸侯之師或為公卿
之友而既掩映乎一時豈不盛哉除之皆公等所經
歷之國悉出謁者不必言至其不出謁者何嘗仟詎

是唯擧其所知乎方今兩國通信使事既畢僕願接

諸公不可得也於是謂吾邦治化之盛文物日闐像

傑日起也公等西歸之後聊以為詞林談柄耳

右贈詩質問　大湫書二封友人田淡州書一封

谷雄江書一封因丹羽記室奉呈南成元金四君

各案下若賜高和尊答敢請托丹羽記室維新

答石川金谷

石川貞頎首拜

見問諸儂亦未能奉對碌員問裏之意尤為歉然亦

奉，尊師，之盛敎星槎餘響序文，必，托，且，兼，足，下佛

托，並，不，得，御，報，種々，可，歎，煩，源典翰，各，傳，致，

遙和寄田勝山以叙別　　　　　南秋月成龍淵元玄川頓首拜

今須驛路雨聲寒更覺殘春送別難明日浪華江上，

望白雲猶，記，舊時歡

甲申孟夏小蕐歸客成龍淵題，于玉樹館中，托，

那波魯堂

問槎餘響卷下終

問槎餘響

여기서부터 영인본을 인쇄한 부분입니다. 이 부분부터 보시기 바랍니다.

조선후기 통신사 필담창화집
번역총서를 간행하면서

20세기 초까지 한자(漢字)는 동아시아 사회의 공동문자였다. 국경의 벽이 높아서 사신 외에는 국제적인 교류가 불가능했지만, 문자를 통한 교류는 활발했다. 중국에서 간행된 한문 전적이 이천년 동안 계속 한국과 일본을 비롯한 주변 나라에 전파되었으며, 사신의 수행원들은 상대방 나라의 말을 못해도 상대방 문인들에게 한시(漢詩)를 창화(唱和)하여 감정을 전달하거나 필담(筆談)을 하며 의사를 소통했다.

동아시아 삼국이 얽혀 싸웠던 임진왜란이 7년 만에 끝난 뒤, 조선에 군대를 파견하였던 중국과 일본은 각기 왕조와 정권이 바뀌었다. 중국에는 이민족인 청나라가 건국되고 일본에는 도쿠가와 막부가 세워졌다. 조선과 일본은 강화회담이 결실을 맺어 포로도 쇄환하고 장군이 계승할 때마다 통신사를 파견하여 외교를 회복했지만, 청나라와 에도 막부는 끝내 외교를 회복하지 못하고 단절상태가 계속되었다. 일본은 조선을 통해서 대륙문화를 받아들일 수밖에 없었고, 그 방법 중 하나가 바로 통신사를 초청할 때 시인, 화가, 의원 등의 각 분야 전문가를 초청하는 것이었다.

오백 명 규모의 문화사절단 통신사

연암 박지원은 천재시인 이언진(李彦瑱, 1740~1766)이 11차 통신사 수행원으로 일본에 다녀온 지 2년 만에 세상을 뜨자, 이를 애석히 여겨 「우상전」을 지었다. 그 첫머리에 일본이 조선에 다양한 전문가들로 구성된 문화사절단을 파견해 달라고 요청한 사연이 실려 있다.

　　일본의 관백(關白)이 새로 정권을 잡자, 그는 저축을 늘리고 건물을 수리했으며, 선박을 손질하고 속국의 각 섬들에서 기재(奇才)·검객(劍客)·궤기(詭技)·음교(淫巧)·서화(書畫)·여러 분야의 인물들을 샅샅이 긁어내어, 서울로 모아들여 훈련시키고 계획을 갖추었다. 그런 지 몇 달 뒤에야 우리나라에 사신을 파견해 달라고 요청하였는데, 마치 상국(上國)의 조명(詔命)을 기다리는 것처럼 공손하였다.
　　그러자 우리 조정에서는 문신 가운데 3품 이하를 골라 뽑아서 삼사(三使)를 갖추어 보냈다. 이들을 수행하는 사람들도 모두 말 잘하고 많이 아는 자들이었다. 천문·지리·산수·점술·의술·관상·무력으로부터 통소 잘 부는 사람, 술 잘 마시는 사람, 장기나 바둑 잘 두는 사람, 말을 잘 타거나 활을 잘 쏘는 사람에 이르기까지, 한 가지 기술로 나라 안에서 이름난 사람들은 모두 함께 따라가게 되었다. 그런데 이들 가운데서도 문장과 서화를 가장 중요하게 여기지 않을 수가 없었다. 왜냐하면 그들은 조선 사람의 작품 가운데 한 글자만 얻어도 양식을 싸지 않고 천 리 길을 갈 수 있기 때문이었다.

도쿠가와 이에하루(德川家治)가 쇼군을 계승하자 일본 각 분야의 대표적인 인물들을 에도로 불러들여 조선 사절단 맞을 준비를 시킨 뒤, "마치 상국의 조서를 기다리는 것처럼 공손하게" 조선에 통신사를 요청하였다. 중국과 공식적인 외교가 단절되었으므로, 대륙문화를 받아들이기 위해 조선을 상국같이 모신 것이다. 사무라이 국가 일본에는 과거제도가 없기 때문에 한문학을 직업삼아 평생 파고든 지식인들이 적어서, 일본인들은 조선 문인의 문장과 서화를 보물같이 여겼다.

조선에서도 국위를 선양하기 위해 여러 분야의 문화 전문가들을 선발하여 파견했는데, 『계림창화집(鷄林唱和集)』이 출판된 8차 통신사(1711년) 때에는 500명을 파견했다. 당시 쓰시마에서 에도까지 왕복하는 동안 일본인들이 숙소마다 찾아와 필담을 나누거나 한시를 주고받았는데, 필담집이나 창화집은 곧바로 출판되어 널리 읽혔다. 필담 창화에 참여한 일본 지식인은 대륙의 새로운 지식을 얻었을 뿐만 아니라, 일본 사회에서 전문가로서의 위상도 획득하였다.

8차 통신사 때에 출판된 필담 창화집은 현재 9종이 확인되었으며, 필담 창화에 참여한 일본 문인은 250여 명이나 된다. 이는 7차까지 출판된 필담 창화집을 모두 합한 것보다 훨씬 많은 수인데, 통신사 파견이 100년 가까이 되자 일본에서도 한문학 지식인 계층이 두터워졌음을 알 수 있다. 8차 통신사에 참여한 일행 가운데 2명은 기행문을 남겼는데, 부사 임수간(任守幹)이 기록한 『동사록(東槎錄)』이나 역관 김현문(金顯門)이 기록한 또 하나의 『동사록』이 조선에 돌아와 남에게 보여주기 위해 일방적으로 쓴 글이라면, 필담 창화집은 일본에서 조선과 일본의 지식인들이 마주앉아 함께 기록한 글이다. 그러기에 타인의 눈을 통해 자신의 모습을 객관적으로 볼 수 있다.

16권 16책의 방대한 분량으로 다양한 주제를 정리한 『계림창화집』

에도막부 초기의 일본 지식인은 주로 승려였기에, 당연히 승려들이 통신사를 접대하고, 필담에 참여하였다. 그 다음으로 유자(儒者)들이 있었는데, 로널드 토비는 이들을 조선의 유학자와 비교해 "일본의 유학자는 국가에 이용가치를 인정받은 일종의 전문 지식인에 지나지 않았다"고 규정하였다. 그 가운데 상당수는 의원이었으므로 흔히 유의(儒醫)라고 하는데, 한문으로 된 의서를 읽다보니 유학에도 관심을 가지게 된 것이다. 이노 작스이(稲生若水)가 물고기 한 마리를 가지고 제술관 이현과 서기 홍순연 일행을 찾아가서 필담을 나눈 기록이 『계림창화집』 권5에 실려 있다.

> 이 현 : 이 물고기는 우리나라의 송어입니다. 조령의 동남 지방에 많이 있어, 아주 귀하지는 않습니다.
> 홍순연 : 이 물고기는 우리나라의 농어와 매우 닮았습니다. 귀국에도 농어가 있는지 모르겠지만, 이것과 같지 않습니까? 농어가 아니라면 내가 아는 물고기가 아닙니다.
> 남성중 : 이 물고기는 우리나라 송어입니다. 연어와 성질이 같으나 몸집이 작으며, 우리나라 동해에서 납니다. 7~8월 사이에 바다에서 떼를 지어 강으로 올라가는데, 몸이 바위에 갈려 비늘이 다 떨어져 나가 죽기까지 하니 그 성질을 모르겠습니다.

그는 일본산 물고기의 습성을 자세히 설명하고 조선에도 있는지 물었지만, 조선 문인들은 이 방면의 전문가들이 아니어서 이름 정도나 추정했을 뿐이다. 홍순연은 농어라고 엉뚱하게 대답하기까지 하였다.

조선 문인이라면 모든 것을 알 수 있을 것이라고 기대했기에 생긴 결과인데, 아직 의학필담으로 분화되기 이전의 형태다. 이 필담 말미에 이노 작스이는 이런 기록을 덧붙여 마무리했다.

> 『동의보감』을 살펴보니 "송어는 성질이 태평하고 맛이 달며 독이 없다. 맛이 진기하고 살지다. 색은 붉으면서 선명하다. 소나무 마디 같아서 이름이 송어이다. 동북쪽 바다에서 난다"고 하였다. 지금 남성중의 대답에『동의보감』의 설명을 참고하니, '鮏'은 송어와 같은 것이다. 그러나 '송어'라는 이름은 조선의 방언이지, 중화에서 부르는 이름이 아니다. 『팔민통지(八閩通志)』(줄임)『해징현지(海澄縣志)』 등의 책에 모두 송어가 실려 있으나, 모습이 이것과 매우 다르다. 다른 종류인데, 이름이 같을 뿐이다.

기록에서 보듯, 이노 작스이는 다수의 의견에 따라 이 물고기를 '송어'라고 추정한 후, 비교적 자세한 남성중의 대답과『동의보감』의 기록을 비교하여 '송어'로 결론 내렸다. 그런 뒤에 조선의 '송어'가 중국의 송어와 같은 것인지 확인하기 위해 중국의 여러 지방지를 조사한 후, '송어'는 정확한 명칭이 아니라 그저 조선의 방언인 것으로 결론지었다. 양의(良醫) 기두문(奇斗文)에게는 약초를 가지고 가서 필담을 시도하였다.

> 稻生若水 : 이 나뭇잎은 세 개의 뾰족한 끝이 있고 겨울에 시들지 않으며, 봄에 가느다란 꽃이 핍니다. 열매의 크기는 대두만하고, 모여서 둥글게 공처럼 되며, 생길 때는 파랗고, 익으면 자흑색이 됩니다. 나무에 진액이 있어 엉기면 향이 나고, 색이 붉습니다. 이름은 선인장 나무입니다. (줄임)
> 기두문 : 이것이 진짜 백부자(白附子)입니다.

제술관이나 서기들이 경험에 의존해 대답한 것과 달리, 기두문은 의원이었으므로 자신의 지식을 바탕으로 확실하게 대답하였다. 구지현박사의 연구에 의하면 이노 작스이는 『서물류찬(庶物類纂)』이라는 박물지를 편찬하기 위해 방대한 자료를 수집·고증하고 있었는데, 문화 선진국조선의 문인에게 서문을 부탁하여, 제술관 이현이 써 주었다. 1,054권이나 되는 일본 최대의 백과사전에 조선 문인이 서문을 써주어 권위를 얻게 된 것이다.

출판사 주인이 상업적인 출판을 위해 직접 필담에 참여하다

초기의 필담 창화집은 일본의 시인, 유학자, 의원 등 전문 지식인이 번주(藩主)의 명령이나 자신의 정보욕, 명예욕에 따라 필담에 나선 결과물이지만, 『계림창화집』 16권 16책은 출판사 주인이 직접 전국 각지역에서 발생한 필담 창화 원고들을 수집하여 출판한 것이다. 따라서 필담 창화 인원도 수십 명에 이르며, 많은 자본을 들여서 출판하였다. 막부(幕府)의 어용 서적을 공급하던 게이분칸(奎文館) 주인 세오겐베이(瀨尾源兵衛, 1691~1728)가 21세 청년의 몸으로 교토지역 필담에 참여해 『계림창화집』 권6을 편집하고, 다른 지역의 필담 창화 원고까지모두 수집해 16권 16책을 출판했을 뿐 아니라, 여기에 빠진 원고들까지 수집해 『칠가창화집(七家唱和集)』 10권 10책을 출판하였다.

『칠가창화집』은 『계림창화속집』이라고도 불렸는데, 7차 사행 때의최대 필담 창화집인 『화한창수집(和韓唱酬集)』 4권 7책의 갑절 규모에해당한다. 규모가 이러하니 자본 또한 막대하게 소요되어, 고쇼모노도

코로(御書物所)인 이즈모지 이즈미노조(出雲寺 和泉掾) 쇼하쿠도(松栢堂)
와 공동 투자하여 출판하였다. 게이분칸(奎文館)에서는 9차 사행 때에
도『상한창화훈지집(桑韓唱和塤箎集)』11권 11책을 출판하여, 세오겐베
이(瀨尾源兵衛)는 29세에 이미 대표적인 출판업자로 자리매김하게 되
었다. 그러나 안타깝게도 38세에 세상을 떠나, 더 이상의 거질 필담
창화집은 간행되지 못했다.

필담창화집 178책을 수집하여 원문을 입력하고 번역한 결과물

나는 조선시대 한문학 연구가 조선 국경 안의 한문학만이 아니라
국경 너머를 오가며 외국인들과 주고받은 한자 기록물까지 연구해야
한다는 생각으로, 첫 번째 박사논문을 지도하면서 '통신사 필담창화
집'을 과제로 주었다. 구지현 선생은 1763년에 파견된 11차 통신사 구
성원들이 기록한 사행록 9종과 필담창화집 30종을 수집하여 분석했는
데, 박사학위를 받은 뒤에도 필담창화집을 계속 수집하여 2008년 한국
학술진흥재단의 토대연구에『조선후기 통신사 필담창수집의 수집, 번
역 및 데이터베이스 구축』이라는 과제를 신청하였다. 이 과제를 진행
하면서 우리 팀에서 수집한 필담창화집 178책의 목록과, 우리가 예상
한 작업진도 및 번역 분량은 다음과 같다.

1) 1차년도(2008. 7.~2009. 6.) : 1607년(1차 사행)에서 1711년(8차 사행)까지

연번	필담창화집 책 제목	면 수	1면 당 행수	1행 당 글자 수	예상되는 원문 글자 수
001	朝鮮筆談集	44	8	15	5,280
002	朝鮮三官使酬和	24	23	9	4,968
003	和韓唱酬集首	74	10	14	10,360
004	和韓唱酬集一	152	10	14	21,280
005	和韓唱酬集二	130	10	14	18,200
006	和韓唱酬集三	90	10	14	12,600
007	和韓唱酬集四	53	10	14	7,420
008	和韓唱酬集(결본)				
009	韓使手口錄	94	10	21	19,740
010	朝鮮人筆談幷贈答詩(國圖本)	24	10	19	4,560
011	朝鮮人筆談幷贈答詩(東京都立本)	78	10	18	14,040
012	任處士筆語	55	10	19	10,450
013	水戶公朝鮮人贈答集	65	9	20	11,700
014	西山遺事附朝鮮使書簡	48	9	16	6,912
015	木下順菴稿	59	7	10	4,130
016	鷄林唱和集1	96	9	18	15,552
017	鷄林唱和集2	102	9	18	16,524
018	鷄林唱和集3	128	9	18	20,736
019	鷄林唱和集4	122	9	18	19,764
020	鷄林唱和集5	110	9	18	17,820
021	鷄林唱和集6	115	9	18	18,630
022	鷄林唱和集7	104	9	18	16,848
023	鷄林唱和集8	129	9	18	20,898
024	觀樂筆談	49	9	16	7,056
025	廣陵問槎錄上	72	7	20	10,080
026	廣陵問槎錄下	64	7	19	8,512
027	問槎二種上	84	7	19	11,172
028	問槎二種中	50	7	19	6,650
029	問槎二種下	73	7	19	9,709
030	尾陽倡和錄	50	8	14	5,600

031	槎客通筒集	140	10	17	23,800
032	桑韓醫談	88	9	18	14,256
033	辛卯唱酬詩	26	7	11	2,002
034	辛卯韓客贈答	118	8	16	15,104
035	辛卯和韓唱酬	70	10	20	14,000
036	兩東唱和錄上	56	10	20	11,200
037	兩東唱和錄下	60	10	20	12,000
038	兩東唱和後錄	42	10	20	8,400
039	正德韓槎諭禮	16	10	18	2,880
040	朝鮮客館詩文稿(내용 중복)	0	0	0	0
041	坐間筆語附江關筆談	44	10	20	8,800
042	七家唱和集－班荊集	74	9	18	11,988
043	七家唱和集－正德和韓集	89	9	18	14,418
044	七家唱和集－支機閒談	74	9	18	11,988
045	七家唱和集－朝鮮客館詩文稿	48	9	18	7,776
046	七家唱和集－桑韓唱酬集	20	9	18	3,240
047	七家唱和集－桑韓唱和集	54	9	18	8,748
048	七家唱和集－賓館縞紵集	83	9	18	13,446
049	韓客贈答別集	222	9	19	37,962
예상 총 글자수					589,839
1차년도 예상 번역 매수 (200자원고지)					약 8,900매

2) 2차년도(2009. 7.~2010. 6.) : 1719년(9차 사행)에서 1748년(10차 사행)까지

연번	필담창화집 책 제목	면수	1면 당 행수	1행 당 글자 수	예상되는 원문 글자 수
050	客館璀璨集	50	9	18	8,100
051	蓬島遺珠	54	9	18	8,748
052	三林韓客唱和集	140	9	19	23,940
053	桑韓星槎餘響	47	9	18	7,614
054	桑韓星槎答響	106	9	18	17,172
055	桑韓唱酬集1권	43	9	20	7,740
056	桑韓唱酬集2권	38	9	20	6,840

057	桑韓唱酬集3권	46	9	20	8,280
058	桑韓唱和塤箎集1권	42	10	20	8,400
059	桑韓唱和塤箎集2권	62	10	20	12,400
060	桑韓唱和塤箎集3권	49	10	20	9,800
061	桑韓唱和塤箎集4권	42	10	20	8,400
062	桑韓唱和塤箎集5권	52	10	20	10,400
063	桑韓唱和塤箎集6권	83	10	20	16,600
064	桑韓唱和塤箎集7권	66	10	20	13,200
065	桑韓唱和塤箎集8권	52	10	20	10,400
066	桑韓唱和塤箎集9권	63	10	20	12,600
067	桑韓唱和塤箎集10권	56	10	20	11,200
068	桑韓唱和塤箎集11권	35	10	20	7,000
069	信陽山人韓館倡和稿	40	9	19	6,840
070	兩關唱和集1권	44	9	20	7,920
071	兩關唱和集2권	56	9	20	10,080
072	朝鮮人對詩集1권	160	8	19	24,320
073	朝鮮人對詩集2권	186	8	19	28,272
074	韓客唱和/浪華唱和合章	86	6	12	6,192
075	和韓唱和	100	9	20	18,000
076	來庭集	77	10	20	15,400
077	對麗筆語	34	10	20	6,800
078	鳴海驛唱和	96	7	18	12,096
079	蓬左賓館集	14	10	18	2,520
080	蓬左賓館唱和	10	10	18	1,800
081	桑韓醫問答	84	9	17	12,852
082	桑韓鏘鏗錄1권	40	10	20	8,000
083	桑韓鏘鏗錄2권	43	10	20	8,600
084	桑韓鏘鏗錄3권	36	10	20	7,200
085	桑韓萍梗錄	30	8	17	4,080
086	善隣風雅1권	80	10	20	16,000
087	善隣風雅2권	74	10	20	14,800
088	善隣風雅後篇1권	80	9	20	14,400
089	善隣風雅後篇2권	74	9	20	13,320
090	星軺餘轟	42	9	16	6,048
091	兩東筆語1권	70	9	20	12,600

092	兩東筆語2권	51	9	20	9,180
093	兩東筆語3권	49	9	20	8,820
094	延享五年韓人唱和集1권	10	10	18	1,800
095	延享五年韓人唱和集2권	10	10	18	1,800
096	延享五年韓人唱和集3권	22	10	18	3,960
097	延享韓使唱和	46	8	14	5,152
098	牛窓錄	22	10	21	4,620
099	林家韓館贈答1권	38	10	20	7,600
100	林家韓館贈答2권	32	10	20	6,400
101	長門戊辰問槎상권	50	10	20	10,000
102	長門戊辰問槎중권	51	10	20	10,200
103	長門戊辰問槎하권	20	10	20	4,000
104	丁卯酬和集	50	20	30	30,000
105	朝鮮筆談(元丈)	127	10	18	22,860
106	朝鮮筆談1권(河村春恒)	44	12	20	10,560
107	朝鮮筆談1권(河村春恒)	49	12	20	11,760
108	韓客對話贈答	44	10	16	7,040
109	韓客筆譚	91	8	18	13,104
110	韓人唱和詩	16	14	21	4,704
111	韓人唱和詩集1권	14	7	18	1,764
112	韓人唱和詩集1권	12	7	18	1,512
113	和韓文會	86	9	20	15,480
114	和韓唱和錄1권	68	9	20	12,240
115	和韓唱和錄2권	52	9	20	9,360
116	和韓唱和附錄	80	9	20	14,400
117	和韓筆談薰風編1권	78	9	20	14,040
118	和韓筆談薰風編2권	52	9	20	9,360
119	鴻臚傾蓋集	28	9	20	5,040
예상 총 글자수					723,730
2차년도 예상 번역 매수 (200자원고지)					약 10,850매

3) 3차년도(2010. 7.~ 2011. 6.) : 1763년(11차 사행)에서 1811년(12차 사행)까지

연번	필담창화집 책 제목	면수	1면당 행수	1행당 글자수	예상되는 원문 글자수
120	歌芝照乘	26	10	20	5,200
121	甲申槎客萍水集	210	9	18	34,020
122	甲申接槎錄	56	9	14	7,056
123	甲申韓人唱和歸國1권	72	8	20	11,520
124	甲申韓人唱和歸國2권	47	8	20	7,520
125	客館唱和	58	10	18	10,440
126	鷄壇嚶鳴 간본 부분	62	10	20	12,400
127	鷄壇嚶鳴 필사부분	82	8	16	10,496
128	奇事風聞	12	10	18	2,160
129	南宮先生講餘獨覽	50	9	20	9,000
130	東渡筆談	80	10	20	16,000
131	東槎餘談	104	10	21	21,840
132	東游篇	102	10	20	20,400
133	問槎餘響1권	60	9	20	10,800
134	問槎餘響2권	46	9	20	8,280
135	問佩集	54	9	20	9,720
136	賓館唱和集	42	7	13	3,822
137	三世唱和	23	15	17	5,865
138	桑韓筆語	78	11	22	18,876
139	松菴筆語	50	11	24	13,200
140	殊服同調集	62	10	20	12,400
141	快快餘響	136	8	22	23,936
142	兩東鬪語乾	59	10	20	11,800
143	兩東鬪語坤	121	10	20	24,200
144	兩好餘話상권	62	9	22	12,276
145	兩好餘話하권	50	9	22	9,900
146	倭韓醫談(刊本)	96	9	16	13,824
147	倭韓醫談(寫本)	63	12	20	15,120
148	栗齋探勝草1권	48	9	17	7,344
149	栗齋探勝草2권	50	9	17	7,650
150	長門癸甲問槎1권	66	11	22	15,972

151	長門癸甲問槎2권	62	11	22	15,004
152	長門癸甲問槎3권	80	11	22	19,360
153	長門癸甲問槎4권	54	11	22	13,068
154	萍遇錄	68	12	17	13,872
155	品川一燈	41	10	20	8,200
156	表海英華	54	10	20	10,800
157	河梁雅契	38	10	20	7,600
158	和韓醫談	60	10	20	12,000
159	韓客人相筆話	80	10	20	16,000
160	韓館應酬錄	45	10	20	9,000
161	韓館唱和1권	92	8	14	10,304
162	韓館唱和2권	78	8	14	8,736
163	韓館唱和3권	67	8	14	7,504
164	韓館唱和續集1권	180	8	14	20,160
165	韓館唱和續集2권	182	8	14	20,384
166	韓館唱和續集3권	110	8	14	12,320
167	韓館唱和別集	56	8	14	6,272
168	鴻臚摭華	112	10	12	13,440
169	鷄林情盟	63	10	20	12,600
170	對禮餘藻	90	10	20	18,000
171	對禮餘藻(明遠館叢書 57)	123	10	20	24,600
172	對禮餘藻(明遠館叢書 58)	132	10	20	26,400
173	三劉先生詩文	58	10	20	11,600
174	辛未和韓唱酬錄	80	13	19	19,760
175	接鮮瘖語(寫本)1	102	10	20	20,400
176	接鮮瘖語(寫本)2	110	11	21	25,410
177	精里筆談	17	10	20	3,400
178	中興五侯詠	42	9	20	7,560
예상 총 글자수					786,791
3차년도 예상 번역 매수 (200자원고지)					약 11,800매

1차년도에는 하우봉(전북대) 교수와 유경미(일본 나가사키국립대학) 교수를 공동연구원으로 하여 고운기, 구지현, 김형태, 허은주, 김용흠 박

사가 전임연구원으로 번역에 참여하였다. 3년 동안 기태완, 이지양, 진영미, 김유경, 김정신, 강지희 박사가 연구원으로 교체되어, 결국 35,000매나 되는 번역원고를 마무리하였다.

일본식 한문이 중국식 한문과 달라서 특히 인명이나 지명 번역이 힘들었는데, 번역문에서는 독자들이 읽기 쉽도록 한국식 한자음으로 표기하고, 첫 번째 각주에서만 일본식 한자음을 표기하였다. 원문을 표점 입력하는 방법은 고전번역원에서 채택한 방법을 권장했지만, 번역자마다 한문을 교육받고 번역해온 과정이 다르기 때문에 재량을 인정하였다. 원본 상태를 확인하려는 연구자를 위해 영인본을 뒤에 편집하였는데, 모두 국내외 소장처의 사용 승인을 받았다.

원문과 번역문을 합하여 200자원고지 5만 매 분량의『조선후기 통신사 필담창화집 번역총서』를 12,000면의 이미지와 함께 편집하고 4차에 나누어 10책씩 출판하는 과정이 복잡하고 힘들었기에, 연세대학교 정갑영 총장에게 편집비 지원을 신청하였다.『조선후기 통신사 필담창수집 번역본 30권 편집』정책연구비(2012-1-0332)를 지원해주신 정갑영 총장에게 감사드린다.

『조선후기 통신사 필담창화집 번역총서』를 편집하는 과정에 문화재청으로부터『통신사기록 조사 및 번역, 데이터베이스 구축』연구용역을 발주받게 되어, 필담창화집을 비롯한 통신사 관련 기록을 세계기록유산으로 등재하는 작업에 참여하게 된 것도 기쁜 일이다. 통신사 관련 기록들이 모두 데이터베이스로 구축되어 국내외 학자들이 한일문화교류, 나아가서는 동아시아문화교류 연구에 손쉽게 참여하게 된다면『통신사 필담창화집 번역총서』의 사명을 다하는 것이라고 생각한다.

조선후기 통신사가 동아시아 문화교류 연구에 중요한 이유는 임진왜란 이후에 중국(청나라)과 일본의 단절된 외교를 통신사가 간접적으로 이어주었기 때문이다. 통신사 필담창화집 번역총서 60권 출판이 마무리되면 조선후기에 한국(조선)과 중국(청나라) 지식인들이 주고받은 척독집 40여 권도 데이터베이스로 구축하여, 일본에서 조선을 거쳐 청나라로 이어지는 '동아시아 문화교류의 길' 데이터베이스를 국내외 학자들에게 제공하고자 한다.

▍진영미(晉永美)

성균관대학교 국어국문학과 졸업
성균관대학교 대학원 석사 박사
성균관대학교 시간강사 및 대동문화연구원 선임연구원
중국 북경대학교 중국고문헌연구중심 객원교수, 연세대학교 국학연구원 연구교수
선문대학교 인문과학연구소 학술연구교수
역서: 『장문계갑문사 건상, 건하, 곤상』(보고사, 2017), 『장문계갑문사 곤하, 삼세창화, 수복
동조집』(보고사, 2017)
논문: 「日觀記 唱酬諸人의 인명 표기 유형과 특성－1764년 필담창화집 및 인명사전과의 비교
작업을 중심으로」(열상고전연구회, 2017), 「통신사행로 표기 유형과 문제점－1763,4년 사행록
을 중심으로」(열상고전연구회, 2018), 「사행로 관련 中對馬 지명 고찰－芳浦·瀬戸·船頭港·
住吉灘·鴨瀬·船越浦 등을 중심으로」(한일관계사학회, 2018)

조선후기 통신사 필담창화집 번역총서 43
問槎餘響

2021년 9월 10일 초판 1쇄 펴냄

역 자 진영미
발행인 김흥국
발행처 도서출판 보고사

등록 1990년 12월 13일 제6-0429호
주소 경기도 파주시 회동길 337-15 보고사 2층
전화 031-955-9797(대표), 02-922-5120~1(편집), 02-922-2246(영업)
팩스 02-922-6990
메일 kanapub3@naver.com / bogosabooks@naver.com
http://www.bogosabooks.co.kr

ISBN 979-11-6587-214-4 94810
     979-11-5516-055-8 (세트)
ⓒ 진영미, 2021

정가 26,000원
사전 동의 없는 무단 전재 및 복제를 금합니다.
잘못 만들어진 책은 바꾸어 드립니다.